Ursula Spraul-Doring

Altersruhesitz
Thailand

Senioren erzählen ihre Geschichte

D1640153

Altersruhesitz Thailand
Senioren erzählen ihre Geschichte
Autorin: Ursula Spraul-Doring
ISBN: 9781521235423

Auch erschienen als E-Book bei Amazon

Titelbild nach dem Acrylgemälde von Ursula Spraul-Doring
Galerie www.daoart.tumbr.com

Layout und technische Umsetzung:
MeTeVe Phuket Co., Ltd.

1. Auflage 2017
2. Auflage 2023

ursulaspd@gmail.com

Gewidmet allen,

die alt werden wollen

Über das Buch

Wir alle werden älter. Jeder stellt sich irgendwann einmal die Frage: Wie und wo werde ich meinen Ruhestand verbringen. So mancher träumt davon, in der Wärme unter Palmen zu weilen. Warum nicht in Thailand, das zu den Top Ten Ländern für den Lebensabend zählt?

23 Senioren, die sich in Thailand diesen Traum verwirklicht haben, erzählen der Autorin ihre Geschichte. Es sind ganz unterschiedliche Menschen: Deutsche und Schweizer Ehepaare, alleinstehende Frauen und Männer oder solche, die im sogenannten Land des Lächelns eine Partnerin gefunden haben. Auch Pflegebedürftige kommen zu Wort. Die meisten Senioren sind rechtschaffen und bieder, aber auch ausgeflippte Typen berichten über ihr Leben. Manche wohnen in einer luxuriösen Seniorenresidenz, andere in einer Pflegeeinrichtung, aber die meisten leben im eigenen Haus oder einer gemieteten Wohnung. Die niedrigeren Lebenshaltungskosten spielten für viele der Senioren eine wichtige Rolle, egal ob sie dadurch mit einer kleinen Rente ordentlich leben können oder mit mehr Geld in der Hinterhand größeren Luxus genießen.

Aus jeder der unterschiedlichen Geschichten erfährt der Leser verschiedenste Aspekte über das Leben als ausländischer Senior in Thailand und bekommt Insider Tipps, wie sie in keinem Ratgeber stehen.

Inhalt

Vorwort

Ursula Spraul-Doring ist eine begnadete Zuhörerin. Ja, sie kann zuhören, verständnisvoll und offen. Die Wertung überlässt sie dem Leser. Wie schon in ihrem letzten Buch, *"Glücklich in Thailand"*, schreibt sie aus dem, was die Gesprächspartner ihr erzählen, spannend zu lesende Geschichten.

Die Thailandkennerin ist noch vielen bekannt als ehemalige, langjährige Autorin der Loose Reiseführer Thailand. Die Leser des deutschsprachigen Magazins *„Der Farang"* kennen ihre Reisereportagen.

Für das vorliegende Buch hat Ursula Spraul-Doring zahlreiche Senioren aus den verschiedensten Teilen Thailands interviewt und die interessantesten Geschichten herausgepickt. Die meisten Erzähler wünschten, mit ihrem richtigen Vornamen genannt zu werden. Für viele scheint es wichtig zu sein, dass ihre Geschichte gedruckt wird. Auf diese Weise bleibt, so denken sie, etwas von ihnen erhalten, auch wenn sie einmal nicht mehr sind. Andere wollten aus unterschiedlichsten Gründen unerkannt bleiben, in diesen Fällen wurde der Name geändert. Wieder andere, vor allem Funktionsträger, gaben ihr Einverständnis zur Nennung ihres vollen Namens.

In allen Geschichten werden wertvolle Tipps aus erster Hand gegeben, die es dem Leser leichter machen für sich selbst die Frage zu entscheiden: Will ich meinen Lebensabend wirklich in Thailand verbringen oder nicht.

Obwohl ich mich als absoluten Thailandfan bezeichen würde, hat mich persönlich das Buch in meiner Meinung bestärkt, dass ich meinen Ruhestand nicht ausschließlich dort verbringen möchte.

Doch zu lesen, wie andere ihr Alter meistern, ist unterhaltsam. Besonders, weil diese Geschichten mich oft tief berührten, aber auch zum Schmunzeln brachten.

Dr. Michael Hamann

Hier kann man das Älterwerden genießen

Hans und Renate aus Hessen verbringen ihren Ruhestand in der gehobenen Seniorenresidenz Lotuswell Resort in Hua Hin. Sie haben sich dort eingekauft und ihren Schritt noch keine Minute bereut. Renate erzählt:

Ich war schon immer Thailandfan. Mit meinem ersten Mann und den Kindern sind wir über Jahre in den Ferien nach Thailand gereist. Hans stand mehr auf die USA. Er hatte eigentlich mit Asien nicht viel am Hut. Asien war ihm etwas suspekt.

Seit ich Hans kenne, haben wir einmal im Jahr gemeinsam mit seinen Freunden Urlaub gemacht. Und immer ging es nach Amerika. Doch endlich konnte ich mich einmal durchsetzten und in einem Winter flogen wir gemeinsam nach Thailand.

Mein Mann stieg aus dem Flieger aus, atmete tief ein und sagte: „Och! Toll! Das ist ein Klima! Dieses Klima liebe ich."

Hans hat den Thailand Urlaub voll genossen. Immer wieder hat er gesagt: „Dieses Land gefällt mir. In diesem Land brauche ich kein Unterhemd."

Damals waren wir in Phuket. Auch unseren Freunden hat es so gut gefallen, dass sie die Idee hatten: „Wenn wir mal älter sind, wandern wir nach Thailand aus." Für uns war Auswandern damals noch kein Thema.

Zufällig sahen wir etwa ein Jahr später eine Sendung im Fernsehen: „Oma will nach Thailand". Unter vielem anderen war ein ganz kleiner Ausschnitt vom Lotuswell Resort zu sehen, aber wirklich nur ein ganz kurzes Stück. Da habe ich zu meinem Mann gesagt: „Mensch, das wäre doch was! Das sieht nicht schlecht aus, das könnte was für uns sein."

Er hat sich dann gleich an den Computer gesetzt und sich im Internet schlau gemacht. Tagelang hat er die Homepage *lotuswell.ch* studiert und sich intensiv mit allen Einträgen beschäftigt. Hans war damals 55 und schon im Vorruhestand. Er begeisterte sich mehr als mir lieb war für diese Seniorenresidenz Lotuswell.

„Das ganze Konzept gefällt mir. Ich kann den Werdegang verfolgen, sehen, wie die Bausubstanz aussieht. Das macht wirklich einen seriösen Eindruck", erzählte er mir abends im Bett. „Mich würde interessieren, ob das tatsächlich so seriös ist, wie es sich im Internet darstellt."

Als ich diese Fernsehsendung gesehen hatte, machte es mir Spaß, Ideen zu spinnen. Aber das waren nur so Hirngespinste. Ich konnte es mir damals überhaupt noch nicht vorstellen auszuwandern. Dass mein Mann auf mein Hirngespinst so abfuhr, hat mich, ehrlich gesagt, etwas schockiert. Doch er beruhigte mich: „Weißt du, ich habe ja nicht so viel zu tun, wenn du arbeitest. Da macht es mir Spaß, im Internet zu surfen. Und dieses Lotus Well war ein interessantes Thema für mich. Ans Auswandern denke ich noch nicht wirklich. In zehn Jahren vielleicht."

Doch als er mit seinem Freund darüber sprach sagte der ihm unverblümt ins Gesicht: „Hast du schon mal in den Spiegel geguckt, wie du aussiehst? Weißt du, wie alt du bist? Wie lange willst du noch warten? Entweder du machst es jetzt oder nie!"

Ohne mir etwas zu sagen schrieb er eine Mail an das Lotuswell Resort, und es kam eine sehr umfangreiche und nette Antwort zurück, richtig informativ, wie er mir später beichtete.

Als ich 2011 Rentnerin wurde hatte ich die Idee, einmal allein mit meinem Mann, ohne die Freunde, Urlaub zu machen. Einen richtig schönen Silvester-Urlaub in den Bergen wünschte ich mir. All die Jahre davor musste ich über die Feiertage immer arbeiten, und endlich war ich frei! In diesem Winterurlaub in Österreich hatte mein Mann ständig Rückenschmerzen und mir taten die Gelenke weh. An Skifahren war nicht zu denken und selbst die Spaziergänge waren wenig erquicklich. Wir ertappten uns, wie wir immer mehr von Thailand redeten. Da wurde uns beiden klar: „Wir wollen nach Thailand, in die Wärme. Die Kälte ist nichts für uns." Und in der Silvesternacht versprachen wir uns gegenseitig: „Unsere gemeinsame Zukunft wird in Thailand liegen."

Wir buchten für das Frühjahr eine Ko Samui Reise, hatten aber fest vor, uns das Lotuswell Resort in Hua Hin anzuschauen. Wir setzen uns mit Cornelius Steger, dem Gründer und Manager von Lotuswell in Hua Hin in Verbindung. Er nannte sich gleich Coni und so nennen wir ihn auch noch heute. Eigentlich wollten wir nur einen Tag bleiben, aber Coni riet uns: „Ein Tag, das ist zu wenig, ihr müsst mindestens zwei Nächte bleiben, damit Ihr ein bisschen einen Eindruck bekommt."
Coni veranlasste, dass wir in Bangkok abgeholt wurden. Schon als wir aus dem Taxi ausgestiegen waren und die ersten Schritte in die Anlage machten, war ich überwältigt und sagte spontan zu meinem Mann: „Das ist es!" In den zwei Tagen hat uns Coni viel gezeigt. Die Bungalows und die Wohnungen, das Restaurant, die Poollandschaft und das ganze Resort. Wir haben mit einigen Bewohnern geredet und bekamen einen guten Eindruck. Ein kurzes Gespräch mit einer Dame, die ich am Pool traf, ist mir noch wörtlich in Erinnerung.

„Wie gefällt es Ihnen hier?" fragte sie.
„Das ist schon schön".
„Schon schön?" entrüstete sie sich. „Das ist nur schön!"
„Ja, sie haben recht", musste ich zugeben. „Leben Sie hier?"
„Ja!"
„Schon lange?"
„Ja! Und es ist immer noch nur schön."

Was sie gesagt hat, „nur schön", das ist es auch, was wir empfanden. Wir haben uns vom ersten Augenblick an in die Anlage verliebt.

Tatsächlich wollten wir gleich zuschlagen und einen Vertrag machen, so begeistert waren wir. Aber Coni meinte: „Nein, das machen wir nicht. Ihr kommt bitte noch einmal für längere Zeit zum Probewohnen."

Mein Mann wollte Hua Hin auch mal in der Regenzeit kennenlernen. „Hier gibt es zwar nicht Frühling, Sommer, Herbst und Winter wie bei uns", wusste er aus dem Internet, „aber es gibt drei verschiedene Jahreszeiten, die kühle Zeit, die heiße Zeit und die Regenzeit." Deshalb wollte er die Gegend, in der wir uns niederlassen wollten, nicht nur in der Sonnenzeit kennen lernen.

„Hier in Hua Hin haben wir das beste Klima von ganz Thailand, sehr gemäßigt" klärte uns Coni auf. „Nicht umsonst hat der König seine Residenz hier. Aber warum kommt ihr nicht im Mai? Da beginnt die kleine Regenzeit. Im Mai hätte ich eine Wohnung für euch frei. Und wenn es euch nach drei Wochen Probewohnen immer noch gefällt, können wir über einen Vertrag reden."

Wir haben uns zwar spontan in Thailand, Hua Hin und die Lotuswell Residenz verliebt. Aber zuhause, mit etwas Abstand, wollten wir die Sache doch noch mal vernünftig angehen. Wir setzten uns also hin und listeten auf, was für Thailand, Hua Hin und die Lotuswell Residenz spricht. Diese Fakten hatten wir aus dem Internet oder persönlich gehört oder erfahren.

Was spricht für Thailand?
Die Lebenshaltungskosten sind niedrig.
Die Menschen sind freundlich und zeigen gegenüber Senioren einen außerordentlichen Respekt.
Die Sonne, das Licht hellt das Gemüt auf und trägt damit zum allgemeinen Wohlbefinden bei.
In Thailand kann man sich mit dem Geld viel mehr leisten.

Was spricht für Hua Hin?
Beste medizinische Versorgung.
Verkehrsgünstige Lage, nur vier Stunden bis Bangkok, an der Bahnlinie Bangkok Singapur.
Langer Strand direkt am Stadtzentrum, an dem man bei Ebbe eben am Flutsaum gehen kann. Ruhige Strände zum Baden in der weiteren Umgebung.
Durch die Sommerresidenz des Königs ist Hua Hin sauberer, sicherer, vornehmer als andere Orte.
Kulturelle Veranstaltungen wie das jährliche Jazz-Festival, Konzerte, Ausstellungen, Lesungen.
Regelmäßige Treffen oder Feste für Ausländer.
Viele erstklassige Restaurants.
Gute Einkaufsmöglichkeiten. Fast alle europäischen Lebensmittel einschließlich Brot, Wurst, Käse, Wein sind hier erhältlich.
Viele Apotheken, die meisten Medikamente sind billiger als in Europa.

Was spricht für die Seniorenresidenz Lotuswell?
Man lebt mit deutschsprachigen Menschen zusammen und kann sich in seiner eigenen Sprache unterhalten. Auch wer kein Englisch oder Thai spricht, kommt hier zurecht.
Die Anlage ist ganzjährig bewohnt. Andere Siedlungen in Thailand, in denen Ausländer leben, sind im Sommer verwaist. Es gibt zwar Schweizer, die die warme Jahreszeit in ihrer Heimat verbringen, aber im Großen und Ganzen ist hier immer etwas los.
Es gibt stündlich einen kostenlosen Shuttlebus in die Stadt.
Das Restaurant ist besser als in einem 5-Sterne Hotel.
Die Anlage ist in einen tropischen Park eingebettet, mit, Bougainvilleas, Orchideen, vielen Palmen und einer grandiosen Poollandschaft.
Pflegerische und medizinische Betreuung wird bei Bedarf arrangiert.

Wir waren mit unserer Liste recht zufrieden. Wir bestätigten uns damit, dass wir auf dem richtigen Weg waren. Negatives listeten wir erst gar nicht auf. Wir hatten nichts Schlechtes erlebt oder gehört, und im Internet wollten wir gar nicht danach graben und uns von Meckerern beeinflussen lassen.

Dann kam der Mai, und nach den drei Wochen Probewohnen im Lotuswell stand fest: „Für uns gibt es nichts anderes." Ich wollte eigentlich immer in einem oberen Stockwerk wohnen, ein Bungalow kam für mich nicht in Frage. Ich habe immer gern Aussicht und Überblick. Die Wohnung, die wir im Visier hatten, war leider schon vergeben. Nur eine einzige war noch frei. Da haben wir schnell zugeschlagen.
Wir unterschrieben den Vertrag und leisteten die Anzahlung.
Für uns hatten wir also entschieden. Doch schon auf dem Rückflug quälte uns der Gedanke: „Wie sollen wir es unseren Kindern und Freunden sagen?" Wir hatten Angst, dass die uns für total verrückt erklären würden. Dass die denken würden, uns liege nichts an ihnen, wir hauen einfach ab, wandern aus, lassen sie im Stich.
Unsere Kinder waren schon groß, verheiratet und hatten selbst Kinder. Sie wohnten weit weg von unserem Ort. Die Enkelkinder lebten nie bei uns, auch nicht für ein paar Tage, weil wir ja arbeiten mussten und in unserem Urlaub selbst verreisten. Sie hatten dadurch keine enge Bindung zu Oma und Opa. Man sah sich eigentlich nur zu Festlichkeiten. Sie brauchten uns nicht. Wir ermöglichten den Kindern eine gute Ausbildung, jetzt konnten sie für sich selbst sorgen.
Wir machten uns immer wieder klar, dass mit dieser Lösung auch sicher gestellt war, dass wir den Kindern einmal im Alter nicht zur Last fallen würden. Wir sorgten für uns selbst. Das war sehr wichtig für uns.
Wie wir heute wissen, haben viele Auswanderer in

unserem Alter ihren Kindern gegenüber ein schlechtes Gewissen. Wir diskutieren dieses Thema immer wieder.

Viele Menschen hatten in ihrer Jugend Träume, Träume von der großen Welt, Träume, im Paradies zu leben. Wenn sie im Alter die Chance haben, diesen Traum zu verwirklichen, dürfen sie sich nicht von dem Gedanken, was andere davon halten könnten, abbringen lassen. Man muss für sich selbst entscheiden, muss wissen, was für einen selbst das Beste ist. Weil es Kindern oder Freunden nicht gefallen könnte, dass man sein Alter im Paradies verbringt, darf man sich nicht kirre machen lassen oder gar darauf verzichten.

Wir hatten Glück. Unsere Kinder hatten nichts dagegen. Es fiel nicht mal eine negative Äußerung wie: „Ihr spinnt ja!" Die Schwiegertochter hat sogar gesagt; „Tut, was für euch gut ist. Wenn es euch gut geht, geht es uns auch gut." Da fiel uns ein Stein vom Herzen. Dass wir jetzt die Kinder häufiger sehen als früher, haben wir damals noch nicht geahnt. Zwar nicht körperlich, aber über Skype. Das ist sogar ein viel intensiverer Kontakt, als das jemals in Deutschland war, mit sinnvolleren und tiefsinnigeren Gesprächen.

Unsere Freunde und Bekannte fassten unsere Entscheidung auszuwandern auch recht positiv auf. Viele freuten sich sogar: „Prima, wenn ihr in Thailand lebt, werden wir euch sicher einmal besuchen."

Dann stellte sich die Frage: Was wollen wir mitnehmen? Nur Privatsachen, entschieden wir, Dinge, an denen man hängt. Die Möbel haben wir in der Familie und im Freundeskreis verschenkt. Die wichtigsten Habseligkeiten packten wir in eine Seekiste und schickten sie hierher. Alles lief wie am Schnürchen. Von „Asian Tigers", unserer Speditionsfirma, wurden wir immer über den augenblicklichen Standort unseres Umzugsgutes informiert. Das Internet hat da vieles erleichtert.

Problematischer sah es mit der Bürokratie aus. Zwar listete uns Coni Schritt für Schritt auf, was man für die Auswanderung alles benötigt und tun muss, trotzdem türmte sich die Bürokratie wie ein schwer zu bezwingender Berg vor uns auf.

Zum Beispiel benötigten wir eine Abmeldebestätigung von der Bundesrepublik Deutschland, die wir bei der Einwanderungsbehörde in Thailand im Vorfeld einreichen sollten. Doch im Amt in Deutschland wurde uns gesagt: „Die Abmeldebestätigung bekommen Sie erst an dem Tag, an dem sie Deutschland verlassen."

Damit wir unsere Sachen nicht verzollen mussten, benötigten wir ein Jahresvisum aus Thailand. Dafür mussten wir persönlich auf dem Amt vorstellig werden. Doch das war nicht so schnell möglich, weil noch andere Papiere fehlten. Mein Mann hat die Spedition angerufen und gefragt: „Könnt ihr unsere Sachen noch etwas zurück halten, bis wir die Unterlagen haben?" „Kein Problem", war die kurze Antwort. Es hat alles bestens geklappt. Alle Probleme ließen sich wunderbar lösen. Den hohen Berg der Bürokratie haben wir Schritt um Schritt spielend bezwungen.

Und dann zogen wir ein in die Residenz, die Lotuswell Seniorenresidenz. Das ist kein Altenheim, sondern eine Residenz. Deshalb werden die Bewohner auch Residenten genannt. Das Einrichten der Wohnung hielt uns anfangs auf Trab, doch es machte auch Spaß. Küche und Bad waren voll ausgestattet, aber für Schlafzimmer, Wohnzimmer und das kleine Arbeitszimmer benötigten wir Möbel. Wenn wir öfter in das gleiche Einkaufszentrum oder Möbelhaus kamen, begrüßten uns die Verkäufer wie alte Bekannte. Da fühlten wir uns schnell heimisch. Bald war Alltag eingekehrt, und die anfänglichen Schwierigkeiten mit Bank, Aufenthaltsgenehmigung oder Rente waren bald keine Schwierigkeiten mehr sondern wurden zur Routine.

Damit man die Aufenthaltsgenehmigung in Thailand bekommen kann, braucht man von der Thailändischen Botschaft in Deutschland das „Non-Immigrant-O-Visum". Mit diesem Visum muss man dann innerhalb eines gewissen Zeitraumes auf der Immigration in Thailand das sogenannte Jahresvisum holen. Dazu benötigt man entweder ein Konto auf einer Thailändischen Bank mit einer gewissen Geldsumme oder eine feste Rente von mindestens 1600 Euro.

Die Rententräger überweisen die Rente nicht nach Thailand - man braucht also auf jeden Fall in Deutschland ein Konto und man benötigt dazu einen Empfangs- und Zeichnungsberechtigten. Wir haben unseren Sohn als unseren Bevollmächtigten für alle bürokratischen Angelegenheiten bei der Bank und den Behörden in Deutschland eingesetzt. Er ruft uns an, wenn etwas anliegt, oder scannt die Post und schickt sie per Mail.

Die Bankgeschäfte erledigen wir per online-Banking. Das klappt sehr gut.

Wir haben in Thailand ein Fremdwährungs-Konto für unsere Euro und ein Baht-Konto für die Thailändische Währung. Auf das Fremdwährungskonto überweisen wir unsere Rente aus Deutschland. Von diesem Konto auf das Baht-Konto verschieben wir dann, wenn der Wechselkurs günstig ist.

Wir kommen mit unserem Geld gut über die Runden. Durch den Verkauf unserer Wohnung in Deutschland hatten wir genügend Geld, um die Wohnung im Lotuswell auf 30 Jahre zu leasen. Danach kann sie um weitere 30 Jahre kostenlos verlängert werden. Unsere 106 m² große Wohnung kostete 110.000 Euro. Die Kosten für den Lease-Betrag sind abhängig von der Wohnungsgröße und dem Wechselkurs. Zum Leben brauchen wir im Monat 1200 -1400 Euro pro Person. Damit kann man hier bequem leben.

Nur einmal sind wir nach unserer Auswanderung nach Deutschland geflogen. Ein Enkelkind hatte Kommunion - da durften Oma und Opa nicht fehlen. Alle Verwandten hatten sich über unseren Besuch gefreut. Noch nie waren wir so gefragt.

Letztes Jahr im August besuchten uns die Kinder mit Enkel hier in Hua Hin. Sie waren alle hellauf begeistert. Der Sohn fragte sogar: „Braucht ihr nicht einen Hausmeister? Ich komme sofort." Die Schwiegertochter fügte hinzu: „Wenn ihr das nicht gemacht hättet, wärt ihr dumm gewesen. Ihr habt hier das Himmelreich auf Erden. Ihr lebt gesund, euch geht es gut."

Uns geht es wirklich gut hier. Die altersbedingten Wehwehchen, die jeder mehr oder weniger hat, sind hier stark abgemildert. Die gleichmäßige Wärme tut gut, die starken Temperaturschwankungen wie in Deutschland gibt es hier nicht. Ich habe jahrelang im Altenheim gearbeitet und habe erlebt, wie die alten Menschen unter den Witterungsverhältnissen gelitten haben.

Diese Leiden treten hier nicht auf. In Deutschland hatte ich Pollenallergie, die sich bis zum Asthma gesteigert hatte. Hier merke ich nichts davon. Auch die Knochen und Gelenke, die mir vor allem im Winter wehtaten, spüre ich hier gar nicht.

Aber wir tun auch etwas für unsere Gesundheit. Jeden Morgen gehen wir in die Wassergymnastik - eine dreiviertel Stunde. Das ist ein kostenloses Angebot des Hauses. Wir essen gesund. Beim Frühstücksbuffet laden wir uns immer eine Menge Obst auf unsere Teller. Die frischen tropischen Früchte sollen ja besonders vitaminreich sein. Und abends vor dem Schlafengehen schwimmen wir eine Runde durch die wunderschönen Pools. Wir besuchen auch regelmäßig die Vorträge, die Ärzte hier in der Residenz halten. Da geht es um die verschiedensten Krankheiten, wie man sie erkennt, wie man vorbeugen kann und wie sie geheilt werden können. Bei diesen Vorträgen tun wir nicht nur etwas für unsere Bildung, wir lernen auch, wie man Krankheiten vermeiden kann.

Ganz wichtig für uns ist, dass wir in Hua Hin eine bessere ärztliche Versorgung haben als in Deutschland. Es gibt hier zwei moderne Krankenhäuser, das San Paulo Hospital und das neue private Bangkok Hospital Hua Hin. Dieses verfügt sogar über eine ‚Stroke Unit' zur schnellen Behandlung von Schlaganfällen.

Und wenn man einmal etwas wirklich Schlimmes haben sollte, kann man ins Bumrungrad International Hospital Bangkok, das weltweit eines der besten Krankenhäuser überhaupt sein soll.

Auch unser Zahnarzt in Hua Hin gehört zur Spitzenklasse Er hat an der Johann-Wolfgang von Goethe-Universität in Frankfurt und der Uni in New York studiert. Er ist nicht nur fachlich kompetent, sondern er behandelt die Patienten auch freundlich und gefühlvoll. In Deutschland habe ich immer geschrien beim Zahnarzt. Die Reaktion des Zahnarztes war: „Seien sie nicht so zimperlich!" Wenn ich hier nur zucke, hält der Zahnarzt an und geht auf mich ein.

Wir haben eine private französische Krankenversicherung. Damit sind wir in Thailand und den anliegenden Ländern kranken- und unfallversichert sowie in unserem Heimatland Deutschland 90 Tage kranken- und 60 Tage unfallversichert.

Die Versicherung gilt unbegrenzt, man muss jedoch eintreten, bevor man 70 Jahre alt ist. Bei uns wurde bisher alles erstattet.

Wenn man über 70 Jahre alt ist, wird es schwierig; je nach Gesundheitszustand bekommt man eine Versicherung oder auch nicht. Das macht den Älteren, die nicht rechtzeitig vorgesorgt haben, große Probleme.

Was für uns das Leben hier besonders lebenswert macht, ist die residenzeigene Infrastruktur. Hier wird sehr viel geboten und wir nehmen die Angebote intensiv an.

Wir haben Halbpension gebucht, deshalb muss ich

nicht kochen und nicht viel einkaufen. Wir haben einen Reinigungsdienst, deshalb muss ich nicht selbst putzen. Wir haben eine hauseigene Wäscherei, deshalb muss ich nicht waschen.

So haben wir Zeit für die erfreulichen Dinge, die tägliche Wassergymnastik, das wöchentliche Yoga, und das gesellschaftliche Leben. Hier bilden sich Grüppchen, die zusammen Schach, Boccia oder Billard spielen. Man trifft sich am Pool, in der Bücherei, im Fitnessraum oder im Büsli. Das Büsli ist der kostenlose Minibus, der stündlich in die Stadt fährt. Wir essen in Gemeinschaft und sitzen immer wieder mit anderen Gästen zusammen. Es ist schön, dass alle Leute hier in unsrem Alter sind. Ab 50 kann man einziehen. Als wir kamen lag der Altersdurchschnitt bei 62 Jahren.

Wir nehmen gerne am gesellschaftlichen Leben teil. Das macht nicht jeder hier, manche ziehen sich zurück - auch das kann man, man wird zu nichts gezwungen.

In Deutschland wohnten wir in einer Eigentumswohnung in einem großen Haus. Die Mitbewohner haben wir selten gesehen. Selbst die Nachbarn links und rechts kannten wir kaum. Dort waren wir ziemlich isoliert und relativ alleine. Hier im Lotuswell ist Gemeinschaft inbegriffen. Für uns hat die Gemeinschaft nicht nur eine sehr belebende, sondern auch eine beruhigende Wirkung. Man wird wahrgenommen, es würde sofort bemerkt, wenn wir fehlen würden. Sicher würde schnell jemand nach uns schauen und fragen: „Was ist los mit euch?"

Manche sagen, wir leben hier in einem Getto. Tatsächlich leben wir in einem kleinen Dorf, in einer Gemeinschaft mit Deutschen und Schweizern. Diese Gemeinschaft erleben wir als etwas sehr Positives. Für ein paar andere Residenten überwiegen die Probleme der Gemeinschaft. Natürlich wird hier getratscht, wie in jedem Dorf getratscht wird. Natürlich gibt es auch hier ein paar Querulanten, wie in fast jeder Gemeinschaft. Natürlich gibt es Unstimmigkeiten bei der Nebenkostenabrechnung, wie das jeder kennt, der bei Eigentümerversammlungen einer deutschen Hausgemeinschaft dabei war. Natürlich entstehen manchmal Spannungen, wie es eben ist, wenn Menschen zusammenleben. Natürlich muss manchmal der Manager bestimmen, wenn keine Einigung zu erzielen ist. Er hat ja die Verantwortung. Manche Residenten regen sich auch über Bauverzögerungen auf, die nicht nur in Thailand unvermeidbar sind. Oft ist auch der Leasing-Vertrag, den sie unterschrieben haben, der Stein des Anstoßes. Die Apartments können nur an den im Apartment lebenden Lebenspartner vererbt oder übertragen werden. Wir könnten die Wohnung also nicht verkaufen, wenn wir ausziehen wollten. Das Apartment fällt nach Auszug oder Tod an die Betreibergesellschaft zurück; ein vorher nach Wohndauer reduzierter und vertraglich fixierter Betrag wird an die Erben oder Leaseholder ausbezahlt.

Für uns ist das ein sauberer Vertrag, wir haben ihn geprüft und beide Parteien halten ihn ein. Dass die Wohnung sogar rechtmäßig registriert ist und wir beim Landdepartment als Besitzer dieser Wohnung eingetragen sind, beweist uns die Seriosität.
Man muss sich in dieser Gemeinschaft auch etwas anpassen, einfügen können. Jeder bringt seinen Rucksack an Problemen aus seinem früheren Leben mit. Wer diese Last nicht fallen lassen kann, hat es auch hier schwer. Manche haben Probleme mit Autoritäten oder sie waren ihr Leben lang selbständig und nicht gewöhnt, eine Autorität über sich anzuerkennen. Dieses Autoritätsproblem haben sie jetzt mit Coni. Für die einen ist er der verehrte Guru, für andere der verhasste Diktator.
Coni, also Cornelius Steger, ist Schweizer und war selbstständiger Unternehmer im Baugewerbe. Ich kann diesen Mann nur bewundern! Was der in der kurzen Zeit

aus dem Boden gestampft hat! Die meisten hier haben keine Ahnung, was Coni alles auf sich genommen hat, um dieses Projekt zu realisieren. In Thailand läuft nicht alles so nach Plan, wie man es von Deutschland oder der Schweiz gewohnt ist. Und es ist auch für ihn ein fremdes Land mit anderen Gepflogenheiten.

Coni kam nach Thailand, weil er einen Ort für seinen eigenen Ruhestand suchte. Und den fand er in Hua Hin. Weil er ein Geschäftsmann ist, und auch andern den Ruhestand im Paradies ermöglichen wollte, schuf er das Lotuswell Resort.

Er lebt und arbeitet mit seiner Frau und seinen beiden Söhnen hier. Das Lotuswell ist ein Familienunternehmen. Ein Sohn, ein Fünf-Sterne-Koch, betreibt das Restaurant. Da Coni selbst wenig Ahnung vom Umgang mit Senioren hat, er kommt ja aus dem Baugewerbe, hat er den Deutschen Fritz Hertlein eingestellt, der seit Dezember 2012 Resident Manager ist. Mit seinen pflegerischen, sozialen und organisatorischen Erfahrungen schätzen ihn alle als optimistischen Diplomaten. Fritz wirkt ausgleichend, er ist immer bereit, zuzuhören, Lösungen anzubieten und Harmonie zu schaffen.

Ich habe ja schon erzählt, dass hier immer mal wieder medizinische Vorträge angeboten werden. Aber es gibt auch Vorträge zu anderen interessanten Themen. So war einmal der Manager von einem Country Club hier und hat uns über das Golfen erzählt.

Hätte uns einer in Deutschland gesagt, dass wir uns jemals fürs Golfspiele begeistern würden, hätten wir ihn ausgelacht! Wir sind doch keine Snobs, noch haben wir das Geld für einen Golfclub! Auch das Abschlagen der Bälle wäre nichts für das Kreuz meines Mannes, dachte ich immer.

Doch nach dem Vortrag des Golfclub-Chefs vom *Majestic Creek* sagte mein Mann: „Wär das nichts für uns? Hier könnten wir uns das leisten." Wir arrangierten ein supergünstiges Schnupperangebot bei dem wir alle Gerätschaften zur Verfügung gestellt bekamen.

Es hat uns gefallen, in der Wärme bekam mein Mann keine Kreuzschmerzen, und wir sind eingetreten. Jetzt sind wir tatsächlich begeisterte Golfspieler. Der Platz liegt in herrlicher Lage und ist prächtig angelegt. Bei hohen Temperaturen fahren wir mit einem Golf-Cart über den Platz, wenn es kühler ist laufen wir auch mal und haben Bewegung in der Natur. Immer werden wir von einem freundlichen Caddie begleitet. Man lernt wieder körperliche Disziplin, wir treffen andere Menschen und haben eine für uns tolle Beschäftigung. Zweimal pro Woche gehen wir jetzt zum Golfspielen. Eine Runde dauert so vier bis fünf Stunden Wir werden zwar nie ein Handicap erreichen, geschweige denn annähernd die Klasse von Tiger Woods, aber es macht uns Spaß.

Im ersten Jahr hatten wir kein Auto und haben auch gesagt, wir benötigen keinen eigenen Wagen, das sogenannte Büsli fährt ja jede Stunde kostenlos in die Stadt. Es gibt auch preiswerte Tuktuks und Taxis. Doch irgendwann haben wir gedacht, um zum Golfplatz zu fahren wäre ein Auto nicht schlecht. Jetzt haben wir ein Auto.

Zur Infrastruktur von Lotuswell gehört auch, dass man Hilfe hat bei allen Behördengängen. Wenn wir auf ein Amt müssen, begleitet uns immer jemand vom Resort. So fallen die Probleme mit der Verständigung total weg. Auf der Immigration, der Einwanderungsbehörde, wo wir alle drei Monate vorstellig werden müssen, erledigt Khun Lisa, die Angestellte vom Resort, alles für uns. Sie hat unsere Ausweise und Papiere, wir müssen nur dabei sitzen und am Schluss unterschreiben.

Auch wenn man hilfsbedürftig wird, ist man nicht auf sich gestellt. Man kann eine Haushaltshilfe bekommen, auf Wunsch sogar eine Pflegerin, die in der Wohnung lebt. Was jetzt unser Büro ist, könnte leicht in einen Raum für eine Pflegerin umgewandelt werden. Ich lebe hier in dem beruhigenden Bewusstsein, wenn einer von uns beiden einmal pflegebedürftig werden würde, wären wir hier gut aufgehoben. Wir haben beobachtet, mit welch liebevoller Zuwendung und mit welchem Respekt die thailändischen Pflegerinnen mit ihren Schützlingen umgehen. So etwas ist in einem deutschen Altersheim einfach nicht möglich, dort sind die Pflegekräfte gehetzt, überfordert, hektisch. Ich spreche aus Erfahrung.

Und wenn man schwerer krank ist, bestellt Coni einen Arzt oder hilft mit dem Krankenhaus. Seit Neuestem haben wir auch eine eigene Krankenstation in der Residenz, das sogenannte Medical-Center, mit Physiotherapie, SPA und Fitnessraum. Auch hält ein Hörgeräteakustiker regelmäßig Sprechstunde.

Für uns ist es ganz wichtig, dass man hier nicht rausgeschmissen wird, wenn es dem Ende zugeht. Das Thema Sterben und Tod ist nicht ausgeklammert. Man kann hier mit Würde sterben. Auf dem Grundstück steht ein heiliger Baum, wo die Urnen der Verstorbenen beigesetzt werden können. Und wenn ein Partner stirbt, das haben wir hier auch schon erlebt, ist der Überlebende nicht allein. Er wird von der Gemeinschaft aufgefangen. Aber wir können nicht pauschal jedem Rentner empfehlen, hier sein Alter zu verbringen. Wir haben schon einige ältere Menschen erlebt, die wieder zurück in ihre Heimat wollten oder auch mussten.

Das Wichtigste scheint uns bei Paaren zu sein, dass beide aus vollem Herzen diesen Schritt tun wollen. Geht ein Partner nur halbherzig mit, nur um dem Mann oder der Frau einen Gefallen zu tun, können beide nicht glücklich werden. Es muss im Vorfeld sicher sein, dass beide das Klima vertragen und nicht einer an einer Krankheit leidet, wie zum Beispiel einer Hautkrankheit, die hier nicht besser sondern schlechter wird.

Wir haben es noch keine Minute bereut, dass wir den Schritt des Auswanderns nach Thailand getan haben und dass wir hier in der Senioren Residenz Lotus Well leben. Wir sind beide froh, dass wir frühzeitig genug hierher kamen. Ich war damals 61, Hans 63 Jahre. So können wir noch mit vollem Bewusstsein und hoffentlich noch lange unseren Ruhestand hier im Paradies genießen.

Ich bin angekommen

Eveline Willi lebte mit ihrem Mann Heinz schon in den verschiedensten Ländern der Erde. In Chiang Mai initialisierte sie die Gründung des Schweizer Clubs und hat das Gefühl, Nordthailand ist die Heimat ihres Herzens.

Durch die Arbeit meines Mannes sind wir viel in der Welt herumgekommen. Schon in den 90er Jahren lebten wir für fünf Jahre in Bangkok.
Zuvor wohnten wir in Schweden, England und Pakistan. Dann hat es uns für 13 Jahre nach Asien verschlagen, zuerst nach Korea, dann nach Hongkong und später nach Bangkok.
Als wir nach Korea zogen war der Kleinste sechs Wochen und der Ältere zwei Jahre alt. Sie haben also den größten Teil ihrer Kindheit in Asien verbracht.

Thailand hat uns sehr gut gefallen, und obwohl Heinz viel unterwegs war, haben wir an den Wochenenden das ganze Land bereist. In der weiteren Umgebung von Bangkok gibt es kaum eine Straße, die wir nicht kennen. 50000 km haben wir abgespult. Vor allem der Norden und der Nordosten haben es uns angetan. Wir hatten eine Landkarte, da haben wir alle Straßen, die wir befahren hatten, schwarz nachgezeichnet. Diese Karte ist jetzt fast nur schwarz.

Thailand hat uns wirklich sehr tief berührt und wir sind nur schweren Herzens zurück in die Schweiz gegangen. Aber es ging nicht anders wegen der Ausbildung unserer Kinder. Unsere Kinder sollten eine Lehre machen, so etwas gibt es in Thailand nicht. Für die Universität waren sie nicht prädestiniert.

Aber es war uns klar: In Thailand werden wir uns einmal zur Ruhe setzen. Auch zwischendurch wollen wir immer mal wieder zurückkommen. Um einen Haltepunkt in diesem Land zu haben, ein Zuhause, und nicht wie Touristen im Hotel wohnen müssen, haben wir ein halbes Jahr bevor wir in die Schweiz zurückgingen in Chiang Mai ein Haus gekauft, ein kleines Townhouse. Elf Jahre lebten wir dann in der Schweiz, kamen aber fast jedes Jahr in den Ferien hierher. So konnten wir die ganze Entwicklung von Chiang Mai mit verfolgen.

Damals, als wir das Stadthaus kauften, war Chiang Mai noch ein verschlafenes Städtchen, in dem wir jeden Morgen das Chanten der Mönche hören konnten. Mittlerweile hat Thailands zweitgrößte Stadt einen hohen Verkehrslärm, jede Menge Staus, Hochhäuser und Fastfood Restaurants zu bieten. Doch der quadratische Wassergraben, der die Altstadt begrenzt, ist geblieben und auch die alten Tempelruinen inmitten der verträumten Gärten. Noch immer werden die Straßen von Bäumen gesäumt und trotz der vielen Autos sind immer noch unzählige Straßenhändler unterwegs.

Vor sieben Jahren war es dann so weit. Unsere Kinder sind flügge geworden, der älteste Sohn ist jetzt 33, der jüngere 31. Der jüngere ist verheiratet und wir haben sogar schon ein Enkelkind.
Wir packten unsere Koffer und flogen nach Thailand.

Zuerst wohnten wir in unserem Townhouse in Chiang Mai. Wir waren uns einig, dass wir in Zukunft außerhalb der Stadt leben wollten. Mit dem Kauf oder Bau eines eigenen Hauses im Grünen ließen wir uns aber Zeit.

Schon lange bevor wir auswanderten, surfte ich im Internet nach Häusern in der Region und schwelgte in den Homepages, die Fotos von traumhaften Häusern inmitten baumbestandener Gärten zeigten. Heinz war davon nicht so begeistert, er wollte nicht in ein schon bestehendes Haus ziehen, er wollte etwas Eigenes bauen. Wir sind in unserem Leben schon so oft umgezogen, 30mal schon, und wir haben eine ganz bestimmte Vorstellung, was für uns ideal wäre. „Jedes Haus, das schon besteht, wäre ein Kompromiss für uns. Und wir sind in unserem Leben schon wahrlich viele Kompromisse eingegangen, was Häuser betrifft", sagte er mir immer wieder. „Bisher wohnten wir ja nicht gar zu lange in einem Haus. Aber jetzt wollen wir ein richtiges Zuhause, in dem wir für immer bleiben werden, ein Haus, das genau für uns beide passt."

Er hatte Recht. Das maßgeschneiderte Haus gab es nicht zu kaufen. Deshalb ließ ich mich überreden, ein eigenes Haus zu bauen. An einem bestehenden Garten gefällt mir der alte Baumbestand. Heinz versprach mir, dass ich große Bäume haben werde: „Wir werden große Bäume pflanzen lassen. Das ist üblich in Thailand und durchaus erschwinglich. Schau doch, wie die neuen Hotels ihre Gärten gestalten! Da wird erst alles gerodet, dann gebaut und anschließend wird der Garten mit großen Bäumen angelegt." Ich wusste ja auch, wie schnell hier alles wächst und den Pflanzen beim Wachsen zuzusehen, macht Spaß.

Heute erkennt man tatsächlich nicht mehr wie kahl das Grundstück einmal war. Sogar der hundertjährige Baum, den mir Heinz schenkte, ist gut angewachsen, wird langsam größer und gedeiht.

Wir hatten uns also darauf geeinigt, Land zu suchen. Das Grundstück, auf dem wir jetzt wohnen, war das erste Land, das wir uns damals anschauten. Mae Rim hat uns schon immer gut gefallen, und beim Rumfahren haben wir dieses Fleckchen Land entdeckt und uns auf Anhieb verliebt.

Aber wir wollten ja nicht das erstbeste nehmen. Man muss ja eine Vorstellung von den Preisen bekommen und was man dafür erwarten kann. Deshalb haben wir uns noch viele Grundstücke angeschaut. Aber das erste blieb unser Favorit. Wir haben es gekauft und unser Traumhaus darauf gebaut, ein Haus, nur für uns zwei. Für Besucher haben wir einen Bungalow hier hinter dem Swimmingpool. In der Winterzeit ist er sehr frequentiert. Unsere Söhne, Verwandte und Freunde machen sehr gerne Urlaub bei uns. Ja, wir haben sehr viel Besuch.

Die Zeit des Hausbaus war keine einfache Zeit. Da wurde uns unsere rosarote Brille oft unsanft entrissen. Wir wurden mit einigen Tugenden konfrontiert, die uns als Europäer überhaupt nicht passen, wie mangelnde Pünktlichkeit, Präzession usw. Hier wird alles sehr flexibel gehandhabt.
Unsre Liebe zu Thailand wurde während dieser Zeit streng getestet.
Wir mussten uns immer wieder gegenseitig motivieren. Mein Mann tröstete mich: „Was wir jetzt auf der Baustelle kennenlernen ist nicht das Thailand, das wir von früher kennen und auch nicht das Thailand, wie es später sein wird. Das ist einfach eine Zwischenphase, da müssen wir jetzt durch."
In diesen unschönen Momenten fragte ich mich oft, warum tun wir uns das an? In was für ein Land sind wir da geraten?

Diese Zeit haben wir gottseidank hinter uns und wir sind jetzt glücklich in Chiang Mai.
Wir leben das ganze Jahr hier. Ich fliege jedes Jahr für zwei, drei Wochen in die Schweiz, vor allem, um meine Eltern zu besuchen, die nicht mehr hierher reisen können oder wollen. Mein Vater war sehr krank und ist inzwischen gestorben. Ich gehe gerne in die Schweiz, nicht aus Pflicht wegen der Eltern. Mir macht es Freude

meine Kinder, unsere Enkelin und meine Brüder und ihre Familien in ihrer normalen Umgebung zu erleben. Das ist dann eine sehr intensive Zeit, ich komme ganz erschöpft zurück und freue mich wieder in meinem Paradies zu sein. Aber ich genieße auch die Zeit in der Schweiz.

Heinz bleibt in Chiang Mai und hütet unser Paradies. Er hat ein anderes Konzept. Für ihn sind die Zeiten, in denen unsere Verwandten hierher kommen, viel intensiver. In den zwei, drei Wochen können wir unsere normalen Aktivitäten einschränken und uns ganz dem Besuch widmen. Die elf Jahre, die wir in der Schweiz lebten, hatte er wesentlich weniger Qualitätszeit mit Familie und Freunden als wenn sie jetzt hier im Urlaub sind. In der Schweiz hat jeder seine Arbeit, seine Verpflichtungen, seine Freunde und Hobbys. Hier haben sie Urlaub und Zeit.

Ich bin sehr stark engagiert im lokalen Vereinswesen. Wir haben, zusammen mit einem anderen Ehepaar, den Schweizer Club gegründet.

Zuerst war ich Eventmanager und organisierte die Treffen und die großen Veranstaltungen. Inzwischen bin ich Präsidentin. Wir in Chiang Mai sind der aktivste Schweizer Club in ganz Thailand. Hier ist auch ein anderes Klientel als in den anderen Orten. In Bangkok sind es hauptsächlich Leute, welche die Großstadt lieben und Geschäftsleute. In Phuket und Ko Samui leben viele Männer, die auf Girls aus sind oder Paare, die Sonne, Meer und Ferienstimmung suchen. Hier in Chiang Mai gibt es viele sesshafte Schweizer, die an etwas mehr interessiert sind, wie Kultur oder Sozialem. Wir engagieren uns zum Beispiel für ein Charity Projekt mit autistischen Kindern oder wir schauen zusammen einen wertvollen Film an, über den wir anschließend diskutieren. Mir ist es sogar schon gelungen, den Filmregisseur einzuladen und mit ihm über seinen Film zu diskutieren.

Auch im Chiang Mai Expats Club war ich engagiert. Da treffen sich mehrheitlich angelsächsische Leute, die frisch nach Chiang Mai gekommen sind und wissen wollen, was hier läuft. Für viele sind die Informationen die sie bei uns bekommen ein wichtiger Einstieg. Mein Mann unterstützt mich bei der Vereinsarbeit so gut er kann.

Die Hobbys von Heinz sind unter anderem Tennis und seine Filme. Sein ganzes Leben lang hat er gefilmt, schon vor Urzeiten in schwarz-weiß, damals, als die Bilder laufen lernten. Jetzt digitalisiert er die Filme, die er im Laufe seines Lebens aufgenommen hat. Das ist eine schöne Arbeit mit vielen guten Erinnerungen. Im Sommer, wenn keine Besucher hier sind und auch in der Clubarbeit wenig los ist, wird ihm nie langweilig.
Meine Arbeit ist tatsächlich etwas vereinslastig, obwohl wir von Grund auf gar keine Vereinsmenschen sind.
Überall wo wir lebten, gab es einen Schweizerverein, aber nirgends waren wir jemals Mitglied. Und ausgerechnet wir haben hier einen gegründet. Früher brauchten wir das gar nicht, man hatte Kontakt durch die Kinder, die Schule, wir lebten auch nie lange an einer Stelle.
Aber als wir in Chiang Mai ankamen trafen wir nirgendwo Schweizer und kannten auch keine. Erst als wir einmal an unserem Nationalfeiertag zu einer 1.August-Feier ins Mercure Hotel eingeladen waren, haben wir gestaunt, wieviele Schweizer es hier gibt. Woher kommen denn die alle, haben wir uns gefragt.
Der jetzige Honorar-Konsul hielt es für eine gute Idee, in Chiang Mai einen Schweizer Verein zu haben, hatte selbst aber keine Zeit dazu. Als wir ein anderes Schweizer Ehepaar kennenlernten, die schon länger hier lebten und etwas mehr Bekannte hatten, beschlossen wir, einen Club zu gründen. Die Schweizer Botschaft half uns und hat alle gemeldeten Schweizer angeschrieben. Wer Interesse hat, solle sich bei mir melden. Das Mail ging an

alle Schweizer im ganzen Land, nicht nur in Chiang Mai, und da man gebeten wurde sich zu melden lief schon nach wenigen Stunden meine Mailbox über.

Am Gründungstag hatten wir schon 91 Mitglieder und sind jetzt auf 300 angewachsen.
Ja, es wurde eine richtige Erfolgsgeschichte mit dem Verein. Wir haben auch einige deutsche Mitglieder, denn die Deutschen haben bis jetzt keinen eigenen Club auf die Beine gestellt. Es gibt eine ganze Menge Deutsche und Schweizer in Chiang Mai, die kommen hierher und sprechen nichts als deutsch und leben hier ganz alleine. Für die ist so ein Club besonders wertvoll, weil sie da mal wieder ihre eigene Sprache sprechen können. Wir sind ein ganz wichtiges Netzwerk für viele Menschen.
Durch diese Institution werden Informationen sehr großzügig ausgetauscht. Wir werden alle zusammen älter und brauchen auch mal die Unterstützung von Landsleuten oder Menschen, die einem verstehen. Gerade wenn man die lokale Sprache nicht spricht, ist das von unschätzbarem Wert.

Ich spreche recht gut Thai, auch das Lesen habe ich gelernt. Mit Schreiben geht es nicht so gut.
Die Thais freuen sich ungemein, wenn man sich die Mühe macht, ihre Sprache zu lernen. Manchmal ist es lustig zu sehen, wie sich manche verkriechen, weil sie nicht wissen, wie sie mit einem Ausländer reden sollen oder Angst haben, sich zu blamieren. Wenn man dann ihre Sprache spricht, tauen sie auf.

Manchmal reise ich auch in Nachbarländer, zusammen mit einer Freundin. Ich war in Vietnam, Burma und Kambodscha, aber ich komme immer wieder gerne zurück, weil es hier so schön ist. Die anderen Länder sind interessant, aber leben wollte ich dort nicht.

In Thailand gefallen uns die Leute. Das hat den ersten Stellenwert. Das Klima passt uns sehr. Wir haben beide Probleme mit dem nasskalten, grauen Wetter.

Ich kann viele Sachen aufzählen, die mir hier gefallen, aber eigentlich ist es das Gefühl, dass Thailand die Heimat meines Herzens ist. Nicht ganz Thailand, es ist der Norden.

Thailand hat sicher auch seine Nachteile, seine Schattenseiten, aber ich glaube, wir haben gelernt damit umzugehen. Da wir schon in früheren Jahren in Thailand waren, hatten wir eine Vorstellung davon, was auf uns zukomme könnte. Dadurch haben wir einen riesigen Vorteil gegenüber den Menschen, die erst im Alter hierher kommen und überrascht sind, weil alles anders ist als sie es aus ihrem bisherigen Leben kennen.

Wenn Leute sich nach ihrer Pensionierung überlegen, wo gehen wir hin, nach Mallorca oder Thailand, wenn sie hierher kommen, ohne sich mit dem Land auseinandergesetzt zu haben – kann es schwierig werden. Das führt häufig zu Problemen.

Ich rate den Leuten immer: „Kommt erst für ein paar Monate her, bindet euch nicht, weder mit Haus noch sonst irgendwie. Redet mit Landsleuten, hört euch ihre Erfahrungen an. Es gibt Menschen, die Thailand ganz positiv sehen, andere sehen es kritischer und manche ganz negativ. Jeder hat andere Bedürfnisse, wie und wo er leben will, auf welche Art er sein Geld ausgeben will. Manche wollen lieber in der Stadt sein, andere wollen außerhalb in schöner Natur leben, manche wollen ein Auto, manche ein Motorrad und andere schwören auf öffentliche Verkehrsmittel.

Mit jedem Budget kann man sich hier eine gute Lebensqualität leisten.

Man kann hier im absoluten Luxus wohnen, nach oben gibt es keine Grenzen. Aber auch wer nur 40.000 – 50.000 Baht pro Monat zur Verfügung hat, muss sich zwar hier oder da etwas einschränken, kann sich aber auch einiges leisten und ein zufriedenes Leben führen.
Wenn ein Ehepaar allerdings mit 25000 Baht auskommen muss, ist das wahnsinnig wenig und sicher kein Spaß mehr.“

Für mich ist Thailand ein tolles Land, obwohl ich auch viele seiner Schattenseiten kenne. Die Frage ist, wie kann ich damit umgehen, was ist für mich wichtig, was will ich hier, warum bin ich hier.

Als ich das erste Mal in Chiang Mai war, hatte ich das Gefühl diese Stadt zu kennen. Die Altstadt mit ihren Gassen kam mir total vertraut vor, ich kannte mich da aus. Es war ein *Déjà-vu-Erlebnis*.

Für mich ist es das Gefühl von zuhause. Ich fühle mich hier mehr zuhause, als ich mich jemals irgendwo sonst gefühlt habe. Hier gehöre ich hin.
Wir sind hier sesshafter, auf die Zukunft bezogen, als wir es sonst irgendwo waren. Früher haben wir immer nach zwei, drei Jahren die Koffer gepackt und sind weitergezogen. Waren immer auf der Reise. Jetzt sind wir angekommen.

Das Beste, was mir passieren konnte

Der einarmige Frührentner, der in Deutschland immer unter Phantomschmerzen litt, hat in der Villa Germania in Pattaya seine zweite Heimat gefunden.

Mich nennen alle den Horsti 2 und ich wohne in der Villa Germania. Horsti 2 heiße ich, weil es den Horsti 1 schon gibt. Der ist die Nummer eins in der Villa, der Gründer sozusagen. Den kennen alle Deutschen hier in Pattaya, den Horst Thalwitzer, wie er mit vollem Namen heißt. Seit der RTL 2 Serie „Villa Germania – Forever Young", ist er auch in Deutschland berühmt.

Ich, der Horsti 2, komme aus Siegen und lebe seit Februar 2012 in Thailand. 1996 war ich das erste Mal in Pattaya, aber da kannte ich die Villa Germania noch nicht, obwohl es die schon gab. Ich bin damals in einem Hotel ganz in der Nähe abgestiegen.
Warst du schon in der Villa Germania? Unter der Villa darfst du dir kein vornehmes Landhaus in einem Villenviertel vorstellen. Sie ist ein Hochhaus mit 100 Apartments auf freiem Feld. Warum sie Villa Germania heißt, weiß ich auch nicht. Villa wurde sie wahrscheinlich genannt, weil es gut klingt. Germania, das ist klar. Das ist, weil hier nur Deutsche oder Deutschsprachige leben.

Jetzt bin ich schon dreieinhalb Jahre hier, und ich muss sagen, mir gefällt es ausgezeichnet in der Villa Germania. Es ist absolut toll. Wir leben wie in einer großen Familie, jeder kennt jeden, man ist nie allein. Diesen tollen Zusammenhalt bekommt man jeden Tag zu spüren. Hat man einmal ein Problem oder eine Frage, ist immer jemand da, der einem helfen kann. Und dann gibt es natürlich den Horsti 1. Der ist für alle die Bezugsperson.

Das ist einfach spitze. Zurzeit leben 150 – 200 Leute hier, schätze ich. In der Regenzeit sind es weniger. Aber die Apartments sind immer gut belegt.

Die meisten die hier leben sind deutsche Männer mit ihren Thai Freundinnen. Aber im deutschen Winter kommen auch mal deutsche Paare hierher.

Das Gute ist, hier wird es nie langweilig. Man vereinsamt nicht. Sicher hast du schon gehört oder gelesen, dass sich immer wieder Ausländer in Pattaya das Leben nehmen. Das sind total verzweifelte Männer, die krank und nicht versichert sind, die von ihrer Thai Partnerin ausgenommen wurden und jetzt mittelos dastehen. Und vor allem ist es die Einsamkeit. Die Einsamkeit ist das Schlimmste. Ich habe mal einen Deutschen besucht, der in einem dreckigen Hochhaus in einem Zimmer hauste, mit Blick auf die Müllkippe. Er konnte sich nur noch zuhause betrinken, weil zum Ausgehen das Geld nicht reichte. Und die Demütigung, wieder nach Deutschland zu gehen und Hartz IV zu beantragen wollte er auch nicht auf sich nehmen.

In der Villa Germania passiert so etwas nicht. Jedenfalls habe ich noch nie davon gehört. Hier gibt es immer jemanden mit dem man reden kann, wenn man will. Und es wohnen auch jede Menge Männer mit Erfahrung hier, die einem vor dem Schlimmsten bewahren.

Natürlich haben wir auch Nörgler. Aber wer da etwas zu meckern hat, der sollte lieber zuhause bleiben. Solche Typen, die nichts anderes zu tun haben als zu meckern, die gibt es ja überall. Die brauchen wir hier nicht. So langsam werden die weniger, sie merken selbst, dass sie nicht hierher passen.

Wenn Leute die Villa schlecht machen, die sie gar nicht kennen, tut mir das richtig weh. Das macht mich sogar wütend. Denn in der Villa ist es gut, richtig gut.

Ich habe ein Apartment in der achten Etage. Es ist 54 Quadratmeter groß. Es kostet nur 10.000 Baht im Monat, ein akzeptabler Preis, an Nebenkosten kommen 700 bis 800 Baht dazu. Das passt. Oder was meinst du?
Als ich zum ersten Mal in Thailand Urlaub machte war mir klar, du wanderst irgendwann einmal aus nach Thailand. Thailand ist irgendwie anders als woanders. Mir gefällt es hier und ich bleibe auch in Thailand bis zu meinem Lebensende. Die Villa habe ich durchs Fernsehen gefunden. Da war eine Sendung 1997 in RTL, da kam die Villa vor, und mir war klar, das ist genau das Richtige für mich.

In Deutschland war ich schon drei Mal verheiratet. Zwei Frauen waren Deutsche und von der ersten habe ich auch Kinder. Der Sohn ist 33, die Tochter 35.
Die waren natürlich entsetzt als ich ihnen erzählte, dass ich nach Thailand auswandere. Die glaubten auch an das Klischee, dass da Männer nur hingehen zum Bumsen. Entschuldige, wenn ich das so sage, aber so reden sie halt.

1997 habe ich eine Thai nach Deutschland mitgenommen und sie geheiratet. Vier Jahre waren wir zusammen. Aber das hat nicht so gut geklappt. Als sie meinen besten Freund kennenlernte war's dann aus.
Aber trotzdem bin ich wieder nach Thailand gekommen. Dieses Land hat mich einfach nicht losgelassen. Und die Thai Frauen auch nicht. Die meisten sind viel fürsorglicher als die deutschen. Sie machen dem Mann die Wäsche und halten die Wohnung sauber, besorgen das Essen und machen Komplimente. Sie stören sich nicht daran, dass ich nur einen Arm habe und respektieren mich, wie ein Mann es sich wünscht. Ja, wie du siehst, habe ich nur einen Arm. Den anderen habe ich bei einem Unfall verloren. Das ist 33 Jahre her. Ich kam unter einen Eisenbahnwagon, hatte viele Verletzungen,

die jetzt verheilt sind, aber der Arm ist für immer weg. In Deutschland hatte ich sehr starke Schmerzen, eigentlich immer. Ohne Schmerztabletten konnte ich es nicht aushalten. Und hier in Thailand spüre ich fast nichts mehr, selbst die lästigen Phantomschmerzen sind nicht mehr da.

Nach dem Unfall wollte ich eigentlich umschulen, aber mein Doktor hat mir dringend geraten, in Rente zu gehen. Er sagte: „Jetzt geht das noch, wer weiß, wie das später ist? Und dann stets du da!" Ich habe kurz überlegt, aber dann bin ich seinem Rat gefolgt. Und ich denke, das war das Richtige.

Ziemlich schnell, nachdem ich in die Villa Germania zog, fand ich eine Freundin, die zu mir zog. Aber das war eine Giftspritze, die konnte richtig aggressiv werden. Alle Freunde hier haben mir geraten, sie rauszuschmeißen. Und zum Glück bin ich ihrem Rat gefolgt.

Jetzt geht es mir wirklich gut, denn seit zwei Jahren lebe ich mit Sopa zusammen. Sie ist eine ganz tolle Frau. Sie sie ist 52 Jahre alt, ich bin 60 Jahre, das passt. Es passt alles.

Wie ich Sopa kennengelernt habe, das ist so eine Geschichte. Sie wollte mich eigentlich gar nicht. Ich stand da vor einem Massagesalon und überlegte: Gehste rein oder gehste nicht rein? Ich entschied mich dann, reinzugehen. Das war der beste Entschluss meines Lebens. Und sie massierte mich. Sie massierte gut. Das tun viele andere auch. Aber Sopa war die erste Masseurin die ich kennenlernte, die keinen Sex wollte. Sonst drängen sie ja immer zu „Happy End". Mit Happy End bekommen sie 1000 Baht mehr. Und diese Masseurin wollte das nicht. Das hat mich so begeistert, dass ich mich spontan verliebte in diese Frau. Ich dachte, die hat einen guten Charakter. Ich lud sie zum Essen ein, aber auch das lehnte sie ab. Sie wollte nicht einmal mit mir zum Essen gehen. Das ist mir noch nie passiert. Sie sagte: „Vielleicht du guter Mann, aber ich gehen nicht weg mit Männern." Um diese Frau habe ich gekämpft. Eine mit so einem guten Charakter findet man kein zweites Mal. Jetzt wohnt sie bei mir und ich bin glücklich. Ich glaube, sie auch. Obwohl sie weiterhin massiert sagt sie: „Ich wohnen bei dir. Ich arbeiten für dich. Ich dir putzen, waschen, kochen. Du ruhen dich nur aus."

Das sagt sie in Deutsch. Ja, das ist ein Glücksfall, sie spricht ganz annehmbares Deutsch. Sie hatte früher schon deutsche Männer, ältere Männer, die sind längst verstorben. Nächstes Jahr werden wir heiraten. Es wird ja immer behauptet, Thai-Frauen seien nur aufs Geld aus, das kann ich von meiner überhaupt nicht sagen. Meine Freundin ist sparsam, legt Wert darauf, dass sie weiterhin zur Arbeit geht. Bei ihr muss ich mir keine Sorgen machen, dass sie sich mit anderen Männern einlässt. Sie ist eine ehrenhafte Frau und jeden Tag geht sie zu Buddha.

Die meisten deutschen Männer, die hier für lange Zeit leben, haben eine feste Freundin. Bei manchen geht es gut, bei manchen nicht, wie das halt so ist. Diejenigen, die nur jedes Jahr für einen Urlaub herkommen, haben in der Regel keine festen Beziehungen. Selbst wenn sie das wollen, es geht nicht. Auf die Entfernung hält keine Beziehung für so lange Zeit.

Es ist richtig, dass viele hier wegen der Mädels herkommen. Aber es gibt noch einen anderen Grund. In Thailand kann man viel günstiger leben als in Deutschland. So billig wie früher ist es zwar längst nicht mehr, die Rente sollte mindestens 1.200 Euro betragen, besser etwas mehr. Man will ja auch mal ein Bier trinken und der Frau etwas bezahlen. Ich zahle meiner 7000 Baht im Monat, sie ist ja schon alt und sie verdient noch ihr eigenes Geld. Aber die meisten Ausländer müssen ihrer Freundin 10.000 bis 15.000 Baht bezahlen, das ist der normale Preis. Ich kann nicht mehr bezahlen, und das weiß Sopa. Ich habe zwar eine gute Rente, aber ich muss auch noch an meine Exfrauen in Deutschland Geld abdrücken. Doch ich komme gut über die Runden. Sollte es aus irgendeinem Grunde mal knapp werden, hier ist immer einer, der einem aushilft. Horsti rät jedem, dass er eine Krankenversicherung abschließen soll. Ich habe jetzt eine Thai Versicherung. Mit 110 Euro pro Monat bin ich gut versichert.

Die Villa Germania ist das Beste, was mir passieren konnte. Hier passt alles. Ich bin hier rundum zufrieden. Wäre das nicht auch etwas für dich?

Wieder neue Energie gewonnen

Christa, die vier Adoptiv– und vier Pflegekinder aufzog, hat nach verschiedenen Schicksalsschlägen in Hua Hin eine neue Aufgabe gefunden: Sie kümmert sich, zusammen mit einer engagierten christlichen Gruppe, um Menschen in Slums. Ihr thailändischer Pflegesohn chauffiert ihr Auto und unterstützt sie.

Seit die Kinder groß waren, reiste ich jeden Winter nach Thailand. Ich hatte Weichteil-Rheuma und die Wärme tat mir gut. Mein Mann ging nie mit. Thailand, das war nicht sein Land, es war viel zu heiß für ihn. Er war ein ganz heller Typ mit rötlichen Haaren und Sommersprossen, und schon nach fünf Minuten in der Sonne sah er aus wie ein Krebs. Manchmal hatte ich ein schlechtes Gewissen, doch er hatte nichts dagegen, dass ich im Winter alleine nach Thailand flog. Er sagte immer: „Fahr du nur nach Thailand, das ist in Ordnung. Was willst du in der Schweiz, wo du nur Schmerzen hast? Wir haben Skype und können jeden Tag miteinander reden." Wichtig war für ihn, dass wir seinen Jahresurlaub gemeinsam verbringen. Und dazu fuhren wir jeden Sommer in unsere Ferienwohnung in Davos.

Peter war ein guter Mann, ein außergewöhnlich guter Mann, der auf all meine Wünsche einging und sie erfüllte. Zwischen uns fiel nie ein böses Wort. Ich war auch eine außergewöhnliche Frau und hatte außergewöhnliche Wünsche. Ich wollte nicht heiraten und ein, zwei Kinder haben. Ich wollte einen ganzen Stall voll Kinder, und zwar adoptierte und Pflegekinder.
Von Beruf war ich Erzieherin. Ich arbeitete in verschiedenen Einrichtungen in Deutschland und der Schweiz, unter anderem als Leiterin eines Ganztagskindergartens und in verschiedenen Kinderheimen.

In diesen Kinderheimen habe ich so viel Elend gesehen, so viele Kinder, die man nicht vermitteln konnte, weil sie nicht hübsch oder behindert waren. Viele hatten ein schlimmes Schicksal hinter sich, keiner wollte sie, vor allem wenn sie schon älter waren.

Ich lebte schon vier Jahre mit Peter zusammen als er erkannte, dass es mein größter Wunsch war, ein eigenes Heim für Kinder zu haben, ein Heim mit unseren eigenen Adoptiv- und Pflegekindern. Deshalb heirateten wir und ein Jahr später bewarben wir uns im Jugendamt bei der Kindervermittlungsstelle. Eigentlich muss man fünf Jahre verheiratet sein, um sich registrieren lassen zu können. Mein Mann hat denen gesagt: „Wissen Sie, wir haben das Zusammenleben schon vier Jahre zuvor geprobt." Oh, war mir das peinlich! Aber auf diesem Amt waren sie nicht so puritanisch, und auf Grund meines beruflichen Hintergrundes und meiner Erfahrung wurde unsere Bewerbung angenommen.

Schon zwei Tage später meldete sich das Jugendamt und fragte, ob wir bereit wären. Es sei aber ein Haken dabei. „Es ist nicht ein Kind, es sind zwei. Geschwister, die unbedingt zusammen bleiben sollten. Sie waren acht und neun Jahre alt und hatten ein grausames Schicksal hinter sich. Der Junge war kriminell und das Mädchen Epileptikerin.
Mit diesen Geschwistern fingen wir an, und dann kam ein Kind nach dem anderen dazu. Vier haben wir adoptiert und vier weitere als Pflegekinder aufgenommen. Sieben Jahre lang betreuten wir zusätzlich noch sechs Tageskinder.
Mein Mann war gut situiert, machte Karriere bei Siemens und wir hatten ein großes Haus am Zürich See. Platz genug war also für alle, und für die Hausarbeit stellten wir Personal ein. Peter hat mich immer unterstützt, so gut er konnte. Er war immer verständnisvoll, hielt

immer zu mir. Er war der ruhende Pol, ich eher die Temperamentvolle.

Einfach war es nicht, mit diesen Kindern. Alle hatten ein schweres Päckchen zu tragen. Wir steckten viel Energie, Liebe und Fürsorge in unsere Schützlinge. Was wir mit diesen Kindern erlebten, würde ein ganzes Buch füllen.

Die Kinder wurden erwachsen und führten ihr eigenes Leben. Mein Mann ging mit 61 in Rente und ich freute mich, den Ruhestand gemeinsam mit ihm genießen zu können.

Doch als mein Mann 66 Jahre alt war, wurde ein Gehirntumor diagnostiziert und drei Stunden nach der Diagnose war er tot.

Das war für mich der Weltuntergang. Ich war fertig. Ohne Peter, meinen ruhenden Pol, wollte ich nicht leben. Bis dahin hatte ich ein erfülltes, sehr aktives Leben, ich hatte mich engagiert und viel geleistet.

Plötzlich war ich wie gelähmt. Ein ganzes Jahr lang blieb ich zuhause. Ein ganzes Jahr lang hatte ich immer noch das Gefühl, dass er da sei. Wenn ich beim Lesen einschlief spürte ich, wie er mir die Brille abnahm, mir ein Küsschen gab und mich auf die Seite legte, wie er das früher so oft getan hatte. Wenn ich in der Nacht einen schlechten Traum hatte, spürte ich, wie er mir über den Kopf strich, mich in den Arm nahm und beruhigte. Immer und überall in diesem Haus spürte ich diesen Mann. Ich hatte das Gefühl verrückt zu werden. So konnte es nicht weitergehen. Ich musste raus aus diesem schönen großen Haus. Ich konnte da nicht mehr leben.

Ich wollte nach Thailand, in ein Land, das ich kannte, das aber frei von Erinnerungen an meinen Mann war. In Phuket hatte ich immer noch ein Apartment. Doch aus früheren Jahren wusste ich, wie es dort aussah, wenn ich nach einem Jahr wieder kam. Immer war etwas kaputt, die

Pumpe ging nicht mehr, die Möbel waren verschimmelt, Geckos und Ratten hatten sich breit gemacht. Wie wäre das erst nach zwei Jahren?

Meine Kinder wollten nicht, dass ich in meinem Zustand alleine in Phuket hauste, wo ich mich um so vieles kümmern musste. Doch sie stimmten zu, dass ich nach Thailand ging.

Meine Tochter hatte Kontakt zu einer kleinen, neuen Seniorenresidenz bei Buriram im Nordosten Thailands. Sie war bei der Einweihung dort, zusammen mit vielen einflussreichen Leuten. Sogar der deutsche Botschafter war geladen. Die Bungalows um den kleinen See waren sehr hübsch, und die Betreiber, ein Schweizer und seine Thai Frau, machten auf meine Tochter einen guten Eindruck. Meine Kinder meinten, das sei das Richtige für mich. Dort hätte ich Betreuung, in dem Familienbetrieb würde auf jeden einzelnen individuell eingegangen und es gäbe frisch zubereitetes, europäisches Essen.

Auf der Homepage sah auch alles recht nett aus. Die Lage inmitten von Reisfeldern gefiel mir, auch die angepriesene Ruhe und die gute Luft fernab jeden Verkehrs.

Eigentlich war es mir egal wo ich hingehe. Ich war so traurig und hatte zu nichts Lust. Am liebsten wäre ich gestorben. Ich hatte tatsächlich oft den Gedanken, wenn ich nicht mehr esse, dann sterbe ich von alleine.

Also reiste ich nach Thailand. Die Möbel und meine sonstigen Habseligkeiten aus der Wohnung in Phuket wurden nach Buriram gebracht und ich bezog dort einen Bungalow. Ich war lethargisch, nahm meine Umgebung kaum wahr und ließ alles mit mir machen.

Sieben Monate war ich in Buriram. Dann habe ich es nicht mehr ausgehalten.

Ich habe gemerkt, dass ich nicht der Typ für diese ländliche Umgebung bin.

Und so bin ich in Hua Hin gelandet. Ich kannte es ja von früher, von den Ferien. Am liebsten wäre ich gleich in das schöne Kondominium Baan Chai Talay gezogen, ein architektonisch aufgelockert gestaltetes Hochhaus mit vielen Wohnungen direkt am Meer.

Aber dort war nichts frei für mich. Deshalb wohnte ich zuerst im Marrakesch Kondominium, bis ich einige Jahre später diese herrliche Wohnung im Baan Chai Talay bekam. Ich habe unser Ferienhaus in Davos verkauft, das kostete mich nur Geld, jeden Monat 1000 Franken allein an Nebenkosten. Es war eine ziemlich luxuriöse Wohnung in einer Anlage mit Fitnessraum, beheiztem Schwimmbad und Schneeschippdienst. Mit diesem Geld finanzierte ich die Eigentumswohnung in Hua Hin. Eine Immobilie in Thailand zu erwerben hatte außerdem den Vorteil, dass sie im Wert steigen würde und ich sie nach thailändischem Recht an Pflegekinder vererben kann, ohne dass sie die hohe Schweizer Erbschaftssteuer bezahlen müssen. Es darf übrigens kein Haus sein, das ich nach Thai Recht nur leasen kann. Es muss eine Wohnung in einem Kondominium sein, die gehört mir und über die kann ich in meinem Nachlass verfügen.

Meine Familie sah ein, dass Buriram nicht das Richtige für mich war und sie akzeptierten, dass ich nicht in einer Seniorenresidenz wohnen wollte. Doch dass ich ganz alleine in einem Kondominium lebte, dass wollten sie gar nicht. Sie meinten ich brauche eine Haushaltshilfe, die bei mir wohnt. Aber ich wollte keine Person bei mir haben, die mich den ganzen Tag betüttelt, das kann ich nicht haben.

Einer meiner Söhne hatte einen sehr guten thailändischen Freund in Bangkok, den Foto. Auch ich kannte ihn schon lange und gut. Er hat mich sogar mehrmals in Buriram besucht und nannte mich Mama. Er war ein zuverlässiger Junge, hübsch und schwul. Ich mochte ihn gern. Er war wie ein Sohn für mich. Ich hatte ihn früher öfter unterstützt. In der Zwischenzeit stieg er zum Star in Bangkok auf. Er drehte Filme, arbeitete als Model, machte Videoclips.

Diesen Foto hat mein Sohn gefragt: „Könntest du nicht auf Mami aufpassen und mit ihr in Hua Hin zusammen leben?" Er bat sich einen Tag Bedenkzeit aus.

Zu dieser Zeit hatte er nicht viele Aufträge und tatsächlich rief er am nächsten Tag an und sagte: „I love Mami so much, I come." Und seitdem ist er da, schon über ein Jahr.

Er macht alles für mich, umsorgt mich, pflegt mich, passt auf, dass ich meine Medikamente nehme, fährt mich hin, wo ich hin will. Wir haben es wirklich schön zusammen. Immer wieder muss er für ein Fotoshooting nach Bangkok, das finde ich gut, das unterstütze ich.

Ich zahle im einen ortsüblichen vollen Lohn, auch wenn er nicht immer für mich arbeitet. Er ist alleinstehend, hat noch keinen Partner. Für Homosexuelle ist es hier in Thailand nicht so leicht, einen guten Thai-Partner zu finden, der ihn nicht ausnutzen will. Er will auch keinen Ausländer, das würde den Anschein erwecken, als ob er sich aushalten ließe. Und das kann Foto gar nicht vertragen.

Ich war nicht immer religiös. Zeitweise habe ich sehr mit Gott gehadert und wollte von Kirche nichts wissen. Besonders als Markus, eines unsrer schwierigsten Kinder, in das wir extrem viel Energie und Liebe steckten, mit 26 bei einem Unfall umkam, hatte ich richtigen Krach mit dem lieben Gott. Doch über diese Phase bin ich hinweg. Jetzt bin ich wieder stark und gläubig Hier bin ich auf die „Power of Love International Church" gestoßen, in der ich jetzt aktives Mitglied bin. Diese Kirche wurde von Andrew Stocks gegründet. Andrew, der schon in jungen Jahren Millionär wurde, arbeitet nicht mehr um sich selbst zu bereichern. Er nennt jetzt Gott seinen Boss und arbeitet für ihn. In Hua Hin hat er schon mehr als 5000 Anhänger, und dank seines Charismas und seiner Vision gelingt es uns, vielen armen Menschen zu helfen und dabei selbst glücklich zu werden. Andrew hilft uns, unser Herz zu öffnen.

Jeden Dienstagabend gehe ich mit unseren Kirchenmitgliedern in die Slums und verteile dort Essen an wirklich arme Leute. Da kommen mir manchmal die Tränen, wenn ich sehe, unter welchen Bedingungen Menschen leben müssen. Wie viele Thais haben auch viele Slumbewohner Diabetes. Nur - die Slumbewohner können sich die erforderlichen Medikamente nicht leisten. Eine Frau hat mir erzählt. „Als es mir ganz schlecht ging bin ich zum Doktor. Der hat mir gesagt, du musst ins Spital, ich kann nichts mehr für dich machen. Mein Enkel hat mich mit dem Mofa ins Krankenhaus geschafft. Irgendwie habe ich das Bewusstsein verloren und als ich aufgewachte, hatte ich nur noch ein Bein." Diese Geschichte ging mir sehr zu Herzen.
Da die Menschen kein Geld für Medizin haben schlagen sie sich so lange durch, bis ihnen ein Arm oder eine Hand abgenommen wird. Operationen sind kostenlos, Medizin müssen sie selbst bezahlen.
Wir gehen in die Häuser, singen ein Lied und bringen jeweils fünf Kilo Reis und Öl, Zahnpasta Seife und Shampoo, Fischsoße und Glutamat. Dinge, die sie halt so brauchen.
Ich unterstütze auch noch persönlich eine Familie. Kim war 16, als das erste Baby kam. Ihre Schwester, die selbst drei Kinder hat, handelte mit Drogen, um die Familie satt zu kriegen. Dann wurde die Schwester geschnappt und sitzt für fünf Jahre im Gefängnis. Kim muss jetzt die Kinder ihrer Schwester und ihr eigenes betreuen und ernähren. Wie soll sie mit vier kleinen Kindern arbeiten? Jetzt komme ich für die ganze Familie auf.

Ich sage mir immer: Wenn ich mal sterbe, kann ich nichts mitnehmen.

Zurzeit sind wir dabei, ein Kinderheim für die Ärmsten der Armen zu bauen, das ihnen Schutz bietet und für die Zukunft eine Chance, den Teufelskreis der Armut zu durchbrechen. Das Heim entsteht in Khao Takiab und wird 40 Kinder von drei bis 15 Jahren beherbergen.
Auch meine Freundin Lizzy steckt jeden Baht, der durch ihre Wohltätigkeitsveranstaltungen zusammenkommt, in dieses Projekt. Für uns ist es beglückend, dazu beitragen zu können, dass unsere Wahlheimat Hua Hin zu einem besseren Platz für jeden wird.

Hier in Hua Hin habe ich die Lebensform gefunden, die mir zusagt. In der geräumigen, großzügig eingerichteten Wohnung im Kondominium Baan Chai Talay fühle ich mich sehr wohl. Wann immer ich will, kann ich in den Fitnessraum, und von meiner Wohnung kann ich im Pool, über mehrere Stufen, bis zum Meer schwimmen.
Mein lieber Thailändischer Betreuer und Pflegesohn Foto kümmert sich rührend um mich. Hier gibt es gute Restaurants und schöne Cafés. Hier habe ich ein gesellschaftliches Leben, treffe jeden Monat bei Multikulti, einem von Lizzy organisierten Event, viele Bekannte. Hier habe ich meine beste Freundin Lizzy. Wir sind in ständigem Kontakt, unterstützen uns gegenseitig und sind füreinander da. Mit meinen Adoptiv- und Pflegekindern habe ich über Skype regen Kontakt, und wenn sie mich besuchen kommen, habe ich eine Wohnung für sie, im gleichen Haus in dem ich lebe.
Und dann ist hier die Kirche. Die Kirchenmitglieder würden mir jederzeit helfen, wenn ich Hilfe benötigen würde. Aber das schönste ist, dass ich gebraucht werde, meine alte Energie wiedergefunden habe, nützlich bin und Gutes tun kann.

Zufrieden

Die 87-jährige Rosemarie, die kaum mehr gehen kann, wohnt in einem Hochhaus in Hua Hin. Sie liebt die kleinen Dinge wie den Geruch des Regens oder den Blick von ihrem Balkon aufs Meer.

80 Jahre lang habe ich im gleichen Haus in Deutschland gelebt. 80 Jahre im Saarland. In diesem Haus wurde ich schon geboren. Ja, es war ein großes Haus und ein großes Geländer drum herum, mit Garten, Wald, Wiesen und Obstbäumen. Als mein Mann starb, wohnte ich ganz allein in dem großen Haus. Mein Sohn lebte damals in Thailand. Es wurde es immer schwieriger für mich, das Haus zu unterhalten und zu finanzieren. Ich musste Leute bezahlen, nur um Haus und Grundstück in Ordnung zu halten.

Mein Sohn arbeitete für eine internationale Firma mit Niederlassung in Thailand. Für zwei Jahre war er in Bangkok eingesetzt. Dort lernte er Tuk kennen, seine jetzige Frau. Sie war aus dem Isan, arbeitete aber in Bangkok. Sie war eine sehr fleißige Frau. Als der Arbeitsvertrag meines Sohnes in Thailand abgelaufen war, brachte er Tuk mit nach Deutschland. Ein Jahr lebte sie bei uns im Saarland und lernte auch ganz nett deutsch sprechen. Es hätte mir gefallen, wenn sie bei uns geblieben wäre. Sie war mir eine große Hilfe, vor allem im Garten. Doch sie konnte nicht in Deutschland leben. Sie verkümmerte von Tag zu Tag mehr. Deshalb beschloss mein Sohn, mit ihr in ihre Heimat zu ziehen. Ein halbes Jahr später wurde eine Stelle in Bangkok frei, auf die er sich bewarb.

Alleine das Haus zu bewirtschaften belastete mich immer mehr. Aber was sollte ich tun? Mein Sohn schlug vor: „Warum kommst du nicht nach Thailand und wohnst bei uns? Dann bist du nicht alleine." Also vermietete ich mein Haus in Deutschland und zog nach Thailand. Mein Sohn und seine Frau wohnten in einem Villenviertel außerhalb Bangkoks. Sie hatten ein Zimmer sehr schön für mich hergerichtet. Aber ich konnte es dort nicht aushalten. Ich konnte dort nichts tun. Ich konnte nicht alleine aus dem Haus, weil ich nicht wieder zurückgefunden hätte. Und wo sollte ich in Bangkok auch alleine hin? Ich konnte mit niemandem reden außer abends mit meiner Schwiegertochter Tuk und mit meinem Sohn. Ich war dort regelrecht eingesperrt.

Früher, als mein Mann noch lebte, verbrachten wir viele Urlaube in Hua Hin. Dort hat es mir immer sehr gut gefallen. Ich hatte sogar noch gute Bekannte dort.

„Lasst mich nach Hua Hin ziehen", bat ich meinem Sohn. „Das ist ja nicht weit von Bangkok, und ihr könnt mich jedes Wochenende besuchen."

So haben wir es dann gemacht. Sie fanden eine nette kleine Einzimmerwohnung für mich in einem Kondominium. Das ist ein Hochhaus mit vielen Eigentumswohnungen und Appartements, mit Fahrstuhl, Hausverwaltung, Pförtner, Swimmingpool, Fitnessraum.

Vom Balkon aus kann ich sogar das Meer sehen. Anfangs kam mein Sohn mit seiner Frau jedes Wochenende hierher. Sie haben alles für mich eingekauft, was ich die Woche über brauchte und meine Schwiegertochter hat geputzt. Mein Sohn schlief immer bei mir im Doppelbett und die Schwiegertochter auf einer Matte davor.

Ich wusste ja gar nicht, wie lange sie da jedes Mal fahren mussten, von Bangkok nach Hua Hin! Als sie einmal erwähnten, dass sie für jede Fahrt vier Stunden brauchten, wollte ich diesen Service nicht mehr beanspruchen. Jetzt haben sie ihre Besuche auf einmal monatlich reduziert. Ich freue mich immer riesig auf den Besuch. Oft bringen sie auch Tuks Mutter und zwei Neffen mit.

Zum Glück habe ich in meinem Hochhaus einen netten Mann kennengelernt, den Georg, der alle Besorgungen für mich erledigt. Seine thailändische Partnerin putzt bei mir und hilft mir bei anderen Verrichtungen.

Als ich nach Hua Hin zog, vor sieben Jahren, war ich 80 Jahre alt. Damals war ich noch einigermaßen fit. Ich konnte alleine am Strand spazieren und Bekannte besuchen oder gemeinsam mit Freunden zum Essen gehen.

Jetzt kann ich leider nicht mehr gehen. Mein ganzes Leben lang war ich auf den Füßen. Was ich im Garten geschafft habe! Wenn ich nur an die Äpfel denke. Ich habe sie selbst geerntet und jedes Jahr mindestens 150 Flaschen Apfelsaft eingekocht. Alles Gemüse habe ich selbst angebaut. Wir mussten nie etwas im Laden kaufen. Im Sommer gab es immer Frisches und im Winter Eingemachtes. Ja, ich habe viel geschafft im Leben, war immer auf den Beinen und das hat mir Spaß gemacht. Zum Glück muss ich jetzt nicht mehr arbeiten, und für die Einkäufe habe ich den Georg.

Georg habe ich im Fahrstuhl kennengelernt. Er hat immer seine in der Zwischenzeit verstorbene Frau im Rollstuhl herum geschoben. Täglich gingen sie zum *Market Village*, dem großen modernen Einkaufszentrum in unserer Straße, ungefähr eine halbe Stunde von hier. Dort bin ich früher auch gerne hingegangen. Man bekommt alles was das Herz begehrt. Es gibt einen großen Tesco Lotus Supermarkt und einen *Food Court* mit günstigem Thai-Essen, aber auch viele kleine Geschäfte und nette Restaurants sind dort. Georgs Frau schwärmte von den Eisbechern bei *Swensen's*. Sie hat sich gerne dort rumfahren lassen, es gab immer etwas zu sehen und es war auch schön kühl dort.

Einmal hat Georg im Fahrstuhl zu mir gesagt: „Elfriede, wenn du etwas aus dem Supermarkt brauchst, kann ich es dir gerne mitbringen." Damals hätte ich noch selbst einkaufen können, aber ich überquerte nicht so gerne die Hauptstraße. Da nahm ich das Angebot von Georg gerne an.

Und jetzt brauche ich seine Hilfe mehr und mehr. Er ist ganz zuverlässig, jeden Morgen um sieben Uhr kommt er und macht mir das Frühstück. Das könnte ich zwar auch selber machen, aber es ist mir ganz wichtig, dass morgens jemand nach mir schaut. Es gibt ja schlimme Nächte, und da weiß man nicht was passiert. Aber die Gewissheit zu haben, dass morgens jemand nach mir schaut, beruhigt mich ungeheuer. Georg lebt jetzt mit einer Thai Frau zusammen, mit Ju.

Ju hilft mir beim Duschen. Da habe ich Angst, dass ich ausrutschen könnte. Ich kann mich dabei zwar auf einen Stuhl setzten, aber wenn ich alleine raus gehe, habe ich Angst, auf den glitschigen Fließen zu stürzen. Es gibt mir große Sicherheit, wenn jemand dabei ist.

Auch andere Leute, die hier wohnen, schauen nach mir oder kaufen für mich ein, wenn ich etwas brauche.

Moni, eine Schweizerin besucht mich häufig. Sie bringt immer etwas mit, manchmal sogar Wein. Sie wohnt in einem schönen Haus, aber ringsum sind andere Häuser und sie hat keine Aussicht. Deshalb kommt sie gerne zu mir und sitzt auf meinem Balkon und schaut aufs Meer. Ich mache uns dann einen Tee und wir plaudern ein Stündchen.

Erika wohnt auch das ganze Jahr in Hua Hin, im gleichen Hochhaus wie ich, nur ein paar Stockwerke unter mir. Sie genießt auch gerne die Sicht von meinem Balkon. Viele meiner schwedischen und Schweizer Freunde gehen im Sommerhalbjahr in ihre Heimat zurück. Dann wird es hier etwas einsamer.

Oft denke ich, wie froh ich sein kann, nicht mehr in dem großen Haus im Saarland leben zu müssen. Jetzt wohne ich in diesem kleinen Zimmer. Die 26 Quadratmeter reichen mir völlig. Je kleiner, je besser! Ich kann ja kaum mehr gehen, und hier bin ich mit ein paar Schritten überall und ich kann mich überall festhalten. Raus kann ich nicht mehr, außer wenn mich zwei Leute führen. Aber an Lebensmittel bringt mir mein Sohn jeden Monat einen großen Vorrat, und wenn etwas fehlt, besorgt es Georg für mich.

Die meiste Hausarbeit kann ich noch selbst erledigen. Ich wasche und putze sogar. Ich will arbeiten, ich brauche etwas zu tun. Es ist wichtig, dass ich Beschäftigung habe. Und meine Arme sind noch stark. Ich koche mir auch selber, hier, in dem kleinen Zimmer. Ich habe einen Reiskocher und eine Elektroplatte. Das reicht. Die Vermieterin wollte mir die Küche auf dem Balkon einrichten. Sie hat Angst, dass ich mit Öl spritze. Aber ich spritze nicht. Auf dem Balkon kochen, das mag ich nicht. Manchmal ist es zu windig, manchmal zu sonnig, manchmal zu feucht. Nein, auf dem Balkon kochen, das mag ich nicht.

Mit dem Visum, das regelt alles meine Schwiegertochter. Jedes Jahr erneuert sie meine Aufenthaltsgenehmigung. Auf einem Bankkonto habe ich das erforderliche Geld deponiert. So gibt es kein Problem mit dem Rentnervisum. Alle drei Monate bestellt sie den Tan, das ist ein Taxifahrer. Der fährt zum Immigration Büro und erledigt, was alle drei Monate zu erledigen ist. Eigentlich müsste ich gar nicht dabei sein, hat der Beamte gesagt, weil ich so alt bin. Aber ich gehe gerne mit, ich bin ja froh, wenn ich etwas raus komme. Wenn mich zwei Leute rechts und links stützen, schaffe ich das. Nur alleine kann ich nicht mehr gehen.

Viele Rentner hier haben ja Probleme mit der Krankenkasse. Ich nicht. Da habe ich Glück. Mein Mann war Beamter bei der Post, deshalb bin ich bei der Postbeamtenkrankenkasse versichert. Da werden mir alle ärztlichen Behandlungen und die Medikamente auch im Ausland erstattet. Sogar eine neue Brille haben sie mir bezahlt. Mein Sohn reicht die Rechnungen und den Antrag ein, da muss ich mich um gar nichts kümmern.

Abends sitze ich gerne vor dem Fernseher. Ich kann Deutsche Welle schauen. Die wurde extra für mich installiert. Gestern kamen so schlimme Nachrichten — über einen Flugzeugabsturz. Da konnte ich in der Nacht kaum schlafen. Immer musste ich an die armen Angehörigen denken, die am Flughafen vergebens auf ihr Kind oder ihren Vater warteten. Das muss schrecklich gewesen sein! Ja, es gibt viele schlimme Nachrichten, die mir den Schlaf rauben. Mein Sohn sagt immer, ich soll mir die Nachrichten gar nicht anschauen, wenn sie mich so belasten. In der Deutschen Welle kommt auch anderes, das mir gefällt. Aber immer wieder kommen Nachrichten. Ich will ja auch informiert sein, will wissen, was in der Welt passiert. Dieses Bedürfnis habe ich sicher noch von früher. Aber heutzutage – wie viel schlimme Dinge da passieren!

Ich lese auch gerne. Ich habe viele Bücher hier. Alle habe ich schon mehrmals gelesen. Ich kann dieselben Bücher immer wieder lesen, weil ich mich meistens nicht mehr dran erinnere. Ich weiß zwar, ich habe dieses Buch schon gelesen, aber ich könnte dir nicht mehr erzählen, was darin stand. Besonders gerne lese ich Bücher, die in fremden Ländern spielen. An der Wand habe ich eine riesige Weltkarte hängen. Da habe ich alle Länder markiert, in denen ich schon war. Und da kann ich auch schauen wo die Länder sind, über die ich gerade lese.

Jetzt lese ich gerade ein Buch von Günther Ruffert. Diese Geschichten spielen in Thailand. Da brauche ich natürlich nicht auf der Weltkarte nachschauen, wo das liegt. Dieses Buch habe ich schon mehrmals gelesen. Manche Episoden vergesse ich nicht. Das ist ein Buch, das ich immer wieder gerne lese, das kann ich nur empfehlen. Der schreibt sehr gut, der Ruffi. Er hat eine Frau aus dem Isan und kennt sich bestens aus mit Land und Leuten.

Leider habe ich nie gelernt, mit dem Computer umzugehen. Und heute will das nicht mehr in meinen Kopf.

Als ich in Bangkok bei meinem Sohn lebte, konnte ich seinen Computer benutzen. Das heißt, er hat ihn so für mich eingestellt, dass ich mit meinen Enkeln skypen konnte. Das war etwas komisch, denn wir wussten nicht so recht, was wir sagen sollten. Mir ist es lieber, sie besuchen mich, wenn sie in den Ferien bei ihrem Vater in Thailand sind. Aber toll war das schon mit dem Skypen! Was heute nicht alles möglich ist!

Der Georg kann auch mit dem Computer umgehen. Aber ich will ihn nicht für Dinge beanspruchen, die nicht unbedingt wichtig sind. Er kann alles. Wenn der Abfluss verstopft ist, der Georg bringt ihn wieder in Ordnung. Wenn ich ein Bild aufhängen will, der Georg kommt mit Hammer und Nagel. Wenn der Hahn tropft oder eine Schranktür klemmt – Georg repariert es. Er ist in der ehemaligen DDR aufgewachsen. Da haben sie gelernt zu improvisieren und selbst anzupacken.

Ja, Georg ist wirklich tüchtig. Seine Telefonnummer hat er mir so eingespeichert, dass sie immer als erstes kommt. Im Notfall muss ich nur das Handy streicheln, und schon erscheint seine Nummer. Und wenn ich den Knopf drücke, würde er sofort kommen, selbst wenn ich nichts sage. Bis jetzt gab es solch einen Notfall noch nie, aber es gibt mir eine ungeheure Sicherheit zu wissen, dass ich Georg jederzeit erreichen könnte.

Die Mutter meiner Schwiegertochter lebte im Isan. Als ihr Mann gestorben war, holte mein Sohn sie zu sich nach Bangkok. Aber sie fühlte sich auch nicht wohl im Haus ihrer Tochter. Es ging ihr wie mir. Meine Schwiegertochter hat ja nie Zeit. Deshalb ist ihre Mutter zu ihrem Sohn gezogen. Da sind auch zwei Kinder im Haus und es ist mehr Leben. Wenn sie diese Kinder mit nach Hua Hin bringen, habe ich immer Freude. Ich mag Kinder und habe immer ein paar Leckereien für sie bereit.

Meine Enkel, die Kinder meines Sohnes aus erster Ehe, kamen mich auch schon besuchen. Der Enkel wird dieses Jahr wieder kommen. Sie verbringen manchmal ihre Ferien bei ihrem Vater in Bangkok, aber sie kommen auch für ein, zwei Tage nach Hua Hin, um ihre Oma zu besuchen. Da freue ich mich drauf. Die spielen so gern. Mit der Enkelin konnte ich stundenlang „Mensch ärgere dich nicht" spielen.

Ich hatte ein gutes Leben. Ich bin viel gereist. Nicht nur die vielen Urlaube mit meinem Mann! Jedes Jahr habe ich eine Reise gebucht, zusammen mit meiner Freundin. Ich war in Norwegen, Schweden, Russland, Israel und Amerika. In Israel hat es mir sehr gut gefallen. Wenn ich im Fernsehen sehe, was da jetzt los ist! An viele Orte, in denen ich war, kann man jetzt gar nicht mehr hin.

Ich bereue keine Mark, die ich fürs Reisen ausgegeben habe. Diese Erlebnisse und Eindrücke kann mir keiner nehmen. Ich hatte ein gutes Leben. Ich habe es mir gut gemacht.

Nach Deutschland zieht es mich nicht zurück. All meine Freundinnen und Bekannte sind gestorben. In meinem ehemaligen Haus wohnen Fremde, auch die Nachbarhäuser sind verkauft. Kein Nachbar würde mich mehr kennen. Was soll ich dort? Mein Sohn und meine Schwiegertochter sind in Thailand, und in Hua Hin habe ich meine Bekannten und hier werde ich versorgt.

Ja, ich kann wirklich mit meinem Leben zufrieden sein. Es war ein gutes Leben. Und auch jetzt habe ich alles, was ich brauche. Dass ich meine Beine nicht mehr benutzen kann, das ist halt so. Irgendetwas hat jeder im Alter. Ich habe das Glück, dass ich keinerlei Schmerzen habe.

Ich liebe die kleinen Dinge, die leisen Töne, das, was für andere vielleicht unbedeutend ist. Ich mag den Geruch der Luft, wenn der Regen anfängt, ich liebe es, mit einem

Buch im Bett zu sitzen und dem Sturm zu lauschen. Ich mag die Zeit zwischen Tag und Nacht, ich verpasse es nie, in der Dämmerung aus dem Fenster zu schauen. Ich kann nicht mehr raus und am Meer spazieren gehen, aber ich kann auf meinem Balkon sitzen und aufs Meer schauen.

Langersehntes Leben

Dr. Wolf Kirmayer, ein ehemaliger Berufsschullehrer, erlitt in Thailand tragische Schicksalsschläge. Trotzdem zog es ihn immer wieder in dieses Land. Doch erst nach der Pensionierung konnte er seinen Traum verwirklichen: Leben in Thailand. Da er in eine einflussreiche Thai-Großfamilie einheiratete, kann er seinen Lebensabend sorgenfrei genießen.

Sie staunen über meinen Doktortitel? Richtig, Frau Spraul-Doring! Vor zehn Jahren, als wir uns bei einer Lehrerfortbildung trafen, hatte ich ihn tatsächlich noch nicht.

Schon mit 16, als ich von der Schule flog, habe ich lauthals verkündet: „Euch werde ich es allen zeigen, ich werde einmal den Doktor machen." Jetzt leben die nicht mehr, denen ich's zeigen wollte, aber mir selbst habe ich es gezeigt. Im letzten Monat meiner Berufslaufbahn, fast gleichzeitig mit der Pensionierung, habe ich es tatsächlich noch zum Doktor gebracht. Die Urkunde schickten sie mir nach Thailand nach.

Denn nach Thailand zog es mich, seit ich im Alter von 36 Jahren für die GTZ, die Gesellschaft für Technische Zusammenarbeit, in Bangkok arbeitete. Danach ging ich jedes Jahr in den Ferien in das geliebte Land. Obwohl ich hier tragische Schicksalsschläge erlitt und einige Krankheiten durchmachte, war ich von Thailand magisch angezogen. Aber ich musste bis zum Alter von 63 Jahren warten, bis ich mich endgültig hier niederlassen konnte.

Doch schön der Reihenfolge nach.
In den 80er Jahren war ich mit der GTZ in Bangkok, um Lehrmittel zu erstellen für Mechanik und Automobilbau für Technikerschulen. Berufsschulen in unserem Sinne gibt es hier ja nicht. In Thailand benötigte man nicht die

teureren Maschinen zum Lehren in den Schulen wie in Deutschland, hier konnte man mit einfacheren Mitteln etwas Entsprechendes fabrizieren lassen. Ich habe an der Universität gearbeitet. In Bangkok haben wir, zusammen mit vielen Mitarbeitern, diese Lehrmittel hergestellt. Damit sind wir durchs Land gereist um, die Lehrer zu überzeugen, dass das Zeug etwas taugt.

Die Lehrmittel waren alle auf das System Problemlösen ausgerichtet. Das System Problemlösen ist im thailändischen Schulwesen etwas unterentwickelt. Auswendiglernen geht gut, aber mit Problemlösen haben sie Probleme. Das liegt nicht an der Schule allein, das liegt am gesellschaftlichen System. Der Obere hat immer Recht. Wenn der Obere sagt, „das ist grün", dann ist es grün, auch wenn alle anderen sehen, dass es blau ist. Der hat es gesagt, und was der Obere gesagt hat, das stimmt. Leider wurde ich während dieses Aufenthaltes sehr schwer krank. Ich habe 30 kg innerhalb von sechs Monaten abgenommen. Ich kam mit 105 kg an und nach einem halben Jahr wog ich nur noch 75kg. Wenn das so weiterginge, würde ich mit 45 kg zurückkommen. Das Blut sollte vom Labor untersucht werden. Es wurde zweimal zurückgeschickt mit der Bemerkung: „Das muss eine Verwechslung sein, sie schicken uns Leichenblut." Der ganze Kreislauf brach zusammen, weil das Blut so dick war. Es hat lange gedauert, bis man die Ursache fand. Ich hatte das sogenannte China-Restaurant-Syndrom, eine Glutamat-Unverträglichkeit. Jetzt, wo ich weiß, was es ist, kann ich gut damit leben. Der Satz „Pong Choo Rod mai sai", bitte kein Glutamat, ist mein erster in allen Restaurants.

Die GTZ wollte mich nicht weiter arbeiten lassen und hat mich vom Dienst suspendiert. Sie gaben mir ein offenes Rückflug-Ticket Business Class. Was sollte ich in den Monaten bis zu Beginn des neuen Schuljahrs im September machen? Nach Deutschland wollte ich nicht. Hier in Thailand hatte ich Geld, ich wurde ja weiterbezahlt, hatte ein Auto mit Fahrer zur Verfügung, und es gefiel mir. Fast ein halbes Jahr hatte ich also Zeit, mich im Land herum zu treiben. Damals entwickelte ich die Idee, später Touristengruppen nach Thailand zu bringen. Und diese Tätigkeit wollte ich gründlich vorbereiten. Ich schaute mir das ganze Land an, die entlegensten Winkel. Der Süden Thailands war damals noch touristisches Niemandsland. Südlicher als Hua Hin fuhr niemand. Es gab zwar Leute, die flogen nach Phuket, aber die 700 km dazwischen, die kannte kein Mensch. Prachuap Khiri Khan, Bang Saphan, Had Bang Bird oder gar Chaya — da verirrten sich nur selten Europäer hin. Und Khao Lak — das existierte damals noch gar nicht. Diese Orte wurden auch in keinem Reiseführer erwähnt. Erst 1989 haben Sie, zusammen mit Richard Doring, diese Strecke recherchiert und im Loose Reiseführer beschrieben.

Mein Business Class Rückflug-Ticket habe ich in einen Hin- und Rückflug Economy Class umgetauscht, damit ich innerhalb eines Jahres nach Thailand zurückfliegen konnte.

Ab September also, zu Beginn des neuen Schuljahrs, musste ich wieder in Baden-Württemberg unterrichten. Ich war Berufsschullehrer. Aber schon für die Weihnachtsferien bot ich eine Reise nach Thailand an, die ich organisieren und führen wollte. Ab diesem Zeitpunkt machte ich das jedes Jahr zweimal, immer in den Weihnachts- und Sommerferien.

Es war ganz einfach an Interessenten zu kommen. Vier Zeilen in der „Sonntag Aktuell", und schon meldeten sich genügend potentielle Mitreisende. Ich brauchte ja nicht viele Leute. Mehr als sechs habe ich nicht mitgenommen, zwei reichten mir schon. Diese Kleingruppen-Reisen benötigte ich, um meine eigenen Flüge zu finanzieren. Damals waren die Flüge genauso teuer wie heute, und von einem Lehrergehalt, das wissen Sie ja auch, kann man keine zwei Fernreisen im Jahr finanzieren. Also verband ich das Angenehme mit dem Nützlichen.

Ich konnte die Reisen ganz individuell zusammenstellen, je nach Geschmack. Die meisten Leute wollten in zwei, drei Wochen so viel wie möglich sehen, mal mit Schwerpunk Kultur und Geschichte, mal mit landschaftlichen Höhepunkten oder Kunsthandwerk.

Ich reiste immer zwei Tage vor den Ferien ab und kam zwei Tage später zurück. Das hatte ich mit dem Rektor so abgesprochen, anderes ging es nicht. Am ersten Ferientag waren die Flüge viel zu teuer. Deshalb hatte ich auch selten Lehrer in meinen Gruppen. Mit Lehrern, Ärzten und Rechtsanwälten war ich immer vorsichtig, das waren oft Besserwisser. Ich nahm nur Teilnehmer über 40, mit jungem Gemüse hatte ich in der Schule genug zu tun. Ich traf alle Interessenten persönlich vor der Reise, da fand die Gesichtskontrolle statt. Ich wollte unterwegs Ärger vermeiden, und wenn ich das Gefühl hatte, mit diesem oder jener könnte es Schwierigkeiten geben, habe ich ihn oder sie gar nicht genommen. Bei allein reisenden Männern war ich besonders vorsichtig, denn ich hatte es schon erlebt, dass Männer in Thailand ganz anderes suchten als Kultur oder Landschaft. Sie buchten die von einem Lehrer geführte Studienreise sozusagen als Alibi vor ihrer Frau. Die wollten jede Nacht auf Pirsch. Das kann man bei einer Rundreise nicht gebrauchen. Da geht es immer morgens in der Früh weiter, und wenn einer noch im Bett liegt, weil er das Nachtleben für das er bezahlt hat, auskosten will – nein, das geht nicht.

Später, als ich in Thailand sesshaft war, waren die Reiseteilnehmer sehr praktisch für mich. Da ich gerne Brot esse, es in Thailand aber kein gutes Brot gibt, muss man sein Brot selber backen. Zum Glück habe ich das bei dem Vorbereitungsseminar der GTZ gelernt. Auf eine Brotsorte, die es nur bei meinem Bäcker gab, wollte ich auch in Thailand nicht verzichten. Also ließ ich mir von ihm 20 kg der Backmischung zusammenstellen und kiloweise verpacken. Jeder meiner Reiseteilnehmer bekam ein Kilopaket in sein Gepäck, und schon hatte ich das Mehl für ein Jahr in Thailand.

In den ersten drei Reisejahren begleitete mich immer meine Frau und ihre Thai Freundin Nui. Leider ist meine Frau in Phuket verunglückt, bei dem Versuch, einen Ertrinkenden zu retten. Karon Beach war damals noch ganz unbekannt. Es gab nur ein einziges Hotel dort. Wir waren die ersten Gäste in einem nagelneuen Bungalow. Meiner Frau hat dieser Bungalow sehr gefallen, doch sie hatte nie die Chance, darin zu schlafen. Wir sind morgens eingezogen und nachmittags ins Meer gegangen. In den letzten zehn Jahren konnte man immer wieder von Ertrunkenen auf der Insel Phuket an den Stränden von Kata und Karon lesen. Jedes Jahr mehrere dutzend! Aber damals war uns nichts von den tödlichen Strömungen bekannt.

Wir stürzten uns also voll Vergnügen in die Wellen. Es war August, also Monsunzeit. Ein anderer Deutscher war dabei, wir sind also zu dritt sind ins Wasser. Kaum im Meer, wurden wir von der starken Strömung weggespült. Ich wusste noch von alten Wasserwacht-Zeiten, wenn dich das Wasser irgendwohin hinzieht, einfach hinziehen lassen, nicht kämpfen gegen die Strömung. Ich hatte Glück, eine Welle zog mich weit raus, und eine andere spülte mich 100 m weiter wieder ans Ufer. Meine Frau war Kämpferin und hat es auch geschafft, wieder aus eigener Kraft ans sichere Ufer zu kommen. Aber der andere Deutsche trieb noch draußen. Der konnte gar nicht recht schwimmen. Meine Frau hat den Mann gesehen und gemeint, den müsse sie retten. Aber die Strömung war so stark, dass sie an ihm vorbeigeschossen ist. Ich habe dann den anderen rausgefischt. War ziemlich schwierig. Dann wollte ich meine Frau holen, aber das Hotelpersonal hat mich festgehalten. Sie ließen mich nicht mehr rein. Die haben gesagt: „Das darfst du nicht, sonst bist du auch weg." Immer wieder sah man mal den Kopf, sie hat gekämpft gegen die Wellen, bis sie weg war.

Damit war Thailand aber immer noch nicht erledigt für mich. Erst war ich in diesem Land schwer krank. Dann ist meine deutsche Frau gestorben. Nui hat mir bei beiden Problemen beigestanden. Sie war schon einige Male als Freundin meiner Frau bei uns in Deutschland. Auch auf den ersten Reisen mit den Reisegruppen war immer meine deutsche Frau und Nui dabei. Ich konnte ja kein Thai, da war es praktisch eine Thai dabei zu haben.
Sie hat dann nahtlos übernommen, als meine deutsche Frau gestorben ist. Ein Jahr später habe ich sie geheiratet. Damals war klar, die wird bei mir in Deutschland leben, aber nur so lange es unbedingt sein muss. Denn es zog mich nach Thailand. Dass es dann noch 20 Jahre dauern sollte, damit hatte ich nicht gerechnet. Ich habe erwartet, dass ich aus der Schule rausgeschmissen werde, weil ich so häufig krank war und die Ferien ausdehnte. Aber dann kam die Lehrerknappheit und sie wollten selbst auf einen wie mich nicht verzichten.

Nui habe ich schon in den 80er Jahren, als ich für die GTZ arbeitete, kennengelernt. Das ist eine lustige Geschichte. Am zweiten Tag als ich mit der GTZ nach Thailand kam, badete ich mit meinem neuen Chef in seinem Swimmingpool. Da kam eine Nachbarin vorbei die erfahren hatte, dass ein Neuling angekommen war, der für die nächsten Jahre in Bangkok arbeiten und sicher eine Wohnung brauche würde. Sie hatte eine zu vermieten, zwar nicht im deutschen Viertel, sondern etwas außerhalb, bei Don Mueang. Meine deutsche Frau war gleich begeistert, denn sie wollte nicht unter den Ausländern wohnen.

Damals habe ich herumerzählt, ich wolle ein Kochbuch schreiben und außerdem brauchten wir eine Maid. Ich suchte also eine Thailänderin, die einigermaßen fotogen und nicht scheu war, und außerdem Erfahrung mit Hausarbeit hatte.

Da hatte meine Hausvermieterin die Idee, uns Nui unterzuschieben. Sie hatte mir nicht erzählt, dass es ihre Schwester war und sie von einer wohlhabenden, aristokratischen Familie stammten. Da Nui damals schon zwei Kinder hatte war sie für Thais nicht mehr attraktiv. Ihre Schwester dachte, bei einer deutschen Familie würden vielleicht andere Ausländer verkehren und es könnte sich etwas ergeben. Die Ausländer sind ja nicht so geschniegelt wie die Thais. Meine Frau, die den Kontakt zu Einheimischen suchte, befreundete sich sehr bald mit Nui. Sie hatte das Referendariat als Lehrerin abgeschlossen, konnte in Thailand nicht arbeiten und genoss es, in Thailand unter und mit Thais zu leben.

Wie ich schon erzählte, bin ich mit 16 aus der Schule geflogen. Trotzdem habe ich es mit Trick 17 und Selbstüberlistung geschafft, Lehrer zu werden. Dann machte ich den Diplompädagogen, meinen ersten akademischen Abschluss. Obwohl ich als Lehrer arbeitete blieb ich in der Uni immatrikuliert, ich hatte ja im Hinterkopf: der Doktor muss noch her. Ich habe 67 Semester studiert, die letzten zehn habe ich gar nicht gerechnet, da war ich schon Doktorand.

Ich habe über das Thema „Internet in der Schule" promoviert. In dieses Thema bin ich so reingerutscht. Eigentlich hatte ich bis dahin nicht viel mit Internet am Hut, und es in der Schule einzuführen schon gar nicht. Aber da ich den Computer für mich privat und meine Reisen nutzen wollte, machte ich privat einen Computerkurs an der Volkshochschule. Am zweiten Kursabend wurden wir schon ins Internet eingeführt und ich gab zum Spaß einmal den Suchbegriff: „Internet

Schule" ein. Da habe ich als erstes den Aufruf vom Ministerium gelesen: „Schule ans Netz".

Das war an einem Samstag. Gleich am Montag habe ich diese Neuigkeit meinem Rektor erzählt, der noch nichts davon wusste. Als er das Schreiben vom Ministerium am Mittwoch auf dem Postweg bekam, war er sehr erbost, weil er es später als ich erfahren hatte. Da ich der Überbringer der Botschaft war und auch schon einen Computerkurs belegte, wurde ich gedrängt, mich zu dieser Fortbildung zu melden.

Eigentlich wollte ich da nicht mitmachen, ich hatte innerlich schon seit zehn Jahren gekündigt, war nur noch per forma da. Und Neuerungen in der Schule einzuführen war schon gar nicht mein Ding. Da sollte ein Junger ran. Die meisten Lehrer waren Ingenieure, die auf Lehrer umgesattelt waren und hatten mit Internet noch weniger am Hut als ich. Aber wir als technische Schule mussten bei „Schule ans Netz" mitmachen, das war jedem klar. Aber nicht mit mir!

Der Rektor hat gebettelt, dass ich mich zu dieser Fortbildung melde. Aber ich war innerlich gar nicht in der Schule, ich dachte nur an Thailand und sehnte mich nach den Ferien.

Dann fiel mir ein, dass ich ja meinen Doktor noch schreiben wollte. Das sagte ich meinem Rektor. „Wenn ich wegen der Sache mit dem Internet an die Uni soll, kann ich ja gleich meinen Doktor machen." Mein Rektor lachte nur: „Wie wollen Sie denn einen Doktor schreiben? Das geht mal nicht als Lehrer" „Für Sie stimmt das, Herr Rektor", entgegnete ich ihm voller Schadenfreude. Im Gegensatz zu Ihnen habe ich einen akademischen Abschluss. Ich bin Diplompädagoge."

Zufällig habe ich meinen Professor, der meine Diplomarbeit betreute, auf der Straße getroffen. Dem sagte ich, dass ich meinen Doktor über das Thema "Internet an Schulen" machen wollte. Er meinte, bei ihm gehe das nicht. „Aber der Chef von der Uni, der Dekan der Pädagogischen Psychologie, der ist ein Internet Freak, vielleicht nimmt der Sie." Dann bin ich zu dem gegangen und nach 20 Minuten stand das Rohgerüst von der Dissertation fest. Ich war Doktorand und der Chef der Uni mein Doktorvater. Das Thema hat genau in sein Konzept gepasst.

Als Diplomingenieur für Metall einen Doktor im Fach Pädagogische Psychologie machen? Wenn das nicht zusammenpasst! Ich muss heute noch lachen, wenn ich daran denke.

Ja, dann kam eine schöne Zeit. Zehn Jahre lang bin ich alle 14 Tage in die Uni in Tübingen gefahren und habe bei Doktoranten-Seminaren mitgemacht. Das war recht lustig, ich als alter Knacker unter den jungen Studenten, aber ich habe auch viel gelernt. Alle wollten was werden mit dem Doktortitel, aber ich brauchte ihn nicht für meine Karriere, ich machte ihn nur für mich. Was hätte ich auch werden können? Gewerbeschulrat? Nein danke!

Bei der mündlichen Promotions-Prüfung war es auch sehr lustig. Alle vier Prüfer waren ältere Herren über 60 und wir haben uns eine Stunde lang sehr gut unterhalten. Dann hatten sie mir einen Zweier gegeben und ich hatte meinen Doktor mit *magna cum laude*. Das war für mich ein schöner Abschluss meiner beruflichen Tätigkeit und meines Lebens in Deutschland.

Der Juli 2007 war ein sehr ereignisreicher Monat.

Am 7. Juli habe ich meine Doktorprüfung gemacht und am 17.7. den Doktortitel bekommen. Am 22. Juli feierte ich meinen 63. Geburtstag, am 25. Juli wurde ich in der Schule verabschiedet. Schon zwei Tage später, am 27. Juli ging der Container aufs Schiff und wir stiegen in den Flieger nach Thailand.

Endlich konnte mein langersehntes Leben in Thailand beginnen. Als wir ankamen hatte ich noch kein eigenes Haus, doch mit Hilfe von Verwandten konnten wir schon wenige Tage später ein traditionelles Stadthaus mieten. Das war für deutsche Begriffe ein recht großes Haus.

400 qm, mit einem sehr langen Wohnzimmer und einem Schlafzimmer ohne Fenster. Als der Container ankam, konnte alles in diese Mietwohnung geladen werden.

Wir wollten ja selbst bauen und meine Frau hatte auch Land. Aber das gehörte einer Erbengemeinschaft und die konnte sich nicht einigen. Ich wollte nicht warten, bis ich 80 bin, um mein eigenes Haus zu bekommen. Deshalb kaufte ich von meinem Ersparten Land. Zum Hausbau reichte das Geld dann nicht mehr, denn es ging sehr schnell weg, weil jeder von mir Geld brauchte. Meine Stieftochter wollte ein Auto, und gleich einen Mercedes, einer andere Verwandte musste ich 2 Millionen leihen etc.

Meine Stiefkinder musste ich, als ich Nui geheiratet habe, auch in meinem deutschen Haus aufnehmen. Anfangs lebten sie bei einer Schwester meiner Frau in Thailand, als sie aber Ärger machten, wollte sie die Tante nicht mehr betreuen und die Mutter musste sich um sie kümmern. Da die Mutter meine Frau war und ich immer noch in Deutschland lebte, kamen sie also zu mir nach Deutschland. Die Stieftochter machte eine Lehre als Bekleidungsschneiderin bei Hugo Boss in Metzingen, wollte aber nie in diesem Beruf arbeiten. Mein Stiefsohn hat in Deutschland in einer renommierten Lehranstalt seinen Küchenmeister gemacht. Außerdem bekam er die deutsche Staatsangehörigkeit. Jetzt ist er ein berühmter Koch, war Chefkoch in 5-Sterne Hotels in Phuket, und sogar Fernsehkoch. Zusammen mit seiner Schwester hat er eines der besten Restaurants in Phuket Stadt. Sie ist sehr geschäftstüchtig und kann gut mit Gästen umgehen, und er ist ein exzellenter Koch.
Mit dem Bauen hat es dann doch geklappt. Das geliehene Geld bekam ich wieder zurück. Meine Stieftochter und andere Verwandte organisierten den Bau. Mir schwebte ein kleines, gemütliches Häuschen vor. Doch für die

Thais musste etwas Repräsentatives her. Jetzt habe ich eine große, zweistöckige Villa in Khok Kloi mit vier Schlafzimmern, einer großen Halle, einem Büro, einer Küche, die deutschem und Thai Standard Genüge tut, und einem Swimming Pool.

In den sieben Jahren, die ich jetzt in Thailand lebe, war ich nur ein einziges Mal in Deutschland um etwas zu erledigen. Ursprünglich dachte ich, dass ich ein halbes Jahr in Deutschland leben werde und ein halbes Jahr in Thailand. Aber nach drei Jahren habe ich gemerkt, dass ich Deutschland nicht mehr brauche. Deutschland war für mich abgehakt. Aber Nui, meine Thai Frau, die zieht es immer wieder nach Deutschland. Auch diesen Sommer fliegt sie rüber.
Das einzige, was ich in Deutschland brauche ist das LBV, das Landesamt für Besoldung und Versorgung und die Deutsche Bank, die alles, was mit Geld zu tun hat, regelt. Krankenkasse brauche ich keine mehr. Ich habe Beihilfe, die zahlt 70%. Das reicht. Das reicht, weil ich in eine reiche Familie eingeheiratet habe. Da habe ich gute Karten, wenn etwas Schlimmeres passieren sollte. Bei etwas Kleinerem, wie einer Augen- oder Rückenoperation, kann ich die 30% leicht selber finanzieren. Eine Rückenoperation hatte ich schon. Da musste ich 2000 Euro selbst bezahlen. Das ist weniger, als ich einer privaten Krankenkasse im Jahr bezahlen müsste. Und jetzt bin ich über 70, da nimmt mich sowieso keine Zusatzversicherung mehr.

Über meine alten Tage in Thailand verschwende ich keine Gedanken. Durch die Heirat mit Nui bin ich Mitglied einer einflussreichen, thailändischen Großfamilie geworden. Eine Schwester ist Leiterin eines internationalen Krankenhauses in Bangkok, eine andere, die in USA studierte, lehrt an einer Universität. Nui ist nicht nur eine recht geachtete Persönlichkeit in unserem Ort, sie ist auch eine sehr fleißige Frau, die gerne und hervorragend kocht und backt. Und meine Stiefkinder sind wohlhabende Restaurantbesitzer.

Um mein zukünftiges Wohlbefinden muss ich mir also keine Sorgen machen. Für mich wird gesorgt.

Ich war schon immer Außenseiter

Der spirituell inspirierte und psychologisch geschulte Toni Böckenförde bekennt sich zu seiner Homosexualität. Er beobachtet sehr genau und macht sich viele Gedanken über Gefühle, Partnerschaft und Liebe.

Ich erblickte die Silhouette eines Mädchens. Ich sah nur ihren Schattenriss im Gegenlicht. Der Anblick dieser für mich überwältigenden Schönheit ließ meine Knie weich werden. Es machte Klick, und ich wusste nicht, was mit mir geschah.
Alle meine Gefühle projizierte ich auf diese Silhouette. Mein ganzes Sinnen und Streben war nur darauf gerichtet, mich mit dieser Person zu befreunden.
Endlich begegnete ich ihr und konnte sie kennenlernen. Doch bald fand ich heraus, dass sie nicht die Frau meiner Träume war und dass sie meine Gefühle nicht erwiderte.

Nach einem Studium der Kunstgeschichte sattelte ich um und machte eine Ausbildung in psychologischer Beratung und Coaching. Ich wollte mich mit lebenden Menschen beschäftigen und nicht mit toten Künstlern. Ich stand mitten im Berufsleben und war recht erfolgreich.

Doch jetzt wollte ich weg, weit weg. Weg von dieser Frau, von allen deutschen Frauen. Verstehst du? Wieder einmal endete eine Beziehung mit einer Frau in einer Katastrophe, wie viele davor. Damals, ich war schon 36 Jahre alt, war es mir noch nicht klar, dass ich nicht mit Frauen zurechtkommen konnte, weil ich anders gepolt war.

In meinem Liebeskummer fiel mir Herb ein, ein Freund, der in Japan lebte. Erst vor kurzem schickte er mir ein paar Fotos von dem Zen Kloster in dem er lebte und schrieb: „Lieber Toni, du solltest mich unbedingt einmal besuchen, solange ich noch hier in Japan bin. Es würde dir sicher gefallen."

In die Ferne gereist bin ich bis dahin eigentlich noch nie. Ich hatte kein Bedürfnis danach. Doch mit 36 Jahren flog ich dann nach Japan und lebte einige Monate in einem Zen Kloster, in einem mir total fremden Land, mit fremder Kultur, fremder Sprache, fremdem Essen. Alles war anders als ich es kannte und das tat mir gut. Verstehst du?

Als Herb wieder nach Deutschland zurück musste, schloss ich mich an. Damals gab es keine Direktflüge, und er wollte auch einen Puffer zwischen Japan und Deutschland haben. Deshalb legten wir einen zwölftägigen Zwischenstopp in Bangkok ein.

Gleich am ersten Tag in Bangkok lernte ich meinen ersten Mann kennen. Bum hieß er. Er war nicht das erste männliche Wesen in meinem Leben, aber der erste Mann, der mich wirklich berührte. Ich sah ihn und es machte Klick.

Vom ersten Tag an hatte ich kein Problem mit dem Umdenken. Es fühlte sich an, als ob ich schon immer in Thailand gewesen sei. Zwar hatte meine physische Zunge diese Speisen noch nicht gegessen, mein physisches Auge hatte diese Menschen, diese Tempel und Berge noch nicht gesehen, aber ich fühlte mich gleich wohl, angenommen. Ich fühlte mich zuhause. Solche Einsichten, hatte ich immer wieder, es war fast wie ein Déjà-vu-Erlebnis. Ich fühlte, dass das eine alte Geschichte sein musste, etwas Karmisches. Da passierten Dinge, die man nicht logisch erklären konnte.

Hellseher waren mir immer suspekt, aber als mir eine Frau mit übersinnlichen Kräften sehr empfohlen wurde, suchte ich sie auf. Sie sagte:
„Es ist ganz klar, dass du dich im Norden Thailands wohlfühlst und dass du diesen Freund treffen musstest. Das war eine ́karmische Verabredung ́." Ja, ́karmische Verabredung ́ hat sie es genannt. „Da war etwas in einem früheren Leben, das nicht gelöst wurde. Deshalb bist du jetzt hier, um eine Lösung zu finden." Ob das tatsächlich so war, ist eine andere Frage. Aber für sie war ganz klar: „Im Lanna Kulturbereich hast du schon mehrere Leben verbracht." Wenn jemand das so deutlich sagen konnte und auch die Probleme, die erst nachher kamen, so genau wusste, musste daran etwas Wahres sein. Manchmal dachte ich, ich bin nicht normal, wenn ich so etwas glaubte. Aber vielleicht ist gerade das Verrückte das Normale, wer weiß das schon.

In Deutschland hatte ich immer das Gefühl, ins falsche Jahrhundert geboren zu sein, am falschen Platz zu leben, nicht hierher zu gehören. Ich fühlte mich immer als Außenseiter. Natürlich war ich Europäer, kulturell, sprachlich. Schon seit vielen Genrationen lebte meine Familie in Europa. Aber ich hatte nie ein richtiges Zuhause, weil meine Eltern ständig umgezogen sind. Ich konnte nirgends Wurzeln schlagen, entwickelte nie ein Heimatgefühl. Weil ich diese Wurzeln nie hatte, war es später einfach, mich für ein anderes Land zu entscheiden.

Nach diesem Erlebnis mit Bum ging ich erst einmal wieder bewusst nach Deutschland zurück. Ich bin nicht der Typ, der alles stehen und liegen lässt, weil er sich verliebt hatte. Auch in diesem Fall kam Fahnenflucht für mich nicht in Frage. Doch alle acht Monate flog ich nach Thailand und verbrachte hier zusammen mit Bum meinen Urlaub. Wir reisten viel im Land herum und ich lernte die Thai Sprache. Nach drei Jahren beschlossen wir, richtig als Paar zusammen zu leben.

Es wurde mir immer klarer, dass ich mich mehr von Männern angezogen fühlte als von Frauen. Tatsächlich schnupperte ich das schon im Alter von zwölf Jahren, und mit vierzehn wusste ich es eigentlich. Doch ich wollte es nicht wahrhaben, wollte kein Außenseiter sein und versuchte es immer wieder mit Freundinnen. Ich wusste zwar, dass ich auf Männer stärker reagierte, doch in Deutschland fand ich keinen richtigen Freund.
Große, dicke, haarige Monster, wie ich eines bin, sind für mich als Partner völlig unmöglich. Da klingelt einfach nichts. In einer Homo-Bar in Hamburg ist niemand, der mich nur im Entferntesten ansprechen würde. Erst in Thailand wurde mir klar, dass ich auf junge, zarte, asiatische Burschen stehe. Ich liebe diese Haut, glatt und etwas getönt — das macht mich an. In einer Partnerschaft, so wurde mir inzwischen klar, muss eine Polarität bestehen. Bei Heterosexuellen ist das ganz einfach, da ist eine Polarität zwischen weiblich und männlich. Bei Homosexuellen muss die Polarität woanders stattfinden, zum Beispiel im Altersunterschied, der Rasse, der Geschichte, der Mentalität. Verstehst du, wenn alles gleich ist, dann fehlt die Spannung, die Anziehung.

Ich musste und wollte noch in Deutschland arbeiten, also stellte sich gar nicht die Frage, wo Bum und ich unseren Lebensmittelpunkt haben würden. Für ihn war es natürlich das Größte, nach Deutschland zu dürfen. Deutschland war für Bum Synonym für Paradies oder Schlaraffenland.

Damals war es einfacher als heute, einen Thai nach Deutschland zu bringen. Das Zauberwort hieß „Studentenvisum". Bum bewarb sich um einen

Studienplatz und konnte zuvor in Deutschland Deutsch lernen.

Er ging also täglich auf die Schule, um sein Studentenvisum zu behalten. Damals war er 22, strengte sich noch an, war noch unsicher. Aber er fiel durch mehrere Prüfungen und es wurde bald klar, dass er nicht in der Lage war zu studieren. Mit dem Studentenvisum klappte es also nicht, aber wir fanden eine andere Lösung.

Die Beziehung mit Bum dauerte 12 Jahre, die erste Hälfte war der Himmel, die zweite die Hölle. Er erging sich intensiv im Nachtleben, hatte andere Männer nebenher, betrog mich mit Geld und in der Partnerschaft, es war ganz furchtbar. Er war ein Hochstapler, machte sich mit seiner charmanten Art überall beliebt, zog von Stadt zu Stadt, von Mann zu Mann. Allen machte er etwas vor und schlug sich so durch.

Ich hatte ihm vertraut, ich hatte so viel in diese, meine erste Beziehung investiert, nicht nur Geld, Geschenke und Zeit, sondern auch Liebe und Energie.

Auch glaubte ich anfangs an eine karmische Verbindung. Jedenfalls war ich nicht früher in der Lage loszulassen, Konsequenzen zu ergreifen. Wann ist der Punkt erreicht, nein zu sagen, alles aufzugeben, was ich erträumt hatte? Aber der Punkt kam, die Beziehung wurde so grauenvoll, dass es nicht weitergehen konnte.

Es war sehr bitter für mich zu erkennen, dass ich mich so lange täuschen ließ. Nicht nur, dass ich getäuscht wurde, sondern auch dass ich mich getäuscht hatte. Ja, das war eine harte Selbsterkenntnis.

Bis dahin war Deutschland mein Lebensmittelpunkt. In jenem Abschnitt meines Lebens fühlte ich mich auch dort hin gehörig. Doch dann kippte es etwas um.

Meine vier besten Freunde verschwanden aus meinem Leben. Zwei starben und zwei zogen weg. Dann kam die Wende. Plötzlich war Deutschland nicht mehr mein Deutschland. Mit dem Teuro wurde das Leben dreifach so teuer. Aber ich konnte meinen Kunden nicht das Dreifache verlangen. Die gehörten nicht zu den Reichen. Für mich wurde es in Deutschland finanziell knapp und ungemütlich.

Ich wollte weg.
Aber wo sollte ich hin? Thailand war so traumatisch. Ginge ich an diesen Strand, in jenen Tempel, über Reisfelder oder in die Berge, überall lauerten Erinnerungen an die schönen Zeiten mit Bum. Das spielte sich auf der Gefühlsebene ab. Auf dieser Ebene kam Thailand also nicht in Frage. Aber ich habe auch eine rationale Seite. Viel zu rational, manchmal!
Ich schaute mir die Weltkarte an. Wo könnte ich hingehen? Exotisch sollte das Land sein, das war mir klar. Südamerika war nichts für mich, das wusste ich aus meiner Jugend. Afrika zog mich nicht an. Es kam eigentlich nur Asien in Frage — Südostasien.

Ich machte eine Liste mit den potentiellen Ländern.
Philippinen? In einem so abergläubisch katholischen Land wollte ich nicht leben. Indonesien? Ein muslimisches Land — nein danke.
Laos, Vietnam, Burma oder Kambodscha? Das waren totalitärere Regime. Ein Land, wo die Menschen unfrei sind, kam für mich nicht in Betracht.

Es blieb nur Thailand übrig. Ich schrieb mir die Vorteile auf, die dieses Land für mich hätte:
Ich kann etwas die Sprache.
Ich kenne die Mentalität.
Ich würde schneller merken, wenn ich betrogen würde.

Ich hatte Freunde in Thailand, auch gute, nicht erotische Freundschaften. Eine Familie auf dem Land besuchte ich früher regelmäßig. Ich unterstützte sie finanziell und sie halfen mir, wenn ich Hilfe brauchte.

Ich kenne etwas die Religion. Der Buddhismus ist mir sympathisch. Ich war schon für einige Wochen als Mönch im Kloster.

Mein Problem war die Angst, wieder eine große Enttäuschung mit einem Freund zu erleben. Deshalb machte ich mir noch eine Liste und schrieb auf, welch Kriterien ein Partner erfüllen müsse:

keine Drogen nehmen

keinen Alkohol trinken

nicht lügen

nicht betrügen

nicht klauen

nicht rauchen.

Ich hatte mir fest vorgenommen, mich auf keinen Burschen einzulassen, der eines dieser Kriterien nicht erfüllte.

Mit 48 Jahren habe ich also herausgefunden, dass ich wieder nach Thailand musste. Ich hatte keine andere Wahl. Da ich ja eine Affinität zum Lanna Kulturkreis habe, bin in den Norden.

Thailand lag damals im Trend. Aber ich bin nicht dem Trend gefolgt. Ich fühlte mich ja als Außenseiter. Ich wollte mich nicht am Strand vergnügen, in den Bars herumschwirren oder mich mit einer Thai oder einem Thai vergnügen. Das war nicht mein Thailand. Ich war nie ein Szenegänger. Ich wollte in Thailand leben.

So zog ich also nach Thailand und lebte. Alleine. Also ohne festen Partner. 15 Jahre lang hatte ich keine feste Beziehung, hatte aber immer wieder danach gesucht.

Der Wunsch nach einem festen Partner war immer da. Irgendwie bin ich monogam veranlagt. Aber das Trauma mit meinem ersten Mann hat mich abgehalten, mich auf etwas Längerfristiges einzulassen.

Nach ein paar Jahren kam ich zu der Einsicht, dass ich den monogamen Wunsch aufgeben musste. Vielleicht hatte das Leben etwas anderes mit mir vor. Vielleicht musste ich umdenken. Vielleicht durfte ich nicht so anspruchsvoll sein. So habe ich mich dazu herabgelassen, *promiskuitiv* zu leben, also ab und zu jemanden für eine Nacht zu haben. Wenn es länger ging war es okay, wenn nicht, dann war ich auch nicht traurig.

Ich gehöre eigentlich zur 68 Generation, hatte aber damals die sexuelle Freizügigkeit nie ausgelebt. Damals hatte ich Hemmungen, zu jener Zeit war es noch nicht so selbstverständlich, sich zu seiner Homosexualität zu bekennen. Damals wollte ich eigentlich kein Außenseiter sein. Also habe ich in Thailand ein bisschen nachgeholt, alles Mögliche ausprobiert, auch im Internet gesucht, aber nicht so exzessiv, das ist unter meiner Würde. Die, bei denen die Schwulität aus den Augen trieft, die interessierten mich nicht. Mit Tunten oder so kann ich nichts anfangen. Mit den süßen kleinen Mädchen, die es auf mich abgesehen hatten, ließ ich mich gar nicht erst ein. Die Weiche war gestellt. Ich war auf Männer programmiert. Das ist wie eine Konditionierung, wie beim Pawlowschen Hund. Irgendwie wird es zur Gewohnheit. Verstehst du? Ich hatte sehr schöne Begegnungen, aber auch viele weniger schöne, enttäuschende. Da ich schon an das Loslassen gewöhnt war, tat es nicht mehr so weh, wenn ich bemerkte, dass der potentielle Partner ein Schlitzohr war. In dieser Zeit habe ich allerhand erlebt. Ich habe viele Menschen kennengelernt und auch Menschenkenntnis erworben. Das ist gar nicht so leicht in einem fremden Land, wo die Tradition und die Moral ganz anders sind.

Aber immer wusste ich, das kann nicht alles sein.

Nach Bangkok ging ich nie gern. Ich mied es, wann immer möglich. Doch wegen eines speziellen Kräuterarztes musste ich die Hauptstadt aufsuchen.

Im Internet in einem Schwulenforum verabredete ich mich mit einem Typen, um abends nicht alleine zu sein. Doch die Begegnung kam nicht zustande.

Deshalb ging ich in das berühmte Babylon, eine Gay-Sauna, die mit ihrem Labyrinth von Gängen, abgedunkelten Dampfbädern, Dunkelräumen und der lustvollen Atmosphäre eine Attraktion in Bangkok ist.

Im Umkleidebereich vor einem Schließfach — da stand er. Ein junger Gott mit bronzener Haut und einem weißen Handtuch um die Lenden geschlungen! Es war eine Art von Schock, wie ich ihn nur zwei, dreimal im Leben erfahren habe. Dieses Klopfen im Solarplexus, ein Gefühl von innen, das raus will! Aber gleichzeitig war es auch das Gefühl, jemand klopft an. Das ist Karma, schoss es mir durch den Kopf. So heftig, so tief, so nachhaltig! Kaum zu glauben, dass es nur Zufall war. Dass mir so etwas mit 62 noch passierte!

Im Halbdunkel irrte ich in dem Labyrinth herum und suchte nach den Duschen. „Where are the showers", murmelte ich vor mich hin. Das hörte er, und wir fanden die Duschen gemeinsam. Ich wollte meine Brille ablegen, doch es gab keine Ablage für die Brille. Er sagte: „Ich kann sie ja für dich halten bis du fertig geduscht hast." Es war einfach süß! Wie er dastand — nackt, mit meiner Brille in der Hand — und auf mich wartete! Wir setzten uns auf ein Bänkchen und der übliche Smalltalk begann. Er war so appetitlich, seine noch feuchte, bronzene Haut schimmerte. Seine liebevolle, hilfsbereite Art berührte mich. Ich tätschelte seine Hand, legte meinen Arm auf seine Schulter, und es fühlte sich gut und richtig an. Doch als er nach relativ kurzer Zeit sagte: „Wollen wir nicht in dein Zimmer gehen", fiel bei mir der Rollladen wieder runter. Ich dachte: „Natürlich, es musste ja so kommen. Der ist auch wie all die andern. Er will etwas für eine Nacht gegen Bezahlung."

Es war aber nicht so. Ich nannte ihn Dream, weil er wie ein Traum für mich war. Ich nenne ihn immer noch Dream, und es kommt mir oft vor als träume ich nur, dass wir immer noch zusammen sind.

Nach zwei gemeinsamen Tagen und Nächten war er bereit, alles aufzugeben und mit mir nach Chiang Rai zu kommen. Er war noch nie mit einem Farang zusammen, hatte wenig Erfahrung und noch nie eine feste Beziehung. Sein Leben war nicht so lustig. Mit gleichaltrigen Thai-Männern erlebte er nur Lug, Betrug, Unzuverlässigkeit, Eifersucht, Enttäuschung. Er spürte, dass ich ihm eine Stabilität bieten konnte und dockte an, verstehst du?

Nach sechs abenteuerlich schönen Wochen bei mir in einem Einzimmerapartment kamen zwei sehr schwierige Jahre. Die Beziehung hing sieben Mal am seidenen Faden. Er gab für mich das Rauchen auf, in dieser Zeit des Entzugs sind die Menschen besonders angespannt. Es gab sprachliche Probleme, mein Thai ist nicht perfekt und sein Englisch ist sehr lückenhaft. Er kann sich auf Englisch durchschlagen, aber er vergisst schnell die einfachsten Vokabeln. Er hatte keinen Schulabschluss, weil er sich mit 15 die Haare nicht mehr scheren lassen wollte, wie das in Thai Schulen verlangt wird. Ich konnte ihn motivieren, in einer Wochenendschule den Abschluss nachzuholen.

Missverständnisse waren vorprogrammiert, aber seine Reaktion darauf waren wirklich große Probleme. Mentalitätsmäßig und sprachlich missverstand er einfache Sachen die ich sagte und interpretierte sie negativ, gegen sich. Er war nicht gewohnt, über Probleme zu reden sondern wurde dann wild und rannte weg.

Manchmal war er für mehrere Tage verschwunden, und als er wieder erschien war er nochmals mehrere Tage nicht ansprechbar. Ein Beispiel fällt mir da ein. Ich sagte: I‚m the one who... (Ich bin derjenige, der ...). Er verstand: „I‚m the number one" (Ich bin die Nummer eins). Erst Wochen später stellte sich heraus, dass er sich total beleidigt fühlte. Er meinte, wenn ich die Nummer Eins bin, dann ist er ein Nichts, eine Null.

Manchmal führte auch der Unterschied zwischen Nord- und Zentralthai zu Missverständnissen. Ich habe für Stoffbeutel „thung" gesagt, wie ich es gelernt hatte. Für ihn ist „thung" eine Plastiktüte. Wir waren in Eile und ich bat ihn: „Bringe mal schnell den „thung", der an der Tür hängt." Er sagte: „Da ist keiner.". Ich rannte hin und schrie: „Da ist er doch." Ich war zugegebenermaßen etwas nervös, weil wir einen Termin hatten und ich nicht zu spät kommen wollte. Wieder war Dream so beleidigt, dass er wegrannte. In seinem Blickwinkel machte immer ich den Fehler.

Die Liebe ist mein Lehrmeister. Deshalb lernte ich, dass ich geduldig und verständnisvoll sein muss, dass ich derjenige sein muss, der immer wieder auf ihn zugeht. Von Anfang an war mir klar: das ist mein Mann. Ich spürte es in meinem Herzen.

Auch für Dream ist es wichtig, mit mir zusammen zu sein. Deshalb kommt er immer wieder zurück, wenn er abgehauen ist oder setzt Signale, wenn er sich abgeregt hat.

Ich hab ihn einmal gefragt, „Sag mal, warum liebst du mich eigentlich?" Daraufhin sagte er ganz ernst: „Du bist der einzige, der mich zähmen kann."

Ja, das ist es, er ist wild. Und das weiß er auch.

Nach der fünften Krise habe ich mir gesagt: „Ich lass mir meine Liebe nicht kaputt machen." Das habe ich noch nie gehört, das kam gerade so plop aus mir raus. Neben dem Gefühl des Verliebtseins war es jetzt Liebe. Ich war mir sicher: „Das ist mein Mann." Und es war mir klar, wenn ich mit ihm zusammen leben will, muss ich mich ändern. Er muss sich aber auch ändern. Wir müssen uns also anpassen. Sonst ist ein Zusammenleben nicht möglich. Weil ich der Ältere, der Erfahrenere, der psychologisch Geschulte bin, muss ich auf ihn zugehen, mit ihm reden. Ich habe gelernt, dass es oft am besten wirkt, wenn ich ihn in den Arm nehme, mich neben ihn lege und gar nichts sage. Dann taut er wieder auf. Selbst wenn er einen Tag weg ist, drehe ich nicht mehr durch. Ich weiß, dass er nichts Schlimmes tut.

Mein Hauptproblem waren die alten Gespenster. Durch die Erlebnisse mit Bum war ich leicht misstrauisch, hatte Befürchtungen, die das Vertrauen im Wachstum behinderten. Aber ich weiß, wenn kein Vertrauen da ist, ist es der Tod einer Beziehung.

Dream ist ein anständiger Mensch und er kann zwei Schritte vorausdenken. Das ist außergewöhnlich für Thais, das weißt du. Er ist auch aktiv und will etwas tun, das ist auch nicht selbstverständlich. Er hat nicht das intellektuelle Niveau, das man in Deutschland von einem Partner erwartet, aber das vermisse ich nicht. Ich habe genügend intellektuelle Herausforderungen. Ich betreibe zwei Websites und habe hunderte Bücher, die ich noch lesen und mindestens zwei Bücher im Kopf, die ich noch schreiben will.

Die Kultur fehlt mir auch nicht. Ich habe so viele Konzerte auf CDs. Ich kann mich hier mit Kunst auseinandersetzen, meine Musik hören. Auch wenn ich in Deutschland bin, nehme ich die kulturellen Angebote nicht wahr. Das ist nicht arrogant, mir sind andere Sachen wichtiger. Ich habe viele Bekannte in Europa und auch ein paar in Thailand. Was ich brauche, ist eine emotionale und körperliche Beziehung. Und die habe ich dank Dream in Thailand gefunden. Andere Deutsche, die hier leben, interessieren mich nicht. Ich bin nicht hier, um in einer deutschen Enklave zu leben. Nur zwei Deutsche und eine Schweizerin gehören zu meinem Freundeskreis. Ich verkehre nicht in den deutschen oder Schweizer Clubs, besuche keine Stammtische oder entsprechende Lokale. Ich war schon immer Außenseiter und bin es noch immer.

Meine Wunschvorstellung ist, dass ich der deutschen Altersarmut entkomme und dass ich hier nicht im Luxus, aber mit einem gewissen Komfort zusammen mit Dream weiterleben kann. Erst mal weiter, verstehst du? Meine Rente ist nach der Preissteigerung und mit dem schlechten Wechselkurs nicht mehr genug, um im Luxus leben zu können. Ich habe eine Krankenversicherung für Dream abgeschlossen, ihm ein Auto gekauft mit dem er zur Arbeit fahren oder mich herumkutschieren kann. Auch habe ich auf seinen Namen ein Konto eingerichtet, damit er etwas Sicherheit hat, damit er Stabilität spürt. Ja, mit der Rente ist es knapp, aber zum Glück kann ich auf eine Erbschaft zurückgreifen.
Ich hoffe, dass sich meine Zipperlein im Rahmen halten, so dass ich in den nächsten 20 Jahren nicht im Rollstuhl sitzen muss. Zwar bin ich sicher, dass mich Dream pflegen würde, aber daran will ich noch nicht denken. Belassen wir es damit. Open End. Ein hoffnungsvolles Open End.

Toni gibt Tipps

Toni verrät uns hier Tipps und Tricks aus seinem reichen Erfahrungsschatz. Die Tipps passen im gleichen Maße für homosexuelle wie heterosexuelle Beziehungen.

1. Wenn du einen Thai Partner suchst, falle nicht auf den Erstbesten rein. Es gibt Thais, die es nur drauf abgesehen haben, den Farang auszunehmen. Ich kenne einige, die nach zwei Jahren Turteln Auto, Haus und alles Geld an ihren Freund verloren haben. Selbst wenn man den Partner schon einige Male besucht hat und glaubt ihn zu kennen, ist es sehr gefährlich alles auf eine Karte zu setzen. Das wäre wie ein Salto ohne Netz. Es kann gutgehen aber auch tödlich enden. Der Deutsche Hilfsverein kann dir hunderte solcher Geschichten erzählen.

2. Denke nicht, hier ist alles leichter. Alles ist anders. Die Thais haben andere Erwartungen und Wünsche als wir. Sie genossen eine andere Erziehung, haben eine andere Sozialisation, ein anderes soziales Verhalten, eine andere Denkweise, einen anderen Glauben. Dadurch verschärfen sich die zwischenmenschlichen Probleme, die es überall in einer Partnerschaft gibt. Man kann daran wachsen oder scheitern. Man muss viel achtsamer sein als man es von Europa gewohnt ist. Man muss manches in Kauf nehmen, man muss andere Dinge in Kauf nehmen als zuhause.

3. Wenn du verliebt bist, sei dir bewusst, dass Verliebtheit immer einen hohen Prozentsatz an Projektion an sich hat. Du siehst die besten Eigenschaften in deinem Freund. Aber dein Thai-Freund ist nicht nur süß, lieb, anschmiegsam und unterwürfig. Er hat seinen Willen, setzt ihn durch, manchmal auf eine faire, aber manchmal auch auf eine sehr unfaire und sozial unverträgliche Art. Das passt nicht in das Bild, das viele Europäer von Thais haben. Die Liebe ist der Lebensmotor, ohne Liebe gibt es kein Leben. Aber Thais verstehen unter Liebe etwas anderes als wir.

4. Sei dir im Klaren, dass dein Thai Partner an dich Erwartungen hat. Er sucht ein gesichertes Leben, finanzielle Sicherheit, sozialen Aufstieg. Er möchte verwöhnt werden und erwartet, dass du seine Probleme löst. Es gibt heutzutage auch interkontinentale „normale" Ehen. Aber man findet sie normalerweise nur bei jungen Menschen mit mehr oder weniger gleichem Bildungsniveau, z.B. wenn ein europäischer Englischlehrer eine mehr oder weniger gleichaltrige Thai-Lehrerin heiratet oder ein Tauchlehrer eine Reiseführerin.

5. Finde heraus, ob dein potentieller Partner eine Sucht hat. Alkohol-, Drogen- und Spielsucht sind hier sehr verbreitet. Das braucht Zeit, bis man es durchschaut. Eine Sucht ist der Tod einer Beziehung.

6. Wenn du nicht weißt wie du dich verhalten sollst, überlege wie es zuhause wäre und mache das Gegenteil. Sehr oft ist genau das Gegenteil das Richtige. Beispiel: Man geht in einen Raum wo andere Menschen sitzen. In Deutschland gehst du im Stehen von Person zu Person und schüttelst jedem die Hand. Das ist höflich.
In Thailand ist es sehr unhöflich, wenn man in einen Raum kommt und stehen bleibt, während andere sitzen. Dadurch erhebst du dich über sie, du gibst ihnen den Eindruck, höher gestellt zu sein. Du solltest dich also sofort hinsetzen und die anderen mit einem Wai, dem Thailändischen Gruß, begrüßen.

7. Versuche nicht mit einem Thai-Freund wie mit einem erwachsenen Partner in Deutschland reden zu wollen. Wenn man einen Thai wie ein Kind behandelt, wird

man der Mentalität eher gerecht. Das ist keineswegs abschätzig gemeint. Du sollst ihn nicht erziehen oder manipulieren, aber es ist sinnvoll, wenn du ihm Grenzen setzt. Sonst tanzt er dir auf der Nase herum.

Thais spielen gerne, sie haben gerne Spaß. Sie sind wie Kinder, das ist ja oft der Reiz. Mit Verantwortung und Konsequenz hapert es sehr häufig. Das macht ihnen nicht viel aus. Sie leben im Hier und Jetzt. Von dieser Kindlichkeit kannst du auch etwas lernen. Heißt es nicht: Wenn ihr nicht werdet wie die Kinder, ...

8. Der nächste Tipp hört sich vielleicht arrogant an, ist aber überhaupt nicht so gemeint. Mir hat diese Vorstellung oft sehr geholfen. Wenn du einen schönen, jungen Thai neben dir hast, denke mal, das ist eine Katze. Du kannst sie streicheln, füttern mit ihr schmusen, sie lieben. Sie ist süß, dein treuer Gefährte, anschmiegsam, freut sich wenn du heim kommst, ist anhänglich und schaut dich mit großen Kulleraugen an. Bei dem Kätzchen erwartest du nicht, dass es logisch denken kann, du erwartest nicht, dass du dich mit ihm unterhalten. kannst. Du kannst mit ihm reden, es hört dir zu, es mag deine Stimme. Es gibt Töne von sich. Manchmal weißt du was es will, oft verstehst du es aber nicht.

9. Lerne die Thai Sprache. Das ist zwar verdammt schwer, aber es ist wichtig nicht nur auf den Partner angewiesen zu sein, sondern sich auch selber durchschlagen zu können. Viele Thai-Partner werden diese Bemühung nicht schätzen, da sie nicht wollen, dass du verstehst was sie untereinander sprechen, verabreden oder was sie über dich lästern.

10. Halte dich auf dem Laufenden, was in Thailand passiert. Lese die englischsprachigen Thai Zeitungen, die Nation und die Bangkok Post. Wenn dir diese Sprache zu schwierig ist, abonniere entsprechende Newsletters.

So bist du nicht nur informiert, sondern du kannst auch teilnehmen an dem, was dein Partner in den Nachrichten im Fernsehen sieht.

11. Beschäftige dich sinnvoll. Wandere in der Natur, mache schöne Fotos, schreibe einen Blog für Freunde, gebe Deutschunterricht, helfe beim Tempelbau. Wenn du dich zu Tode langweilst wirst du leicht Alkoholiker und stirbst früher.

12. Glaube nicht, dass du in Thailand sehr billig leben kannst. Alles hat sich hier enorm verteuert. Wenn dir heute deine Rente gerade reicht, um ein Rentnervisum zu bekommen, ist das keine Garantie für die Zukunft. Leute, die bei jeder Kursschwankung in Panik geraten müssen, können das Leben hier nicht genießen.
Hier wirst du nicht von dem sozialen Netz wie in Deutschland oder der Schweiz aufgefangen. Die gesetzliche Krankenversicherung und die Pflegeversicherung zahlen nicht in Thailand. Sei dir bewusst, dass du wieder zurück kannst, wenn alle Stricke reißen und du vielleicht auf Hartz IV zurückgreifen musst.

Die Leichtigkeit des Seins

Bernd Roewer, ein ehemaliger Seemann, fand in Thailand nach dem Tod seiner deutschen Frau nicht nur eine neue Lebensgefährtin sondern auch die Leichtigkeit des Seins.

Ich wurde in Barth, in der ehemalige DDR geboren, hatte eine Frau aus Rostock geheiratet und in Wustrow mein Kapitänspatent gemacht. 20 Jahre lang fuhr ich zur See. Während dieser beruflichen Tätigkeit, die bis zur Wende ging, lernte ich auch Thailand kennen, aber nur ganz kurz. Wir lagen zweimal mit dem Schiff vor Pattaya auf Rede, jeweils zwei Tage. Aus der DDR stammend, hat mich das bunte Leben in Pattaya überwältigt. Es hat mich so fasziniert, dass ich nach der Wende, als ich es mir leisten konnte, zu meiner Frau sagte: "Wir müssen mal nach Thailand." Wir flogen dann für zwei Wochen nach Phuket. Das war die erste Flugreise in unserem Leben.

Im nächsten Jahr verbrachten wir unseren Urlaub in Pattaya. Da hat es der Zufall gewollt, dass wir eine ganz besondere Massage gefunden haben, etwas, das wir bis dahin noch nicht einmal gehört hatten: Fußreflexzonenmassage. Heutzutage werden Fußmassagen überall angeboten, aber damals, vor mehr als 20 Jahren, gab es das noch nicht. Vor dem Laden standen Plakate mit Füßen, und auf die Fußsohlen waren Organe und Körperteile gemalt, wie Niere, Blase, Dickdarm, Augen oder Hüftgelenk. Das machte uns neugierig. „Was ist denn das? Gehen wir doch mal rein und schauen uns das an", sagte ich zu meiner Frau. Am Tresen saß ein seriös aussehender Chinese, ein Arzt aus Taiwan, der in USA Medizin studiert hatte. Er führte die Technik der Fußreflexzonenmassage in Thailand ein und lehrte sie im Original.

Der Arzt sah uns an und fragte, ob wir eine Expertise haben wollten. „Ja, natürlich."

Wir mussten uns setzen und er schaute sich die Füße an. Er hatte Formblätter mit den Reflexzonen für jeden Fuß. Auf diese Formblätter machte er Häkchen. Erst mein linker Fuß, dann mein rechter Fuß, dann kamen die Füße meiner Frau. Er berührte uns nicht, er schaute nur und machte Häkchen.

„Sie haben dies, das und jenes", erläuterte uns der Arzt. Und es stimmte exakt, bei uns beiden. Wir waren verblüfft, überrascht, überwältigt.

Er fragte: „Wollen sie etwas tun für Ihre Gesundheit? Heilen können wir nicht mit dieser Technik aber wir können die körpereigenen Abwehrkräfte stimulieren. Auch entgiftet und entschlackt der Körper durch diese Massagetechnik." Wir waren beeindruckt von diesem Mann.

„Aber sie müssen zehn Mal kommen, sonst wirkt es gar nicht." Sofort habe ich den Kalender gezückt und gezählt. „Ja, das schaffen wir." Meine Frau war genauso begeistert wie ich. Wir haben gleich für jeden von uns einen Zehnerblock gekauft und bezahlt.

Schon am Ende des Urlaubs haben wir gespürt, dass es wirkt, dass es uns was bringt. Wir waren so überzeugt von dieser Methode, dass wir jedes Jahr im Urlaub nach Pattaya gefahren sind, nur wegen dieser Fußreflexzonenmassage. Ich habe mich in den Folgejahren auch theoretisch mit dieser Therapie beschäftigt und herausgefunden, warum sie wirkt. Jedes Organ, jeder Muskel und Knochen ist über Energiebahnen mit unseren Füßen verbunden. Deshalb sind die einzelnen Reflexzonen auf den Fußsohlen bestimmten Organen zugeordnet. Es ist bewiesen, dass die Fußreflexzonenmassage den Blutkreislauf anregt,

Abfall- und Giftstoffe ausscheidet, die den Energiefluss hemmen, Energie freisetzet und körpereigene Kräfte mobilisiert, die auf Organe, Drüsen und Körperteile einen großen Einfluss haben.

Immer bezogen wir Quartier im selben Hotel in Pattaya, einen Koffer mit Bade- und Sommersachen deponierten wir dort. Nie ist etwas verschwunden.

So bin ich mit Thailand bekannt geworden.
Nach der Wende begann meine zweite berufliche Laufbahn. Ich wurde von einem Freund überredet, eine kleine Firma zu leiten, die Kopierapparate vertrieb. Wir haben mit zwei Mitarbeitern angefangen, die Firma hat sich gut entwickelt, später hatte sie 12 Mitarbeiter. Heute existiert die Firma immer noch, eine äußerst gesunde Firma. Die Arbeit hat Spaß gemacht, weil ich Erfolg hatte. Da macht jede Arbeit Spaß.

Vor zehn Jahren und zwei Monaten ist meine Frau plötzlich verstorben. Herzinfarkt am Arbeitsplatz. Sie fiel um und war tot, ohne dass für uns oder für Allgemeinmediziner vorher irgendwelche Anzeichen zu erkennen gewesen wären.
Dann stand ich alleine da. Neben der Trauer hatte ich ein großes Haus und eine behinderte Schwiegermutter im Rollstuhl zu versorgen. Die Schwiegermutter wohnte bei uns und wurde bis dahin von meine Frau gepflegt. Das war eine schwierige Zeit. Ich hatte die Arbeit als Leiter des Kopierapparatevertriebs und zuhause musste ich alles selber machen: waschen, bügeln, putzen und die Schwiegermutter verpflegen. Das hat an den Kräften gezehrt, muss ich sagen.
Nachdem ich ein Jahr Witwer war sagte ich mir: „Du musst Urlaub machen!" Lange dachte ich nach: „Aber wo? Irgendwo hinfahren und etwas Neues kennen

lernen – nein, soweit bist du noch nicht. Daran hättest du keine Freude. Was dann? Am besten fährst du dahin, wo du dich auskennst."

Da kam nur Pattaya in Frage. „Der Koffer steht ja auch noch dort", fiel mir ein. „In dem Hotel in Nord-Pattaya hast du deine Ruhe und kennst dich aus."

Das schien mir nach tagelangem Überlegen das Richtige und so habe ich dieses bekannte Hotel gebucht. Leider musste ich feststellen, dass sich die erhoffte innere Ruhe nicht einstellte. Zu viele Erinnerungen kamen hoch, zu viele Emotionen. Wie konnte ich nur auf die Idee kommen, an diese Stelle zu gehen? Allein den Koffer aufzumachen war schmerzhaft. Es war so schlimm, dass ich kurz davor war, wieder abzureisen. Dann habe ich einen Schritt nach vorne gemacht und mir gesagt: „Jetzt musst du jemanden kennenlernen, das lenkt vielleicht ab."

Ich bin nicht hingefahren, um durch die Bars zu ziehen, überhaupt nicht. Das habe ich an einem Abend mal ausprobiert, aber das war nicht meine Wellenlänge, das war nichts für mich.

In dem Fußreflexzonenmassage-Salon von dem Taiwanesen, den ich natürlich wieder besuchte, lernte ich eine Frau kennen, Chu. Ich merkte gleich, dass sie noch keine Ahnung von dieser Massage hatte. Wir kamen ins Gespräch und sie erzählte, dass sie diese Technik erst lernte.

Für den Abend hatte ich ein Ticket gebucht für eine Folkloreshow etwas außerhalb von Pattaya. Mutig habe ich sie gefragt, ob sie nicht mitkommen wolle, ich brauchte Gesellschaft. Sie kam mit. Aber an dem Abend hat sich noch nichts Tiefgründiges oder Intimes ergeben. Ich wollte einfach nur Gesellschaft haben, nicht ständig alleine vor mich hinbrüten. Sie war eine angenehme Gesellschaft und drängte sich nicht auf. Sie entsprach so gar nicht dem Klischee, das man von Thai-Frauen hat. Wir verbrachten nur diesen einen, netten Abend zusammen, sonst lief nichts mit Chu während dieses Urlaubs.

Doch zurück in Deutschland, habe ich immer wieder an diese Frau gedacht. Bei einer langen Zugfahrt habe ich mir überlegt: „Was machst du jetzt mit deinem Leben?" Da wurde mir bewusst, dass ich in Pattaya in Gesellschaft von dieser Thai-Frau zur inneren Ruhe kam. Wir konnten uns damals noch nicht gut unterhalten, nur in gebrochenem Englisch, aber ihre Gesellschaft tat mir gut.
Da habe ich mir gesagt: „Diese Frau will ich jetzt richtig kennenlernen." Ihre Handynummer hatte ich. Ich rief sie an und sechs Wochen später flog ich wieder nach Thailand.
Ich fand heraus, dass sie von ihrem Mann geschieden war und sich und ihre zwei Töchter selbst durchbringen musste. Deshalb nahm sie das staatliche Angebot an, in Khon Kaen kostenlos Massage zu lernen. In Pattaya wollte sie ihre Kenntnisse zusätzlich durch Fußmassage ergänzen, um ein weiteres Spektrum anbieten zu können. In ihrer Gesellschaft fühlte ich mich wieder entspannt, sie tat mir richtig gut. Mir wurde bewusst, dass wir uns recht blendend verstanden und dass ich sie auch im nächsten Urlaub wieder treffen wollte.
Dass sie als Masseuse ihr Geld verdiente, gefiel mir nicht. Man weiß ja, wozu das führen kann. Ich arrangierte, dass sie in einem Restaurant eines Bekannten als Serviererin arbeiten konnte. Ich zahlte den Lohn und bat den Wirt, auf sie zu achten und sie zu beobachten. Das lief alles glatt, und als ich nach einem halben Jahr wieder kam, war sie für mich da.

Ich wollte sie mit nach Deutschland nehmen, da ich noch arbeiten musste. Ich brauchte jemanden, für den ich sorgen konnte. Nur für mich zu sorgen gab meinem Leben keinen Sinn. Mit einem sogenannten Heiratsvisum konnte sie drei Monate bleiben. Deutsche Sprachkenntnisse waren damals noch nicht gefordert. Ich schickte Chu trotzdem auf einen Deutschkurs für Ausländer in der Volkhochschule. Das war sehr schwierig für sie, da sie die lateinische Schrift, die vorausgesetzt wurde, nicht beherrschte. Die Brocken Englisch, die sie konnte, hatte sie nur durchs Hören gelernt, aber lesen und schreiben konnte sie nur in der Thai Schrift. Ich musste ihr also zusätzlich private Nachhilfestunden geben lassen. In der Zwischenzeit hat sie es bis Kurs 3 geschafft. Im 4. Kurs geht es um Grammatik, da kommt sie nicht mit. Und um uns zu verständigen reicht es, was sie gelernt hat.

Nach drei Monaten konnten wir den Aufenthalt um einen Monat verlängern. Aber mehr war nicht drin. Entweder heiraten oder sie musste wieder zurück.

Eigentlich wollte ich noch nicht wieder heiraten, meine Frau war erst seit zwei Jahren tot. Aber der Gesetzgeber zwang uns dazu. Und in den vier Monaten, die sie bei mir in Rostock lebte, wurde mir klar, dass Chu die Richtige für mich war und dass ich sie früher oder später heiraten würde. Warum also nicht gleich?

Ganz sicher war ich mir, dass ich auf keinen Fall nochmals mit einer Deutschen zusammenleben könnte. Ich führte eine gute Ehe und ich hatte eine gute Frau, die ich sehr liebte und schätzte. Mit einer zweiten deutschen Frau hätte ich sicher große Schwierigkeiten. Ich würde ständig vergleichen. Auch könnte ich eine zweite deutsche Frau nicht in das Haus nehmen, wo ich mit meiner ersten Frau glücklich gelebt hatte. Eine Deutsche würde Veränderungen im Haus vornehmen, die Spuren der ersten Frau verwischen, das Haus nach ihrem Geschmack gestalten wollen. Das kam für mich nicht in Frage. Ich wollte das Andenken meiner geliebten Frau in Ehren halten.

Eine Thai ist ganz anders. Sie ist so anders, dass sich keine Vergleiche aufdrängen. Auch käme es einer Thai-Frau nie in den Sinn, etwas in meinem Haus verändern zu wollen. Hätte eine deutsche Frau so selbstverständlich und respektvoll die Mutter ihrer Vorgängerin gepflegt? Eher unwahrscheinlich. Für Chu war das ganz normal.

Mit der Zeit wurde mir klar, dass ich gar nicht in der Heimat leben musste, wo mich alles an meine erste Frau erinnerte. Ich hatte zwar noch ein Jahr bis zur Frührente zu arbeiten, aber was hielt mich dann noch in Deutschland? Ich hatte keine Kinder. Mit meiner Mutter und meinem Bruder könnte ich über Skype guten Kontakt halten. Die Schwiegermutter müsste allerdings in ein Pflegeheim. Warum nicht in die Heimat meiner zweiten Frau ziehen? Chus Eltern lebten in einem kleinen Dorf bei Khon Kaen. Sie zeigte mir Fotos, wie es dort aussah. Für mich war klar, dass ich in diesem Haus nicht wohnen könnte.

Deshalb schickte ich Chu alleine zurück und ließ sie ein Haus bauen. Es ist ein schönes Haus geworden, und in der ersten Zeit nach meinem Übersiedeln lebten wir dort. Aber ich erkannte recht schnell, dass ich in diesem Dorf nicht mein Leben verbringen wollte. Es gab nicht einmal ein Restaurant dort und nicht einen Ausländer, mit dem ich hätte reden können. Außerdem konnte ich zwei Dinge nicht tolerieren: die Spielsucht und die Drogensucht. Die meisten Frauen waren doppelt süchtig. Sie verspielten Haus und Hof beim Kartenspiel und viele nahmen Yaba. Ich wollte nicht, dass Chu und ihre Töchter in dieser Umgebung lebten. Auch zog es mich ans Meer. Ich war ja Seemann und lebte mein ganzes Leben in Meeresnähe. Salzluft riechen, Meereswind spüren, das brauchte ich, um mich wohl zu fühlen.

Pattaya kam nicht für mich in Frage. Die Andamanensee war zu weit von Chus Heimatort. Also bleib nur die Gegend von Hua Hin, Cha Am. Zig Mal bin ich hierhergereist, oft alleine, manchmal mit Chu, um mich nach Grundstücken oder Häusern umzuschauen.

Endlich habe ich dieses Haus in Cha Am gefunden, das mir gut gefiel. Es liegt recht ruhig in einer kleinen Siedlung, die nur aus einer Straße mit Häusern rechts und links besteht und ist nicht weit vom Meer entfernt.

Mein Haus in Deutschland verkaufte ich, denn zwei Häuser kann ich nicht unterhalten. Ich habe mich entschieden, ganzjährig in Thailand zu leben.

Das Land und das Haus in Cha Am ist zwar auf den Namen meiner Frau gekauft, aber ich bin im Chanot, also im Grundbuch bester Güte, eingetragen, bin damit zwar kein Eigentümer, habe aber ein 60-jähriges Nutzungsrecht. Auch wenn meine Frau sterben sollte, können es ihre Erben nicht vor meinem Tod beanspruchen oder mit einziehen.

Leider sorgen viele Ausländer nicht für diesen Fall vor und stehen dann als Witwer mittellos auf der Straße.

Ich habe diese Nießbrauchs-Vereinbarung über einen Rechtsanwalt abgewickelt. Aber heutzutage, zu Zeiten der Militärregierung, sollen Ausländer auch direkt beim Amt zu ihrem Recht kommen.

Auch für meinen eigenen Tod habe ich alles geregelt, Patientenverfügung, Testament etc. So kann ich der Zukunft unbesorgt entgegenblicken. Ich habe Vorsorge für verschiedenste Eventualitäten getroffen.

Die Töchter von Chu zogen zuerst bei uns ins Haus ein. Aber das wurde mir zu viel Umtrieb. Sie brachten Freunde mit, ich fühlte mich stark in meiner Privatsphäre gestört und wusste nicht mehr, wer in meinem Haus ein- und ausgeht. So mieteten wir für sie ein Zimmer ganz in der Nähe. Sie kamen zum Essen, zum Duschen und Wäschewaschen. Die Mutter hatte den Kontakt, den sie brauchte, die Töchter ihre Freiheit und ich meine Ruhe. Jetzt sind die beiden in Bangkok, die Ältere studiert, die Jüngere geht auf eine gute Schule.

Als ich nach Thailand kam fing ich an, jeden Abend Bier zu trinken. Das konnte ich nicht, während ich arbeitete, da musste ich am nächsten Morgen fit sein. Beim letzten Gesundheitscheck wurde festgestellt, dass ich Übergewicht, Blutzucker und Bluthochdruck hatte. Das durfte so nicht weitergehen. Ich hörte total auf mit Biertrinken und habe meine Ernährung radikal umgestellt, treibe Sport und lebe gesund. Morgens trinke ich nur noch einen Smoothie, zweimal die Woche spiele ich Tischtennis, und im Haus habe ich Kraftmaschinen, an denen ich täglich übe. 15 kg habe ich schon abgenommen und fühle mich viel wohler.

Gar zu viel Abwechslung gibt es nicht in meinem Leben. Ich liebe es ruhig und beschaulich. Ich lese gerne und viel, beschäftige mich am Computer im Internet. Im Fernsehen schaue ich gerne Fußball, und dank Global TV habe ich alle Sendungen der deutschen Kanäle zur Verfügung. Seit diesem Jahr machen wir auch den Garten selbst, um etwas Sinnvolles zu tun zu haben. Gar zu groß ist er ja nicht.

Jeden Mittwoch gehe ich zum Nachtmarkt in Cha Am. Da treffen sich die deutschen Männer, die hier leben. Das ist ein sehr einfacher Stammtisch mit einfachen Sitzgelegenheiten am Rande des Marktes. Es gibt nur Getränke, das Essen holt man sich vom Markt. 30 – 40 Männer kommen da jede Woche zusammen, alle sind mit Thai-Frauen verheiratet. Die Frauen kaufen erst ein und setzen sich dann dazu. So können sich die Frauen, die ja meistens auch fremd in der Gegend sind, kennenlernen und über Frauenthemen reden.

Natürlich tratschen auch wir Männer über alles Mögliche. Aber dieser Stammtisch ist die beste Infobörse. Wenn man wissen will, wo man was kaufen kann, wie man einen Handwerker bekommt oder welche Ziele sich für einen Wochenendausflug anbieten, am Stammtisch ist immer einer, der Bescheid weiß.

Und einmal im Monat gibt es das Multiculti in Hua Hin. Das ist eine große Party, immer in einem anderen Hotel, von der berühmten Lizzy organisiert, die wir nie verpassen. Da treffen sich Expats aus den verschiedensten Ländern, und immer wieder lernt man interessante Menschen kennen. Für die 1200 Baht Eintritt gibt es ein erlesenes Buffet und manchmal gute Unterhaltung, der Erlös der Veranstaltung kommt immer einem sozialen Zweck zugute, zum Beispiel einem Kinderheim für die Ärmsten der Armen.

In der Region Cha Am / Hua Hin kann ich alles kaufen, um deutsch zu essen, vor allem gutes Brot und deutsche Wurstwaren. Aber ich esse auch gerne Thai. Jede Woche skype ich einmal mit meiner Mutter. So oft habe ich sie früher nicht besucht. Ja, ich vermisse hier nichts. Ich habe mehr soziale Kontakte als früher in Deutschland. Man trifft sich mit Bekannten zum Grillabend, mal bei diesem, mal bei jenem, das gefällt auch unseren Frauen. Ich habe viele gute Bekannte, einen engen Freund allerdings nicht.

Anfangs in Thailand habe ich mich sehr aufgeregt, wenn etwas nicht so lief, wie ich das erwartete. Der Ton beispielsweise, wie Chus Töchter mit ihrer Mutter sprachen, hat mich sehr gestört. Ich hatte immer das Gefühl, sie schreien ihre Mutter an. Aber ich habe gelernt, dass das der normale Umgangston ist und dass ich es war, der Aggressivität hineindeutete. Früher, als wir noch in dem Dorf bei Khon Kaen wohnten, hatte ich immer das Gefühl, dass Chus Vater mich schnitt. Er grüßte mich nicht, sagte weder Guten Tag noch Auf Wiedersehen. Aber ich lernte, dass das nichts mit mir zu tun hatte, dass das so üblich war. Man begrüßt und verabschiedet sich nur, wenn man auf eine lange Reise geht oder zurückkommt, aber nicht täglich. Manchmal bin ich noch immer konsterniert, wenn die Töchter einfach gehen, ohne sich zu verabschieden. Ich weiß zwar, dass das nicht zur Thai Kultur gehört, dass es das Auf-Wiedersehen-Sagen praktisch gar nicht gibt, aber in mir ist es noch immer stark verwurzelt.

Im Allgemeinen kann ich sagen: Das Leben in Thailand ist einfach, viel einfacher als in Deutschland. Wenn man sich über die anderen Denk- und Verhaltensweisen nicht aufregt, wird man gelassener. Man kommt zu einem Zustand, den ich die Leichtigkeit des Seins nenne.
Bloomberg New York hat 51 Volkswirtschaften untersucht und ist in diesem Jahr zu dem Ergebnis gekommen, dass Thailand das glücklichste Land der Welt ist. Und für mich kann ich bestätigen: Es lebt sich gut als Rentner im glücklichsten Land der Welt.

Mein geiles Leben

Horst Thalwitzer, genannt Horsti, wurde durch Kaffeefahrten reich, und die RTL 2 Doku Soap „Villa Germania — for ever Young" machte ihn berühmt. Seinen 70. Geburtstag hat er schon längst hinter sich und lebt weiterhin ein geiles Leben in Pattaya.

Ich stamme aus Fissau in Schleswig-Holstein. Ich bin gelernter Werbekaufmann und habe in Deutschland Werbung gemacht. Bundesweit habe ich gearbeitet und 40 Mitarbeiter gehabt. Die Firma habe ich verkauft und ein gutes Milliönchen gemacht. Die Kaffeefahrten brachten auch eine Menge Kohle. Ich hatte 40, 50 Busse laufen. Als der Osten aufging, sind wir sind mit 200 Bussen rüber. Die Ossis haben alles gekauft, vor allem Matratzen.

Der Weg nach Thailand führte über Golfplätze. Ich bin leidenschaftlicher Golfer. Früher machte ich hauptsächlich Golfreisen in Amerika, vor allem in Florida und Kalifornien. Da gibt's ja Golfplätze in Massen. In Asien war ich früher auch schon zum Golfen, in Phuket, in Krabi und auf der Insel Langkawi in Malaysia. Ein Freund nahm mich dann nach Pattaya mit. Das sei ein Traumort für Golfer, mit 20 Plätzen in unmittelbarer Nähe, schwärmte er. Meine Frau Monika wollte sowieso mal hierher.

Zufällig habe ich beim Golfspielen den thailändischen Bauherrn der jetzigen Villa Germania kennengelernt. Der wusste nicht, wie er die Wohnungen in dem elfstöckigen Haus verkaufen sollte. Da gab es erst fünf Showräume. Ich hatte ja Werbekaufmann gelernt und wollte ihm helfen. Die Wohnanlage in Jomtien brachte ich in Schuss, so dass aus einem langweiligen Hochhaus in einer verwilderten Gegend die noble Villa Germania wurde.

So bin ich hier hängengeblieben. Ich habe selbst Wohnungen gekauft, weiterverkauft oder vermietet.

Hier gefällt es mir. Nach Deutschland zieht mich nichts mehr. Ich war zum letzten Mal vor neun Jahren dort. Ich habe eine Familie in Deutschland, eine intakte Familie, meine Frau Monika und meine vier erwachsenen Kinder Die kommen hierher, wenn sie mich sehen wollen.
Meine Frau Monika lebt im Wechsel ein halbes Jahr in Pattaya und ein halbes Jahr in Fissau. Monika ist total locker und tolerant. Und meine vier erwachsenen Kinder sind inzwischen begeisterte Thailand-Urlauber. Meine Tochter Bettina und der Sohn Stefan sind sogar extra zu meinem 70. Geburtstag aus Deutschland eingeflogen.
Ich bin früher schon viel gereist. Weltweit. Ich war überall: Venezuela, Australien, Afrika, Amerika. Auch in Kuba bin ich gewesen.
Aber die Mädchen in Thailand gefallen mir am besten. Die schöne braune Haut fasziniert mich. Ich habe im Laufe meines Lebens viel Erfahrung gesammelt mit schwarzer und mit weißer Haut. Ich war schon immer ein geiler Bock. Schöne Frauen sind wichtig in meinem Leben. Meine Frau Monika weiß das und sieht das locker. Sie ist tolerant und nicht eifersüchtig, sie gönnt mir das. Sie wohnt nur den Winter über in Thailand, im Sommer verwaltet sie die Immobilien in Deutschland.

In Thailand sind die Frauen einfach unglaublich hübsch und nett. Sie wollen, dass der Mann zufrieden ist und tun dafür alles. Mit meiner festen Freundin Porn wird es etwas langweilig. Sie ist eine nette Frau und wohnt bei mir, wenn Monika weg ist, aber ich habe noch ein paar weitere Freundinnen. Man muss die Lust genießen, solange sie da ist.
Ich kam schon im Alter von 50 Jahren nach Thailand, habe diesen Laden hier, die Villa Germania, aufgebaut und weiß, wie Geschäfte hier laufen. Ja, der Betrieb

läuft. Ich habe viele Wiederholungstäter. Alles deutsche Rentner! Die meisten bleiben drei Monate. Schon wenn sie abreisen, buchen sie fürs nächste Jahr. Es gibt auch Dauermieter, die in Deutschland ausgestiegen sind und für immer hier leben. Aber ich habe lieber die, die auf Monatsbasis im Winter kommen. Da kann ich mehr verlangen. In der Regenzeit stehen die Wohnungen auch nicht leer, da muss ich nur mit dem Preis runter. Den Gästen gefällt Pattaya. Sie schätzen die hervorragende Infrastruktur und das europäische Warenangebot. Und natürlich, dass es in Pattaya die Villa Germania gibt und mich, den Horsti.

Die Villa Germania gefällt ihnen, weil hier Deutschsprachige unter sich sind. In der Gemeinschaft fühlen sie sich wohl. Die Bewohner treffen sich in der Bar im Erdgeschoss. An dieser zentralen Anlaufstelle finden sie Freunde für Sport, Spiel und Saufgelage. Das Restaurant der Wohnanlage mit gutem deutschem Essen ist ebenfalls ein Anziehungspunkt. Auch die ruhige Lage und die Nähe zum Meer wird gelobt, und dass ich da bin. Einchecken, auschecken, das mache ich selber. Ich kenne meine Mieter ziemlich gut, und manchen muss ich schon unter die Arme greifen. Aber das ist selbstverständlich. Ich kenne überall Leute und habe gute Beziehungen zu der Polizei und den Behörden.

Ich mag Land und Leute und kann mit Thais gut umgehen. Probleme gibt es keine. Jedenfalls fällt mir kein Problem ein. Mit Thais komme ich bestens aus, ob sie Mitarbeiter in der Villa, Handwerker oder hochrangige Persönlichkeiten sind. Alle sind meine Freunde. Ich klopfe ihnen auf die Schulter und frage sie um Rat. Wenn etwas nicht so läuft, klopfe ich wieder auf die Schulter und sage. „Könnte man das nicht besser machen?" Auch bei der Polizei und den Behörden habe ich meine Freunde. Da gibt man mal was aus, dann helfen sie dir und stehen hinter dir.

Seit sechs Jahren mache ich Fernsehen, immer mit RTL 2. Den Regisseur lernte ich im Flugzeug kennen. Ich habe ihm erzählt, was ich hier so mache, und er wollte unbedingt mit mir drehen.

Ein Jahr lang haben die hier über die Anlage und mein Leben gedreht. Eine achtteilige Serie wurde daraus. Die Dreharbeiten waren hart aber auch lustig. Außer mir hat auch mein Kumpel Ingo Kerp eine Hauptrolle gespielt. Er wohnt jetzt nicht mehr hier. Er wollte aufs Land. Eigentlich Schade. Der Ingo hatte mir den ganzen kaufmännischen Kram abgenommen. Das war mir recht, so hatte ich etwas mehr Zeit für die Frauen. Wir sind weiterhin beste Freunde und telefonieren alle zwei Tage. Ja, die RTL- Serie war die beste Werbung, die man sich denken kann. Wir konnten uns vor Anfragen, Käufen und Buchungen kaum retten.

Jetzt will ich dir noch sagen, welche Tipps ich den deutschen Rentnern gebe, die nach Thailand auswandern wollen:

1. Du musst genügend Geld haben. Mit 1000 Euro schaffst du es, wenn du mehr hast, ist es von Vorteil. Wenn du weniger hast, bleibe in Deutschland, dort geht es dir besser. In Deutschland bist du durch Hartz 4 sozial abgesichert, hast Kranken- und Pflegeversicherung.
2. Hier brauchst du eine private Krankenversicherung. Ich empfehle die AXA, mit Sitz in Frankreich. Mit 3000 Euro im Jahr ist man gut abgesichert, muss aber genügend Geld für Vorauskasse haben. Aber über 70 wird es schwierig.
3. Einfacher ist das Leben in Thailand für dich, wenn du kein festes Verhältnis mit einer Thai Frau hast.
4. Baue niemals ein Haus auf den Namen einer Thai, außer wenn du so viel Geld hast, dass du es aus der Portokasse bezahlen kannst.

Ich selbst habe zwar meiner Porn in ihrem Dorf ein Haus nach ihren Wünschen gebaut. Dort wohnt sie im Winter, wenn meine Frau Monika in Pattaya ist. Für mich war das eine Kleinigkeit. Aber wer es sich nicht leisten kann, soll es besser bleiben lassen.

Wir hatten ein Haus in Pakarang

Ein deutsches Ehepaar, das Hab und Gut im Tsunami verlor, genießt wieder jeden Tag in seiner zweiten Heimat.

Wir hatten ein Haus in Pakarang.
Dieses Haus stand auf einer Landzunge, direkt an der Andamanensee. Hinten war Meer. Vorne war Meer. Die Sonnenuntergangsseite lag an einem Korallenriff. Zwischen Strand und Straße. Das war sogenanntes „Königsland", das nicht bebaut werden durfte. Wir konnten es aber privat nutzen und richteten es nach unseren Bedürfnissen her. Mein Mann legte Strom- und Wasserleitung, so dass wir sogar Licht und eine Stranddusche hatten. Ich hatte einen roten Sonnenschirm und zwei altmodische Liegestühle aufgestellt, wo wir es uns jeden Abend bei einem Sundowner wohl sein ließen. Unser Privatstrand! Ein Idyll!
Auf der Ostseite, der Ban Sak Bucht, gab es Sandstrand. Hier war es herrlich zum Baden.

Das Haus ließen wir nach unseren Vorstellungen bauen, mit deutscher Gründlichkeit und solider Elektrik, die mein Mann selbst verlegte. Es sollte für die Ewigkeit reichen. Ich liebte die Außenküche, die man durch Rollläden verschließen konnte. Unser gemütliches Schlafzimmer war unterm Dach, mit Fenstern in beide Richtungen. Morgens genossen wir vom Bett aus den Sonnenaufgang. Und duschen konnten wir abends im Freien, unterm tropischen Sternenhimmel. Der Garten wurde jedes Jahr schöner. Mein Mann konnte seinem Hobby, dem Gartenbau, nach Herzenslust frönen. Viele Pflanzen, Blumen und Sträucher, die wir in Deutschland nur als Zimmerpflanzen kannten, gediehen in unserem tropischen Garten. Manche wucherten so üppig, dass wir nur staunen konnten. Als wir einmal aus Deutschland zurückkamen, war die Ziegenfußwinde, eine sehr schöne, blauviolett blühende Ranke, quer durch den Garten gewachsen. Eine Bougainvillea mit rosa Blüten schoss sogar über das Dach hinaus.

Besonders der Lotusteich mit seinen dunkelrosa Blumen war eine Augenweide. Große bunte Kois tummelten sich im Wasser und manchmal kamen Warane zum Baden. Wir waren erstaunt wie behände Warane sind. Wenn sie sich bedroht fühlen können sie problemlos auf hohe Palmen flüchten.
Oft bekamen wir auch Besuch von anderen wilden Tieren. Keine großen gefährlichen! Anfangs lebte eine Affenhorde in der Nähe, die immer mal wieder vorbeischaute. Ein Uhu Paar schlief jede Nacht in einem Baum gegenüber unserer Terrasse und sogar ein Gürteltier durchquerte eines Nachts unseren Garten.
Die Schlangen, Skorpione und Tausendfüßler hatte ich zwar nicht so gern, vor allem nicht, wenn sie zu nah ans Haus kamen, aber sie taten uns nie etwas. Und Vögel gab es! Kann ein Tag schöner beginnen, als wenn man vom Vogelgezwitscher geweckt wird? Vor allem der wohlklingende Gesang der schwarzweißen Dajaldrossel hatte es mir angetan. Mit ihrem abwechslungsreichen Repertoire erinnert sie mich an unsere Nachtigall. Besondere Freude hatten wir an den geselligen Hirtenstaren mit ihren gelben Schnäbeln und Beinen, die mehr auf dem Boden hüpfend als in der Luft fliegend anzutreffen waren. Über ihre gurgelnden, quiekenden und klickenden Rufe mussten wir oft lachen. In einem Jahr ist es uns sogar gelungen ein Pärchen so zu zähmen, dass es uns Brot aus der Hand fraß.
Ein großer Coucal mit langer schwarzer Schwanzfeder brütete regelmäßig in unserem Bambus. Buntschillernde Nektarvögel bedienten sich gerne am Hibiskus. Besonders glücklich machte es mich, wenn ich einen der kleinen,

wunderschönen Eisvögel entdeckte, die stundenlang auf einem Ansitz am Wasser warten konnten, um sich dann auf einen Fisch oder ein Insekt zu stürzen. Jeden Abend genossen wir den erhabenen Anblick der schwerelos dahingleitenden Seeadler.
Ja, hier gediehen Flora und Fauna noch relativ unberührt. Ringsum Natur. Es war einfach traumhaft.

Doch schön der Reihenfolge nach.
Schon immer hassten wir den Winter in Deutschland und deshalb verbrachten wir unsere Winterferien gerne in den Tropen. Jeden Urlaubsort prüften wir, ob er als Überwinterungsmöglichkeit im Rentenalter in Frage käme. Thailand hatte uns schon bei unserem ersten Urlaub in der Nähe von Rayong begeistert, und auch einen zweiten Urlaub genossen wir in dieser Region.
Thailandkenner, denen wir dort von unseren Ideen erzählten, rieten uns, doch einmal Khao Lak anzuschauen. Dort seien kaum Tourismus und eine fast noch unberührte Natur. Wir folgten dem Rat und waren angetan von der paradiesischen Schönheit.

Als wir im Januar 1999 von einem Khao Lak Urlaub zurück kamen trat eine Situation ein, die unser Leben von Grund auf veränderte.
Der Arbeitgeber meines Mannes hatte beschlossen, dass alle Mitarbeiter, welche das 55. Lebensjahr erreicht haben, in den Ruhestand entlassen werden. Mein Mann war kurz vor seinem 55. Geburtstag und fassungslos. So schnell hatten wir mit dem Rentnerleben noch nicht gerechnet! Zum Glück hatten wir uns mit dem Überwintern in Thailand schon seit Jahren gedanklich auseinandergesetzt, und so fielen wir nicht in ein tiefes Loch. Wir gingen ins Reisebüro und buchten gleich Flüge für den darauf folgenden Winter für einen mehrmonatigen Urlaub in Khao Lak.

Wir mieteten uns einen Bungalow in Bang Niang in der Ferienanlage „Gerd und Noi" und fühlten uns auf Anhieb wohl. Damals war es noch recht ruhig in Khao Lak, es gab nur wenige große Hotels und noch viele familienbetriebene Bungalowanlagen am Strand. Einige wenige Deutsche hatten ihren Traum vom Überwintern in Thailand schon verwirklicht, und andere waren gerade dabei, ihr Häuschen zu bauen, sodass es Anregungen genug gab.

Ein kleines Grundstück zu finden, das für unsere Interessen geeignet war, erwies sich aber als großes Problem. Zwar wurden uns verschiedenste Flächen angeboten, jedoch waren in der Regel weder die Eigentumsverhältnisse geklärt noch standen die Grenzen fest. Oft gab es nicht einmal Wegerecht. Die meisten Grundstücke waren auch viel zu groß, denn es war nicht üblich, Land zu verteilen und kleine Parzellen zu verkaufen.

Mit dem Motorrad fuhren wir die ganze Küstenregion ab, um nach einem geeigneten Stückchen Land Ausschau zu halten, ohne Erfolg.

Zu unserer Überraschung bot uns eines Tages ein Bauarbeiter, der unsere Suche nach einem Grundstück verfolgt hatte, ein Grundstück seines Bruders an.

Mein Mann war sofort verliebt in dieses Stück Wildnis auf Laem Pakarang, einer vom Meer umschlungenen Landzunge. Der ungebändigte Urwald in seiner Ursprünglichkeit, die Niederungen, in denen die Wasserbüffel suhlten und das unverbaubare Ufer mit Kasuarinen und dem vorgelagerten Korallenriff hatten es ihm angetan. Ich konnte es mir damals noch nicht vorstellen, dass man hier leben kann. Allein der Gedanke daran war mehr als eine Herausforderung. Es bedurfte einiges an Überzeugungsarbeit seitens meines Mannes, um mir die Schönheit dieses Fleckchens Erde schmackhaft zu machen.

Nachdem der Entschluss zum Kauf dieses „Paradieses" gefallen war, entwickelte sich alles sehr schnell. Eine Firma wurde gegründet, die das Grundstück kaufte, worauf das Haus gebaut werden sollte. Eine Bauunternehmerin war schnell gefunden. Die Baupläne hatte mein Mann schon vorbereitet, ein Architekt erstellte die Bauzeichnungen die von den Behörden genehmigt wurden.

Die Baumaterialien wurden ausgesucht, 2000 Quadratmeter Urwald gerodet, ein riesiger Baum gefällt, die Suhle mit mehr als 100 Lastwagen Sand gefüllt — der Hausbau konnte beginnen. Dass so ein Hausbau oft nervenaufreibend ist, einem zeitweise an die Grenzen der Belastbarkeit führt, muss ich nicht erzählen. Das ist nicht nur in Thailand so.

Unsere zweite Überwinterungssaison verbrachten wir bereits im eigenen Haus, dem wir den Namen „Baan Pakarang" also Haus Koralle, gaben. Natürlich gab es in den folgenden Jahren noch viele Schwierigkeiten zu überwinden, denn die Handwerker hatten nicht so sorgfältig gearbeitet wie wir es aus deutscher Sicht erwartet hatten. Es sollte noch vier Jahre dauern, bis das Haus zu unserer Zufriedenheit gediehen war.

Das Mobiliar ließen wir im Gefängnis von Phang Nga herstellen. Dort verschaffte man den Insassen durch diese Tätigkeit etwas Abwechslung und die Möglichkeit, sich Geld zu verdienen.

Zur Hauseinweihung gaben wir eine große Party, zu der nicht nur Freunde und Bekannte eingeladen waren, sondern auch alle Arbeiter mit ihren Familien, der Bürgermeister und die anderen Dorf-Honoratioren. In einem großen Zelt, das wir vom Tempel liehen, kredenzten die Frauen unserer Arbeiter das leckerste Thai-Essen.

Jedes Jahr fand auf der Spitze der Landzunge ein mehrtägiges Jugendzeltlager statt. Die Schüler, ihre

Lehrer und Betreuer kamen aus Kapong, einem Ort jenseits des Khao Lak Gebirges. Wir lieferten Strom und Wasser und durften dafür, zusammen mit der Dorfbevölkerung, am Abschlussfest teilnehmen. Auch dadurch waren wir jedem bekannt.

So hatten wir bald gute Bekannte, sowohl Einheimische als auch Ausländer. Deutsche Strandwanderer, ruhten sich gerne auf unserer rustikalen Bank am Korallenufer aus. Mein Mann liebte es, Informationen über unsere Region zu erteilen und gute Tipps zu geben. Im Gegenzug erfuhren wir den neuesten Klatsch aus Khao Lak und was sich im Ort so tat.

Von den Thais wurden wir zu vielen Festlichkeiten wie Hochzeiten oder Beerdigungen eingeladen. Auch besuchten sie uns und brachten uns Früchte oder Süßigkeiten. Trotz sprachlicher Probleme, oder gerade deshalb, ergaben sich immer wieder lustige Situationen. Familienmitglieder und Freunde aus Deutschland verbrachten gerne ihren Urlaub bei uns. In unserem Doppelbungalow hatten wir einen extra Trakt für Gäste.

Während des Sommerhalbjahrs lebten wir immer in Deutschland. Wir liebten es, in der Nähe unserer Kinder, Enkelkinder und Freunde zu sein. Ich schätzte es auch, einmal nicht Tag und Nacht schwitzen zu müssen. Doch sobald es in Deutschland auf den Herbst zuging und kühler wurde, freuten wir uns auf unser Paradies in Thailand, um in unserem *Pakarang Baan* dem Winter zu entfliehen und die Wärme, die Sonne und das Meer zu genießen.

Ja, in Pakarang lebten wir fast wie im Paradies — bis zum 26. Dezember 2004. Das war der Tag vor meinem 57. Geburtstag.

Wir hatten gemütlich auf der Terrasse gefrühstückt, an diesem 2. Weihnachtsfeiertag. Es war ein wunderschöner, herrlicher Morgen. Ich tischte Christstollen auf, den uns Freunde aus Deutschland mitgebracht hatten. Dann ging ich nach oben, um die Weihnachtspost zu lesen, die per E-Mail gekommen war. Plötzlich hörte ich meinen Mann rufen: „Komm herunter, Johanna, komm sofort runter!" Normalerweise reagiere ich nicht gleich, wenn er ruft, ich habe mir angewöhnt, erst die Arbeit zu Ende zu bringen, an der ich gerade war. Aber dieser Ton war so dringlich, als sei ihm etwas zugestoßen. So ließ ich alles stehen und liegen und rannte nach unten.

„Das Meer ist weg", rief er aufgeregt. „Was meinst du mit weg", fragte ich ungläubig. „Weg, einfach weg. Komm und schau selbst." An der Hand zog er mich die 100 m bis zum Ufer. Und was ich sah, schockierte mich: Ein riesiges Riff, viele abgestorbene Korallen, und kein Tropfen Wasser.

Doch in der Ferne erblickten wir weiß aufschäumende Wellenkämme, die immer näher kamen. Und plötzlich war es eine riesengroße Wasserwand, die auf das Land zuschoss. Mein Mann packte mich und wir rannten so schnell wie möglich hinter unser Haus. Das Haus war so solide gebaut, es würde jeder Welle widerstehen. Der Wasserturm, der tief in der Erde verankert war, schien noch stabiler und sicher. Hinter ihm suchten wir Zuflucht.

Plötzlich sahen wir, wie eine riesige Welle über die Wipfel der Kasuarinas hinwegdonnerte, bevor sie über uns zusammenschlug. Wir krallten uns aneinander und am Wasserturm fest, doch wir wurden weggerissen.

Ich hatte das Gefühl, in Teufels Waschmaschine zu stecken. Mein Mann wurde mir entrissen. Die Strudel erlaubten kein Navigieren.

Bis zu diesem Zeitpunkt hatten wir noch nie etwas von einem Tsunami gehört. Und dann erlebten wir diese zerstörerische, todbringende Welle am eigenen Leib.

Ich erzähle meine Geschichte nur ganz selten. Das kommt daher, weil ich noch lange Zeit traumatisiert war und auch unter Gedächtnisverlust litt. Nur ganz allmählich kam die Erinnerung wieder. Andererseits erzählt mein Mann seine Geschichte häufig, und die mitfühlenden Zuhörer hängen gebannt an seinen Lippen. Das hört sich dann in etwa so an:

„Ich wurde Richtung Osten in die Bang Sak Bucht gespült, landete am Strand und klettere sofort auf die nächste Palme. Denn mir war klar, dass sicher noch mehr Wellen kommen würden.

Könnt ihr euch vorstellen, dass ich das geschafft habe? Ich war damals schon relativ korpulent und auch nicht besonders durchtrainiert. Aber in dieser Situation hatte ich plötzlich übermenschliche Kräfte.

Ich traute meinen Augen nicht, als ich unter mir zwei Fischer auf ihrem Moped vorbeifahren sah. Seelenruhig. Sie hatten noch nichts von der Welle mitbekommen. Ich brüllte ihnen zu. „Run, run, big wave." Sie lachten nur. Die dachten sich sicher, der spinnt wohl, der Farang, hockt auf einer Palme und ruft „run run".

Und dann kam sie schon, die nächste Welle. Das Motorrad mitsamt den Fischern wurde erfasst und weggespült. Ich habe sie nie wieder gesehen. Das ist eines der Alptraumbilder, die mich noch lange verfolgten.

Ich rief nach Johanna. Wahrscheinlich saß sie auf einer anderen Palme, stumm vor Schreck. Doch ich bekam keine Antwort, so laut ich auch rief.

Ich weiß nicht, wie lange ich auf meiner Palme saß. Irgendwann stieg ich herunter und suchte unser Haus. Zwischen umgefallenen Bäumen und riesigen Korallenblöcken bahnte ich mir einen Weg. Ich hatte total die Orientierung verloren. Es gab keine Stellen mehr, an die ich mich erinnerte. Alles sah total anders aus. Ich irrte herum und kämpfte mich zu der Gegend durch, wo ich das Haus vermutete. Doch da war nichts mehr. Nach längerer Suche stieß ich auf die Überreste unsres Nissans. Plötzlich entdeckte ich den Lotusteich. Ohne Lotus natürlich, aber die Umrandung war noch intakt und braunes Wasser stand darin. Ein paar Mauerreste fand ich auch unter fast undurchdringlichem Schutt. Aber keine Spur von Johanna.

Hier stand einmal unser geliebtes Haus inmitten des gepflegten, tropischen Gartens. Innerhalb von wenigen Stunden wurde aus unserem Paradies die Hölle.
Ich hatte zwar Angst vor weiteren Wellen, aber die Angst um Johanna war größer. Den ganzen Rest des Tages suchte ich die Umgebung ab. Vergebens.
Bevor es dunkel wurde ging ich die zwei Kilometer Richtung Hauptstraße. Je weiter ich ging, je besser zu erkennen war die Straße. Aber ihr könnt euch nicht vorstellen, wie die Straße aussah. Sie bewegte sich. Überall kreuchte und zappelte es. Alles Fische und Garnelen, die es an Land gespült hatte, im Todeskampf. Noch heute, wenn ich die Straße entlang gehe, habe ich mit diesem Bild zu kämpfen.
Zum Glück hatte ich nur Hautabschürfungen, Prellungen und Schnittwunden davon getragen. Freiwillige Helfer brachten mich zu einer Erste Hilfe Station und von dort ins Krankenhaus von Takua, wo man mich behandelte.
Die nächsten Tage klapperte ich alle Krankenhäuser der Umgebung ab. Ich weigerte mich innerlich, die hunderte schwarzer, aufgedunsener Leichen anzuschauen, die von freiwilligen Helfern in Reih und Glied auf den Tempelboden gelegt waren. Es war einfach nur grauenhaft. Ich war mir sicher, dass Johanna noch lebte, ich musste sie nur finden.

In den Krankenhäusern hatten sie Listen mit ihren Patienten. Überall fragte ich nach Johanna. Es wurden mir verschieden Johannas gezeigt. Aber meine war nicht dabei.

Am 4. Tag suchte ich wieder an der Stelle, wo unser Haus war. Und, ihr werdet es nicht glauben, ich hörte ein Winseln. Zwischen ein paar Trümmern fand ich Pumpui, unseren treuen Hund. Wie er es geschafft hatte, wieder an diese Stelle zu kommen, wo er einst lebte, und auf uns zu warten, ist mir bis heute ein Rätsel! Es gab ja keinerlei Markierungen mehr, die er hätte riechen können. Später hatten mir Bekannte erzählt, dass sie Pumpui in vier km Entfernung an der Straße gesehen hatten.

Mir gab Pumpui wieder neuen Mut, ich gab die Hoffnung nicht auf, nach einer lebenden Johanna zu suchen. Ich kann mich kaum mehr erinnern, wo ich gegessen und geschlafen habe, ich habe nur noch funktioniert.

Nach vier Tagen fand ich heraus, dass Johanna, die unter dem Namen Hanna registriert war, schon nach Deutschland transportiert wurde. So konnte auch ich, mehr oder weniger beruhigt, die Heimreise antreten."

So oder ähnlich erzählt mein Mann seine Geschichte. Meine hört sich ganz anders an, denn ich habe den Tsunami ganz anders erlebt als mein Mann.

Ich sehe mich, wie ich an eine Gasflasche geklammert, auf dem offenen Meer treibe. Nach einer mehrstündigen Odyssee im Ozean hatte ich es irgendwie ans Land geschafft. Es muss acht km südlicher gewesen sein, dort wo früher der Bang Niang Strand war. Freiwillige Helfer fanden mich und schleppten mich zur Straße. Ich wurde zur gleichen Erste Hilfe Station gebracht, wo auch mein Mann zuvor war. Doch das erfuhren wir beide erst viel später.

Von hier aus wurde ich auf einem Pickup zusammen mit anderen Betroffenen in ein Krankenhaus nach Alt-Takua gebracht. Bevor ich auf Grund einer Lungenentzündung kollabierte, konnte ich noch meinen Namen und mein Wohnort nennen, sogar die Telefon Nummer meiner Tochter. Dann verlor ich das Bewusstsein.

In einem 200 Kilometer nördlich gelegen Hospital wurde ich vorbildlich versorgt und drei Tage später brachte mich ein Helikopter in ein Hospital 300 Km südlich.

Nach weiteren drei Tagen wurde ich als Liegendtransport mit einer Medivac Transportmaschine der Deutschen Luftwaffe zurück nach Deutschland geflogen. Doch diese Details habe ich erst später erfahren, meine eigenen Erinnerungen kamen nur ganz langsam und verschwommen zurück.

Im Krankenhaus von Meppen trafen Josef und ich wieder zusammen, und auch unsere Geschichten treffen sich hier wieder, obwohl die Nachwehen bei uns beiden recht verschieden waren. Nach acht ungewissen Tagen und Nächten konnten wir uns wieder in die Arme schließen. Wir hatten unwahrscheinliches Glück im Unglück, wir haben das Chaos überlebt.

Dafür sind wir sehr, sehr dankbar.

Doch das Aufprallen der Riesenwelle am Strand, der Überlebenskampf, die schrecklichen Situationen, die fürchterliche Katastrophe — diese Bilder kommen immer wieder hoch, ob ich es will oder nicht. Aber glücklicherweise immer seltener. Ich nahm keine psychologische Hilfe in Anspruch und habe selbst gelernt, mit dem Trauma umzugehen. Von Jahr zu Jahr ist es weniger belastend.

Unsere Angehörigen, Freunde und Bekannte hatten Geld für uns gesammelt, damit wir problemlos aus dem Katastrophengebiet nach Deutschland zurückkommen konnten. Da uns aber von den Thais und den Hilfsorganisationen kostenlos geholfen wurde, stellten wir dieses Geld für dringend benötigte Hilfsmaßnahmen vor Ort zur Verfügung.

Unser thailändischer Freund Sam bat uns um Hilfe zur Unterstützung von Waisen- und Schulkindern. Daraufhin gründeten wir, zusammen mit Freunden, unseren Verein „Hilfe für Khao Lak Tsunamiopfer". Wir hatten das Bedürfnis, etwas von der überwältigenden Hilfe, die wir von der thailändischen Bevölkerung und den Rettungsorganisationen erfuhren hatten, weiter zu geben. Durch das Engagement in dem Verein war es uns möglich. So konnten wir gezielt und kontrolliert helfen.

Schon im November 2005 kehrten wir an den mehr als 9300 Kilometer von der Heimat entfernten Ort der Katastrophe zurück Es gab ja vieles zu klären und sicher zu stellen.

Leicht war es nicht, das Zurückkommen. Wir erkannten Khao Lak kaum wieder. Der Anblick unseres Areals, auf dem wir gewohnt hatten, war erschütternd.

Wir haben uns gegenseitig immer wieder getröstet und unterstützt und waren dankbar, dass wir lebten.

Auch unser treuer Hund Pumpui lebte noch. Freunde von uns versorgten ihn in den Trümmern unseres ehemaligen Zuhauses mit Futter und Süßwasser.

Mein Mann hätte unser Haus in Pakarang wieder aufgebaut, wenn wir das Kapital dafür gehabt hätten. Doch ich war froh, Abstand zu haben. Ich war noch zu traumatisiert, um wieder direkt am Ort des Schreckens leben zu können. Zehn Jahre hat es gedauert, bis ich es wagte, wieder im Meer zu baden.

In den nächsten zwei Winterhalbjahren waren wir voll mit den Aufgaben für unseren Hilfsverein ausgelastet. Es hat uns sehr geholfen, so eine sinnvolle Arbeit zu haben, und Waisen und Halbwaisen, die im Tsunami ihre Eltern

verloren hatten, zu Patenschaften zu verhelfen. Die Organisation, die Verwaltung des Geldes, die Verteilung der Geschenke etc. war sehr aufwändig.
Auch die Aufräumarbeiten unseres Grundstücks hielten meinen Mann in Atem.

In der ersten Saison nach dem Tsunami wohnten wir im Hotel und im darauf folgenden Winter im Haus eines Freundes.
Danach mieteten wir ein Haus in einer Wohnsiedlung. Anfangs war dieses Haus sehr einfach und simpel. Doch in eine Mietwohnung wollten wir nicht investieren. Nach weiteren zwei Jahren wurde dieses Haus zum Verkauf angeboten, wir nahmen dieses Angebot wahr, bauten das Haus um und gestalteten es im Laufe der Jahre nach unserem Geschmack und Bedürfnis. Jeden Tag erfreuen wir uns an der gemütlichen Terrasse mit Blick auf den herrlichen kleinen Garten, den mein Mann mit viel Liebe angelegt hat. Eine großblättrige Palme spendet inzwischen angenehmen Schatten und wird in der Dunkelheit von Strahlern romantisch angeleuchtet.
Langeweile kam bisher keine auf. Durch die Aktivitäten unseres Hilfevereins besuchen viele Paten ihre Patenkinder hier im Ort. Oft werden wir zu gemeinsamen Essen eingeladen, sodass auch zu den Paten ein herzliches Verhältnis entstanden ist. Immer mehr Freunde, Bekannte und auch Familienmitglieder haben Interesse an Thailands Süden gefunden. Da ergibt es sich von selbst, dass man sich trifft und Gemeinsames unternimmt.

Längst sind wir keine Exoten mehr in Khao Lak, denn viele Europäer, die dem Winter entfliehen wollen, leben inzwischen hier. Vor allem Deutsche und Schweden haben sich in der Umgebung angesiedelt. Auch in unserer Wohnanlage leben etliche Deutsche. Es ist praktisch, denn von hier aus können wir viele

Einkaufsmöglichkeiten und Restaurants zu Fuß oder mit dem Fahrrad erreichen. Nach der Katastrophe ist in Khao Lak ein sehr modernes Thailand entstanden, optisch, kulinarisch und auch medizinisch. Man muss als Europäer auf nichts verzichten.

Heute sind wir rundum glücklich. In Deutschland warten keine Sorgen mehr auf uns. Die Eltern, die in den letzten Jahren noch viel an Betreuung brauchten, sind verstorben, die Kinder sind selbständig. Das Grundstück in Pakarang konnten wir verkaufen, nachdem wir 9 Jahre auf Käufer gewartet hatten. Und es sind so nette Leute, die es erworben haben, ein schwedisches Paar. Man gibt ja etwas, das einem ans Herz gewachsen ist, nicht gerne an Leute ab, die es nicht schätzen können.

Nach mehr als fünfzehn Jahren Leben in Thailand ist nun „Normalität" in unseren Alltag eingekehrt. Es ist sogar schön, einmal nichts tun zu müssen, einfach faulenzen zu dürfen. Das kannten wir bisher noch nicht in unserem Leben.
Wir genießen jeden Tag in unserer zweiten Heimat und hoffen, dass dies noch viele Jahre andauern wird.

Eva und das Happy Home

In Deutschland war es Eva zu eng. Mehr durch Zufall entdeckte sie in Chiang Mai ein neues Betätigungsfeld. Sie initiierte das Happy Home, einen etwas anderen Lebensraum für Senioren in Thailand.

Manche nennen mich Drachen, manche Hexe. Manche Engel. Wahrscheinlich bin ich alles in einem. In der Rolle, die ich jetzt spiele, muss ich leider manchmal ein Drachen sein.

Früher war ich Angestellte bei Lufthansa und habe in der Flugzeugabfertigung auf verschiedenen Flughäfen gearbeitet. Das hat mir großen Spaß gemacht. Zuerst hat man ein riesiges Knäuel, das entwirrt werden muss: die Gepäckstücke bzw. die Fracht müssen pünktlich ins Flugzeug verladen werden, das Flugzeug muss mit neuem Frischwasser und Strom versorgt und die Toiletten entleert werden, Mahlzeiten müssen geladen und die Tanks gefüllt werden. Innerhalb von einer Stunde muss alles erledigt sein. Ich war damals die erste Frau, die in diese Männer-Domäne geprescht war.
Die Arbeit hat mir wirklich gefallen. Außerdem konnte ich die Vorzüge einer Lufthansa-Angestellten nutzen und verbilligt in die ganze Welt fliegen. Das war mein größtes Vergnügen.
So, wie andere mit dem Fahrrad zum Krämerladen um die Ecke fahren, um einen Reißverschluss zu kaufen, flog ich schnell mal nach Damaskus, wenn meine Tochter Stoff für ein Tanzturnierkleid brauchte. Für wenig Geld habe ich dort guten Glitter gekauft und ihn dann selbst vernäht.

Doch dann kam die Krankheit. Ich hatte Kopfweh, Kopfweh, Kopfweh und keiner konnte mir helfen. Ich ging zu allen möglichen Ärzten, keiner fand die Ursache. Im Beruf wurde ich deshalb unsicher, und in diesem Beruf darf man keine Fehler machen. So stieg ich aus. Ich hing ein Jahr lang zuhause rum und bedauerte mich, bis ich mir sagte: „Eva, so kann das nicht weitergehen." Ich stieg in ganz andere Geschäfte ein, war zeitweise erfolgreich, aber im Grunde wusste ich schon immer, dass ich weg wollte. Deutschland war mir einfach zu eng. In Afrika hatte ich einmal gelebt, in Nigerias Hauptstadt Lagos. Aber schon damals war mir klar, Afrika ist kein Kontinent für mich zum Leben. Dank Lufthansa konnte ich damals die ganze Welt bereisen. Jeden Urlaub verbrachte ich in einem anderen Land. Und in jedem Urlaub stellte ich mir die Frage: „Könntest, wolltest du hier leben?"

Meine beiden Kinder wohnen jetzt in Australien. Mein Sohn arbeitet dort und meine Tochter hat einen Fünf-Sterne-Koch geheiratet und lebt in Brisbane. Deshalb war ich schon oft in Australien, und es bot sich an, in der Nähe der Kinder zu leben. Aber für mich war Australien zu teuer. Je nach Umtauschkurs wäre ich nur knapp mit meiner Rente über die Runden gekommen. Und zur Deckung der normalen Lebenshaltungskosten sollten meine Reserven nicht angegriffen werden. Auch wollte ich auf keinen Fall meinen Kindern auf der Tasche liegen.

In der Homepage von *International Living* fand ich heraus, dass für mich nur zwei Länder zum Leben in Frage kamen: Panama oder Thailand. Ich beschloss, jedes dieser beiden Länder für ein Jahr auszuprobieren und dann zu entscheiden, wo ich wohnen wollte. Ich habe meine Wohnung in Deutschland ausgemistet und gekündigt, die Möbel verkauft, und nur das Allerwichtigste eingelagert. Das, was ich damals für das Allerwichtigste hielt!

In Deutschland hatte ich eine Nachbarin, deren Sohn in Thailand lebte. Was der zu mir gesagt hat, als er einmal auf Heimaturlaub war, habe ich nie vergessen: „Wenn du Thailand ausprobieren willst, gehe auf keinen Fall nach Bangkok. Probiere es in Chiang Mai. Wenn du nach Bangkok gehst, wirst du sicher nicht in Thailand bleiben."

In Bangkok war ich schon mal, aber es war tatsächlich kein Ort, an dem ich leben wollte. Auf den Rat hin ging ich nach Chiang Mai. Ich war noch nie dort, aber ich dachte: „Was soll's, probiere es aus!"

Und dann war ich in Chiang Mai. Schon nach vier Monaten hat es mir so gut gefallen, dass ich Panama gar nicht mehr testen wollte. Ich blieb hier hängen.

Ich bin durch Zufall im Linda Guesthouse gelandet und wohnte dort vier Wochen. Die Besitzerin, Thedda, hat mir sehr geholfen. Sie strich mir in Zeitungsanzeigen passende Häuschen an und ist auch mit mir rumgefahren, um sie zu besichtigen. Da sie schon lange in der Stadt lebte, konnte sie einschätzen, was gut und was nicht so gut war. Sie konnte mit den Besitzern reden. Bei dem Haus, das mir am besten gefiel, sagte sie mir: „Das sind ehrliche Thais, denen kannst du trauen." Das war auch so.

So mietete ich mir ein entzückendes kleines Häuschen, merkte aber bald, dass mir 50 Quadratmeter zu klein waren. Ich habe ein größeres von 90 Quadratmetern gefunden und darin hat es mir gut gefallen. Leider wollten schon relativ bald die Eigentümer selbst dort einziehen und ich musste erneut umziehen. Aber das war meine Chance. Denn mit dem Haus und der Besitzerfamilie die ich dann fand, habe ich ein Glückslos gezogen.

Es war dieses Haus, in dem ich jetzt lebe und alt werden will. Es liegt im Nordosten Chiang Mais auf einem riesigen Grundstück, ist rund 70 Quadratmeter groß und hat einen fantastischen Wintergarten. Auf dem

Grundstück haben auch die Eltern der Besitzerin ein Haus und ganz hinten wohnt der Gärtner.

Die Besitzer dieses Hauses, reiche Bangkoker Geschäftsleute, haben mich in ihr Herz geschlossen, und ich gehöre in der Zwischenzeit schon irgendwie zur Familie. Die Frau, Mam, wie ich sie nenne, hat ganz moderne Ansichten. Sie ist weit gereist, studierte in Australien und arbeitete auch im Ausland. Sie denkt und handelt sehr sozial, hat großen Respekt vor dem Alter und ist gläubige Buddhistin.

Auch mit ihrer Mutter, die ich Mama nenne, komme ich gut zurecht. Ich weiß, dass ich sie manchmal schockiere, weil ich mich nicht immer benehme wie es Thais erwarten. Ich kann und will mich nicht ständig anpassen und meinen Charakter verbiegen. Aber Thais sind tolerant und auch Mama akzeptiert mich wie ich bin. Zu allen Familienfesten werde ich eingeladen und bei religiösen Festen schleppen sie mich mit in den Tempel. Für mich ist das zwar oft anstrengend, aber ich freue mich natürlich dazu zu gehören.

Das Problem von Mam ist, dass sie keine Kinder hat, die sie im Alter finanzieren würden. Rente gibt es in Thailand nicht in unserem Sinne. Also musste sie eine Einnahmequelle fürs Alter schaffen. Sie dachte an eine Hotelanlage oder an ein Gästehaus. Ihr Mann schwärmte von einem Boutique-Resort. Aber ich sagte ihnen: „Leute, wieviel Hotels, Gästehäuser und Boutique-Resorts haben wir denn schon in dieser Stadt? Und wie viele davon sind jemals voll belegt? Wie wäre es denn mit einem Altenheim?"

Da waren sie erst sehr skeptisch. Ein Altenheim für einen Thai ist etwas ganz Nebulöses. Das kennen sie in diesem Sinne gar nicht in Thailand. Alte Leute sollten zuhause von der Familie betreut werden.

Also musste ich meinen Vorschlag anders formulieren. „Warum baut ihr nicht kleine Häuser für ältere

Auswanderer aus Europa? Das Land hier ist groß genug und bestens dafür geeignet. Die vermietet ihr und die Miete ist eure Alterssicherung." Die Mam war begeistert, brachte mir Papier und Bleistift und sagte: „Male mal!" Also zeichnete ich auf kariertes Papier ihr Grundstück und platzierte Grundrisse von Häusern hinein. Sie meinte: „Ja, das sieht gut aus, das machen wir."

Dann kam die Frage: „Alles auf einmal bauen oder nacheinander?" Mams Mann wollte Kredit aufnehmen und gleich groß anfangen. Die Thais protzen gerne, wenn ich das mal so sagen darf. Aber ich konnte mich durchsetzen. Ich sagte: „Leute, das ist zwar euer Geld, aber ich fühle mich verantwortlich. Und ich habe so etwas noch nie gemacht." Denn die Verantwortung für das Projekt schusterten sie mir zu. Es war ja meine Idee. Also fingen wir mit einem Haus an. Und das zweite kam vier Wochen später. Das Marketing überließen sie auch mir. Die ersten beiden Häuser waren relativ schnell vermietet. Jetzt haben wir vier Häuser mit je zwei Wohnungen. In das fünfte Haus sollen vier Wohnungen. Und dann ist das Geld alle und erst mal Pause.

Der Grundriss der ersten beiden Häuser hat sich bewährt. Ja, das ein oder andere wurde bei den weiteren Häusern modifiziert. Die Duschen wurden grösser und die Küchen etwas kleiner. Da ich weder Architekt noch sonst etwas bin, musste ich mich auch erst in die Materie reinwursteln. Ich habe auch Fehler gemacht und aus den Fehlern gelernt.

Bei allen Häusern habe ich durchgesetzt, dass sie behindertengerecht und solide ausgestattet sind. Die Türen sind extra breit, um Rollstühle durchzulassen, die Fliesen im Bad haben eine rutschfeste Oberfläche und die Sanitäranlagen stammen von Häfele. Auf die Idee, in einem Haus zwischen die beiden Wohnungen ein Reservezimmer zu integrieren, das mit Türen nach rechts und links versehen ist, bin ich besonders stolz. Hier könnte bei Bedarf eine Pflegerin einziehen und man könnte die Tür zur Wohnung des Pflegebedürftigen öffnen. Solange noch keine Pflegekräfte benötigt werden, können wir die Zwischenzimmer anderweitig vermieten, zum Beispiel an Verwandte der Bewohner, die zu Besuch kommen.

Mit den Handwerkern hatte ich nie Probleme. Sicher mache ich einiges anders als die Thais. Die Thais haben ein Hierarchiedenken. Sie würden sich nicht mit den Arbeitern an einen Tisch zum Essen setzen, geschweige denn ins Gras. Ich bringe den Arbeitern immer mal wieder kalte Getränke mit, keinen Alkohol, Alkohol gibt's bei mir nicht. Aber die freuen sich riesig über eine Cola. Das leisten sie sich nicht von ihrem Lohn. Wenn ich zum Markt gehe, bringe ich für jeden ein Hühnerbein oder eine Süßigkeit mit. Die Arbeiter dürfen auch ihre Kinder dabei haben. Wenn die Kinder vor meinem Haus rumhüpfen, lasse ich gerne mal etwas Schokolade oder einen Milchdrink springen. Für die bin ich ein Engel.
Der Mama gefällt es nicht, wenn ich mich mit den Arbeitern zusammensetze, aber das ist mir schnuppe. Ich habe meinen Charakter, und den lasse ich mir auch in Thailand nicht verbiegen.
Die Leute müssen mich akzeptieren, wie ich bin. Wenn ein Unrecht geschehen ist, das ist etwas anderes. Das muss ich reparieren. Aber in vielem muss ich Entscheidungen treffen, die anderen nicht passen. Ich kann's nicht jedem recht machen. Damit müssen die und ich leben.
Wenn Kritik direkt kommt, ist es mir recht. Wenn sie von hinten kommt, gefällt mir das nicht. Aber ich habe ein dickes Fell und irgendwie erfahre ich doch alles.
Im Grunde genommen läuft es zufriedenstellend. Manchen Leuten, die hier probewohnen, gefällt es nicht. Das ist in Ordnung, die passen dann auch nicht hierher. Das ist ja ganz wichtig, dass die Leute selbst rausfinden, ob sie hier wohnen können und erst dann entscheiden. Wenn jemand herkommt und denkt, er könne hier mit

kleinstem Budget wie ein König leben, den muss ich gleich wieder wegschicken. Günstiger als in Deutschland ist diese Art des Wohnens im Alter allemal. Mit einer Rente zwischen 800 und 1.000 Euro im Monat kann man in Thailand vielleicht leben, wenn man bescheiden ist, aber nicht bei uns.

Was mir gar nicht gefällt ist, wenn wir betrogen werden. Das ist schon zweimal passiert. Da sind Frauen, ohne ihre Miete zu bezahlen, abgehauen. Ich hatte ein zu gutes Herz und nicht auf Vorauszahlung bestanden, und dann ist es passiert. Da war ich sehr wütend, ich bin ja für das Geld verantwortlich. Aber die Besitzer sind Thais und nehmen das gelassener. Sie stecken Verluste einfach weg, ohne sich groß aufzuregen.

Eigentlich hatte ich mich gefreut, mit Gleichgesinnten dieses einzigartige Paradies zu teilen und uns ein stressfreies Leben im Alter zu ermöglichen. Ich dachte, es ist toll, eine Wohnform zu schaffen, in der jeder selbständig lebt und frei über sein Leben entscheiden kann, trotzdem etwas beschützt wird und Hilfe oder Gemeinschaft bekommt wann immer er es wünscht.

Aber so einfach ist das nicht. Anfangs wollte ich die Senioren bei Entscheidungen mitbestimmen lassen. Da ging es zum Beispiel um die Gartenanlage, Parkplätze, Gemeinschaftsräume oder wohin der Swimmingpool soll. Aber hat man acht Leute, hat man acht Meinungen. Eine Einigung war nie herzustellen. Und viele Vorschläge waren total realitätsfremd, ohne die Kosten oder die Praktikabilität im Auge zu haben. Also ging ich dazu über, alle Entscheidungen selbst zu fällen. Ich bin schließlich auch dafür verantwortlich. Deshalb nennen mich manche einen Drachen. Es ist einfach nicht möglich, alle Bedürfnisse unter einen Hut zu bekommen.

Ich bin jetzt Mitte 60 und ziemlich gesund. Die Kopfschmerzen, wegen denen ich meinen Beruf aufgeben musste, sind in Thailand wie weggeblasen. Hier habe ich ein schönes Haus in einem üppigen tropischen Garten der von einem Gärtnerehepaar betreut wird. Hier in der Anlage gibt es seit neuestem einen Pool, in dem ich jeden Tag meine Bahnen schwimmen kann. Hier habe ich meine Katzen und meine Bücher. Hier habe ich eine Aufgabe, die mir gefällt und die mich herausfordert.

Um die Zukunft sorge ich mich nicht besonders. Ich denke mir, dass ich immer in diesem Haus wohnen bleibe. Wenn ich mich einmal nicht mehr selbstständig versorgen kann, hole ich mir für 10.000 Baht im Monat eine Pflegerin, die kann dann in meinem Gästezimmer wohnen. Und die Krankenhäuser hier sind ausgezeichnet. Da mache ich mir keine Gedanken.

Ich werde gebraucht

Georg hatte drei Jahre lang seine deutsche Frau gepflegt, die in Thailand sterben wollte. Jetzt lebt er in Hua Hin mit einer Thai-Partnerin zusammen und kümmert sich um deutsche Pflegebedürftige

Meine Geschichte ist etwas anders als die der andern Männer, die mit einer Thai Partnerin zusammenleben. Jedenfalls der Anfang.

Ich kam nicht alleine hierher, nicht um Urlaub zu machen oder um mich ins Nachtleben zu stürzen.
Ich kam hierher, weil es meine Frau so wollte. Gerda hatte Krebs. Und nachdem sie die Chemo überstanden hatte, wollte sie in der Nähe unserer einzigen Tochter leben. Diese Tochter wohnte in Neuseeland.
Ohne dass wir Neuseeland jemals zuvor gesehen hätten, ohne ein Wort Englisch zu sprechen, wanderten wir aus. Doch Gerda fühlte sich nicht wohl in Neuseeland. Es war ihr viel zu kalt. Sie fror immer, es ging ihr gar nicht gut und sie wurde immer schwächer. Auch das vertraute Verhältnis, das sie früher zu ihrer Tochter hatte, wollte sich nicht mehr einstellen.
Da ich noch ein paar angenehme Jahre mit meiner Frau genießen wollte, schlug ich vor, nach Thailand zu ziehen. Gerda war gleich begeistert, denn sie sehnte sich nach Wärme. Gerda wollte unbedingt nach Thailand.

Als wir nach Hua Hin kamen und die Wohnung im 15. Stock dieses Hochhauses bezogen, saß Gerda schon die meiste Zeit im Rollstuhl. Doch die fünf Minuten bis zum Strand schaffte sie noch zu Fuß. Jeden Abend bis zum Sonnenuntergang saßen wir am Strand. Es gesellten sich täglich ein paar andere Deutsche dazu, und es war immer eine nette, gesellige Stunde.

Tagsüber hatte ich Gerda oft in das große Einkaufszentrum, *das Market Village* geschoben. So hatte ich etwas Bewegung und sie etwas Abwechslung. Ich brauchte etwa eine halbe Stunde, bis ich dort war, je nachdem wie lange es dauerte, um die vierspurige Straße zu überqueren. Gerda gefiel es dort. Wir gingen immer in den *Swensen's*. Der war berühmt für die größten Eisbecher, und so einen Eisbecher gönnte ich Gerda von Herzen. Aber sie ließ sich auch gerne an den vielen kleinen Läden vorbeischieben. Es gab immer etwas zu sehen. Manchmal aßen wir auch in dem günstigen Food Court, wo an manchen Ständen sogar europäisches Essen angeboten wurde. Das Thai Essen vertrug Gerda nicht mehr. Zum Schluss kauften wir im großen Tesco Lotus Supermarkt ein. Auch für andere Hausbewohner, die nicht mehr so mobil waren, brachte ich mit, was sie mir aufgetragen hatten. Ich konnte ja alles an den Rollstuhl hängen.

Gerda fühlte sich in Hua Hin sehr wohl. Wir hatten eine schöne Zwei-Zimmer-Wohnung, sehr hell und sonnig. Gerda liebte die Wärme, doch wenn die Hitze auch für sie unerträglich wurde, schalteten wir die Klimaanlage an. Für mich war die Wohnung sehr laut. Der ganze Straßenlärm drang bis dort hoch. Doch Gerda hatte den Krach nicht mehr gehört. Das kam von dieser Chemo oder von den Tabletten, die sie schlucken musste. Die Nebenwirkungen waren enorm. Ich habe ja miterlebt, was die arme Frau durchmachen musste. Tapfer war sie, das muss man sagen. Wenn bei mir so etwas festgestellt würde, würde ich keine Chemo machen!
Vier Organe waren von den Krebszellen befallen und sie wusste, dass es dem Ende entgegen ging. Sie war immer dankbar, und obwohl sie starke Schmerzen gehabt hatte, klagte sie nie. Sie wollte in Hua Hin sterben und wünschte sich, dass ihre Asche hier ins Meer gestreut wird.

Wenn sie merkte, wie niedergeschlagen ich war, versuchte sie, mich zu trösten. Die Todkranke tröstete mich, den Gesunden. Sie sagte mir auch immer wieder: „Bleibe nicht alleine Georg, wenn ich gegangen bin. Das ist nichts für dich. Du brauchst jemanden, der für dich da ist und für den du sorgen kannst."
Für mich war es schwer, die Frau, die ich so sehr liebte, zu verlieren. Aber für sie war es eine Erlösung.

Dann war ich alleine. Wenn man alleine ist, ist alles ganz anders. Ja, da habe ich richtig darunter gelitten. In dieser Zeit habe ich sogar angefangen zu trinken. Nicht so viel. Aber früher trank ich gar keinen Alkohol und jetzt trinke ich auch nicht mehr.

Ich erinnerte mich, dass meine Frau sagte: „Bleibe nicht alleine. Das ist nichts für dich". Und ich glaube, sie hatte Recht. Sie hatte eigentlich immer Recht.

Also hörte ich mich um, ob jemand eine Frau kennt, die für mich geeignet wäre. Ich wollte keine aus der Bar, das kam für mich nicht in Frage.
Es hat sich so ergeben, dass der Freund eines Bekannten eine Frau aus dem Isan kannte, deren Freundin gerne mit einem Farang zusammenleben wollte.
Sie war nicht besonders hübsch und von der Familie dazu auserkoren, die alten Eltern zu pflegen. Deshalb konnte sie auch nie heiraten. Jetzt waren die Eltern gestorben und die Frau frei. Aber auf dem thailändischen Heiratsmarkt hat solch eine Frau keine Chance mehr.
Ich dachte, die könnte vielleicht etwas für mich sein und so fuhr ich hin in den Isan, um sie zu treffen.

An dem Treffpunkt kamen zwei Frauen auf mich zu. Als ich die eine sah, bekam ich schon Angst. Sie sah so vulgär aus. Ich dachte: Hoffentlich ist es nicht die. Aber zum

Glück war es die andere. Die Vulgäre war ihre Freundin und nur zum Übersetzten dabei.

Yuphawadee war sehr nett, wir haben uns mit Hilfe der Freundin gut unterhalten. Dafür, dass sie noch nie mit einem Farang Kontakt hatte, hat sie sich gut geschlagen. Ich blieb vier Wochen im Isan. Sie hatte ein Haus geerbt und ich konnte dort wohnen. Ich schaute mir an, wie sie so leben. Ich bin ja auch auf dem Lande aufgewachsen, in der ehemaligen DDR, ganz ohne Luxus. Aber das Leben in einem Dorf im Isan war nichts für mich. Mit den einheimischen Männern, die nur tranken und vor dem Fernseher rumhingen, konnte ich nichts anfangen. Und mit den anderen Frauen sollte und wollte ich nichts anfangen. Ausländer gab es keine dort, nur in der Stadt, drei Stunden Busfahrt entfernt.

Anfangs konnte ich mir den Namen Yuphawadee nicht merken. Ihre Freundin sagte: „Nenne sie doch Lek. Lek nennen wir sie auch." Das heißt auf Deutsch die Kleine. Das würde zwar passen, manchmal nenne ich sie auch so. Aber Lek klingt für mich nicht nett, eben wie „Leck mich". Deshalb habe ich stundenlang Yuphawadee vor mich hingesagt. Ich finde, das ist ein sehr klangvoller Name. Jetzt ist der Name fest in meinem Kopf.

Yuphawadee wollte zwar mit mir zusammenleben, aber am liebsten in ihrem Dorf. Sie wohnte noch nie wo anders und hatte Angst vor einer Stadt, in der sie niemanden kannte.

Und schüchtern war sie am Anfang, die Kleine! Sie schlief zwar mit mir auf einer Matratze, aber nur in vollkommener Finsternis. Ich durfte sie nie nackt sehen, das wäre ihr zu peinlich gewesen.

Wir vertrugen uns ganz gut. Sie kochte für mich und jeden Tag brachte ich ihr fünf deutsche Wörter bei. Sie war recht gelehrig. Ich fand heraus, dass ich von der Familie nichts zu befürchten hatte. Davor hatten mich viele Bekannte gewarnt. „Wenn du eine Thai Frau hast, musst du die ganze Familie mit versorgen. Es werden laufend Forderungen kommen." Aber Yuphawadees Eltern waren gestorben, ihre Brüder ziemlich wohlhabend und Kinder gab es keine.

Nach vier Wochen hatte ich sie so weit, dass sie mit mir nach Hua Hin zog. Ich versprach ihr, dass sie dort garantiert Freundinnen finden würde. Wir vereinbarten, dass sie bei mir kostenlos wohnen und essen könne und ich ihr helfen würde, Arbeit zu finden. Dann hätte sie eignes, selbstverdientes Geld. Das fand sie sehr erstrebenswert und toll.

Die meisten europäischen Männer zahlen der Thai-Frau, mit der sie zusammenleben, einen festen Lohn, so 8.000 - 10.000 Baht im Monat. Diesen Lohn bekommen die Frauen nicht als Haushaltsgeld, mit dem sie wirtschaften müssen, sondern allein dafür, dass sie bei dem Mann wohnen. Das ließ ich erst gar nicht einreißen.

Hier im Hochhaus leben mehrere ältere Frauen. Zweien davon habe ich regelmäßig geholfen, Besorgungen gemacht, handwerkliche Dinge erledigt oder nach ihnen geschaut, wenn es ihnen nicht gut ging. Bei diesen Frauen arbeitet jetzt Yuphawadee täglich. Sie hilft bei der Körperpflege und im Haushalt. Sie hat ja Erfahrung in der Pflege und keine Berührungsängste. Sie hat lange genug ihre eignen Eltern betreut. Ich leiste meine Dienste kostenlos, ich darf in Thailand nicht arbeiten ohne Arbeitserlaubnis. Aber ich sorge dafür, dass Yuphawadee anständig bezahlt wird. Auch eine Putzstelle habe ich für sie organisiert.

Gute Freundinnen hat sie auch gefunden, alle stammen aus dem Isan, eine sogar aus dem Nachbardorf.

Natürlich wollte Yuphawadee gerne heiraten. Aber ich nicht. Meine Frau hätte sicher nichts dagegen gehabt, aber zum Heiraten gehört bei mir Liebe. Und die ist nicht da. Wir verstehen uns gut und sie ist ehrlich und überhaupt nicht nach Geld aus. Ich möchte schon, dass wir zusammen bleiben. Deshalb habe ich vorgeschlagen, dass wir eine Buddha-Heirat machen. Für diese Hochzeit braucht man keine Papiere, sie wird nicht beim Amt eingetragen und hat keine rechtlichen Konsequenzen. Es ist eine traditionelle Heiratszeremonie mit buddhistischen Mönchen.

Yuphawadee war mit dieser Variante einverstanden. Sie ist jetzt nicht mehr ledig sondern mit einem Farang verheiratet und dadurch besser angesehen.

Ja, was ist Liebe? Darüber mache ich mir oft Gedanken. Wenn eine Thailänderin zu dir sagt: „Ich liebe dich", ist das nicht die gleiche Liebe wie wir sie in Europa kennen. In Europa ist Liebe ein tiefes Gefühl, ohne Hintergedanken. Hier geht es im besten Fall ums Versorgtsein, nicht alleine sein. Man muss mindestens drei Jahre in Thailand leben und die Augen offen halten um zu wissen, wie das hier läuft. Was sollte ein junges, hübsches Thai-Mädchen, das an der Bar arbeitet, an einem alten, fetten, hässlichen Knacker auch lieben außer seinem Geld? Man kann es nicht nachvollziehen, aber viele Männer fühlen sich geschmeichelt und glauben es, wenn so ein Ding sich an sie ranschmeißt und sagt: „You handsome man. You very sexy. I love you."

Natürlich kann man verstehen, wie das so läuft. Das Mädchen wird von einem Thai geschwängert, der lässt sie sitzen, weil er keine Verantwortung kennt, das Mädchen muss jetzt für sich und ihr Kind sorgen. Sie muss Geld verdienen, wie auch immer. In einer Bar in Pattaya kommt am meisten rüber. Und wenn sie es schafft, einen Farang verliebt zu machen, hat sie ausgesorgt. Da spielt es keine Rolle, ob er 70 Jahre alt ist und ihr Großvater sein könnte. Je älter, je besser. Mit Liebe hat das nichts zu tun.

Dass sich Männer richtig verlieben, das gibt es häufig. Die lassen sich den Kopf verdrehen. Aber früher oder später kommt das Erwachen.

Ich kann nicht sagen, dass ich in Yuphawadee richtig verliebt war. Und Liebe ist es jetzt auch nicht. Wer einmal echte Liebe kennengelernt hat weiß, dass man die in Thailand nicht findet. Hier ist alles anders. Auch die Liebe.

Meine Kleine ist 25 Jahre jünger als ich. Ich weiß, das ist nicht normal. In Deutschland, bei uns auf dem Dorf, wäre das unmöglich gewesen. Auch in der Stadt gibt es das ganz selten. Vielleicht bei Promis!
Natürlich können wir uns nicht richtig unterhalten. Mit den paar Brocken Deutsch, die ich ihr beigebracht, und den par Wörtern Thai, die ich aufgeschnappt habe, bleibt jede Unterhaltung nur oberflächlich. Auch wenn eine Thai Partnerin Englisch spricht, bleiben die Gespräche banal. So über Liebe reden, wie ich das jetzt tue, wäre mit einer Thai nicht möglich. Das mögen sie auch nicht, das Reden, wie man es mit einer Deutschen kann.

Sie hat sich gut entwickelt, meine Kleine, ist nicht mehr so verklemmt sondern ganz offen. Oft sagt sie: „Ich liebe dich." Oder noch häufiger: „Yuphawadee liebt Georg." Vielleicht denkt sie, dass ich das gerne höre, vielleicht ist es der Satz, den sie am besten kann. Wahrscheinlich liebt sie mich auch auf ihre Art, weil sie in mir einen guten Mann sieht. Wenn es mir mal nicht so gut geht, ist sie sehr besorgt, und wenn ich Rückenschmerzen habe massiert sie mich, ohne dass ich darum bitte.
Manchmal fragt sie: „Liebst Du Yuphawadee?" „Ja" antworte ich dann. Was soll ich sonst sagen? Irgendetwas empfinde ich ja auch für sie. Nur Liebe kann ich es nicht nennen.
Jedenfalls hab ich Glück gehabt mit meiner Kleinen, wir haben ein gutes Verhältnis. Das ist schon einmalig und fast ein Wunder.

Auch wegen Geld haben wir nie Probleme. Sie verdient gut, und mit dem Selbstverdienten darf sie sich kaufen, was sie will. Darauf ist sie sehr stolz.

Wir leben recht bescheiden. Meine Rente ist nicht hoch. Hier lebt es sich günstig. Mit 600 Euro im Monat kann man gut zurechtkommen, inklusiv Miete. Wenn man eine Frau aushalten muss und zudem trinkt und raucht, dann reichen 600 Euro allerdings nicht. In der Hinsicht sind wir beide sparsam aufgewachsen und genügsam geblieben. Wir gehen in keine Bars und trinken auch zuhause keinen Alkohol. Alkohol, Zigaretten und Thai-Frauen — das kann ins Geld gehen.

Auch gehen wir selten aus zum Essen, meistens kochen wir zuhause oder essen in den günstigen Garküchen. Wenn Yuphawadee auf den Markt geht, bekommt sie das Gemüse und Fleisch recht billig, viel billiger, als wenn ich einkaufe. Ja, so eine Thai-Frau hilft echt beim Sparen!

Ein Freund von mir lebt noch bescheidener. Er kommt mit 500 Euro pro Monat aus. Er zahlt nur 100 Euro im Monat Miete, in einem Reihenhäuschen etwas außerhalb der Stadt. Selbst sein Moped kann er damit finanzieren.

Yuphawadee hat auch ein Moped. Das habe ich ihr zum Geburtstag geschenkt. Ein Moped zählt heutzutage in Thailand zu den Grundbedürfnissen. Das Benzin bezahlt sie selbst. Ich fahre auch ab und zu mit, hinten drauf, selbst fahre ich nicht mehr.

Um mein Rentnervisum zu bekommen, habe ich mein Erspartes auf einem Thai Konto festgelegt. Und mit der monatlichen Rente komme ich gut über die Runden, auch wenn der Wechselkurs mal nicht so günstig ist.

Nie würde ich mit meinem Ersparten ein Haus auf den Namen einer Thai-Frau kaufen, auch wenn ich viel Geld hätte. Je mehr Geld man hat, je mehr wird man ausgenommen. Da gibt es endlos viele Geschichten.

Ich kannte einen Professor. Der konnte mit 55 nicht mehr arbeiten, ich weiß auch nicht mehr warum. Jedenfalls wurde es ihm in Deutschland langweilig. So kam er nach Thailand, hat sich ein Mädchen genommen und ein tolle Villa bauen lassen — mit Swimmingpool und allem drum und dran. Alles natürlich auf den Namen der Thai-Frau. Mit der Treue hat er es wohl nicht so ernst genommen und sie ist dahinter gekommen: Hier kann nichts geheim gehalten werden, die Thai-Frauen tratschen alle miteinander — alle. Die Frau wollte sich rächen und hat ihn rausgeekelt. Sie lud ihre Familienangehörigen ein und mindestens 20 Personen haben sich in der Villa eingenistet. Überall lagen sie herum, in allen Zimmern wurde geraucht, getrunken, gegrölt und gelacht. Selbst sein Arbeitszimmer und sein Schlafzimmer nahmen sie in Beschlag. Der Professor hat durchgedreht, ist richtig verrückt geworden. Er musste zurück nach Deutschland und kam dort in die Psychiatrie.
So etwas könnte mir nie passieren.

Manchmal denke ich noch an meine Heimat. Seltsamerweise aber nur an die Gegend, in der ich groß geworden bin, an Mecklenburg und die Schweriner Seenplatte. Ich bin schon früh aus der DDR getürmt. Außer einem alten Schulfreund kenne ich dort keinen mehr.
Später lebte ich in verschiedensten Orten und habe nirgends richtige Freundschaften geschlossen. Ich hatte Bekannte, Arbeitskollegen, aber keine richtigen Freunde. Es genügte mir, ein inniges Verhältnis zu Gerda zu haben. Auch habe ich keine Verwandtschaft, keine Geschwister und somit auch keine Nichten und Neffen, und die einzige Tochter lebt in Neuseeland.
Nach Deutschland zieht mich nichts mehr. Schon alleine der Flug wäre mir viel zu stressig und zu teuer. Auch habe ich etwas Angst vor der Kälte. Ich bin jetzt

so verweichlicht durch das Leben in den Tropen, dass ich schon bei 25 Grad friere und Socken brauche. Nein, Deutschland brauche ich nicht mehr. Aber in Thailand würde ich gerne ein bisschen reisen. Es soll ja sehr schöne Ecken in diesem Land geben. Außer Hua Hin, Pattaya und dem Dorf im Isan kenne ich nichts. Aber ich habe Verantwortung übernommen für die beiden pflegebedürftigen deutschen Frauen. Da kann ich nicht einfach irgendwo hinfahren. Da hätte ich selbst keine Ruhe. Und Yuphawadee sieht das genauso. Deshalb verzichtet auch sie darauf, in ihr Dorf zu reisen. Das halte ich für einen sehr guten Charakterzug.

Bei der Pflege kommt ja auch was rüber. Nicht nur das Geld für Yuphawadee. Ich habe eine sinnvolle Aufgabe, spüre die Dankbarkeit, spüre, dass ich gebraucht werde. Das gibt meinem Leben einen Sinn.

Altwerden ist kein Zuckerschlecken

Erwin ist schon über 90 Jahre alt, Hanny kurz davor. Noch bevor sie ins Rentenalter kamen, siedelten sie nach Thailand über. Sie sind schon häufig umgezogen, immer auf der Suche nach dem optimalen Platz. Hanny erzählt:

Mein Mann Erwin war ein echter Bünzli, also ein echter Schweizer Spießbürger. Er hatte Angst vor dem Neuen, mit Unbekanntem oder gar Exotischem durfte man ihm nicht kommen. Es zog ihn nicht weg von Basel Land, schon gar nicht in die Ferne.
Er hatte einen guten Kollegen, der jedes Jahr mit seiner Frau nach Thailand reiste. Was hat der uns vorgeschwärmt von diesem Land! Auf Erwin machte das keinen Eindruck, dachte ich jedenfalls. Aber vielleicht hat es doch tief in seinem Innern Spuren hinterlassen.

Ich kann mich noch gut an den regnerischen, trüben Sonntag im November erinnern, als mein Mann zum ersten Mal im Leben das Bedürfnis bekam, dem miesen Wetter zu entfliehen.
Ich nutzte diese seltene Stimmung geschickt aus, und noch am gleichen Tag beschlossen wir, Urlaub in Thailand zu machen. Am Montag buchten wir im Reisebüro einen Flug und ein Hotel in Chiang Rai. Es war unsere erste Flugreise.

Ich habe es ehrlich gesagt nicht erwartet, dass mein Mann von Thailand begeistert sein würde. Aber das Gegenteil war der Fall. Das Klima, die Leute, das Essen — alles sagte ihm zu. Vor allem hatte er nicht mehr so viel Schmerzen in den Knochen. Für mich war dieser Urlaub auch fantastisch, ich hatte mich seit Jahren danach gesehnt.

In diesem Urlaub schnitt ich zum ersten Mal das Thema an, ob wir nicht vielleicht nach Thailand auswandern sollten. Und wieder war ich überrascht. Erwin tat das nicht als eine Schnapsidee ab, sondern machte mit beim Ideenspinnen für die Zukunft. Damals waren es nur Träume, aber es machte uns beiden Spaß, uns die verschiedensten Zukunftsmöglichkeiten in Thailand auszumalen. Tja, wie schlecht man seinen Ehepartner doch oft kennt. Ich dachte immer, Erwin sei ein Bünzli. Und erst·in diesem Urlaub lernte ich seine abenteuerlustige Seite kennen.

Wir fühlten uns in Chiang Rai sehr wohl, und wir konnten viel billiger und besser leben als in der Schweiz.

Ich wollte noch mehr von diesem wunderbaren Land sehen, vor allem zog es mich ans Meer. Deshalb buchten wir unseren nächsten Urlaub auf Phuket und schauten uns schon mal, mehr zum Spaß, nach einer möglichen Bleibe um. In Kamala sahen wir ein Anwesen, das uns auf Anhieb gefiel. Und es war zu einem günstigen Preis zu mieten. Die Miete betrug nur ein Zehntel dessen, was wir in der Schweiz für eine viel schlechtere Wohnung bezahlten.

Unsere vier Kinder brauchten uns nicht mehr, zwei waren schon verheiratet und die zwei jüngeren hatten ihre Lehre beendet. So konnten wir uns frei entscheiden, wo wir leben wollten, und wir entschieden uns für Thailand.

Erwin war gelernter Radio-Telegraphist. Aber Funker brauchte man schon bald nicht mehr. Später arbeitete er im kaufmännischen Bereich, war immer sehr ordentlich und gewissenhaft bei seiner Arbeit, hatte aber nie Spaß daran.

Es war am 1. November 1988, als wir unser neues Leben begannen. Ich war damals 53 und Erwin 56

Jahre alt. Jeder von uns nahm nur 20 kg Gepäck mit nach Thailand. Erwin bekam die in die Pensionskasse einbezahlten Beiträge ausbezahlt. Dieses Geld legten wir gut an, denn davon mussten wir sieben Jahre lang leben bis ich meine AHV-Rente erhielt. Die AHV, die Alters- und Hinterlassenenversicherung, ist die obligatorische Rentenversicherung der Schweiz.

Das Anwesen, das uns bei unserem Urlaub so gut gefiel, war natürlich nicht mehr zu haben. Aber am gleichen Strand, am Kamala Beach auf der Insel Phuket, fanden wir ein anderes nettes Häuschen, das wir kurzentschlossen mieteten.
Ich lernte Thai und kann es jetzt recht fließend sprechen. Mein Mann unterrichtete Englisch.
Wir lernten neue Freunde kennen und auch mit den Nachbarn verstanden wir uns gut. Eine Nachbarin, Basima, eine Muslima, ging bei uns ein und aus.
Doch im Laufe der Jahre bekam ich meine Probleme. Nicht dass ich etwas gegen den Islam hätte, ich halte mich für eine tolerante Frau. Aber ich konnte nicht ertragen, wie die Männer ihre Frauen behandelten. Schon alleine mit ansehen zu müssen, wie die armen Frauen bei der größten Hitze in schwarzen Stoff gehüllt herumlaufen mussten, tat weh. Als wir einzogen, durften sie noch einfache Kopftücher tragen. Jetzt musste über das Unterkopftuch noch ein Oberkopftuch, so dass an Hals und Kinn kein Lufthauch mehr kam. Bei einer Veranstaltung, bei der die Leute in der Sonne standen, habe ich mit angesehen, wie Muslim-Mädchen und Frauen reihenweise ohnmächtig wurden. Die Ambulanz stand schon vorsorglich bereit und hatte alle Hände voll zu tun.
Nach außen tun die Muslim Männer ja immer sehr fromm, gehen jeden Freitag weiß gekleidet in die Moschee, und im Ramadan, dem Muslimischen Fastenmonat, scheinen sie noch frommer.

Basimas Tochter Fatimah lernte bei meinem Mann Englisch, aber es war grausam mit ansehen zu müssen, wie das total verhüllte Mädchen in der größten Mittagshitze nicht einmal einen Schluck Wasser trinken durfte.

Dass die Menschen, wenn sie nichts essen und trinken dürfen, aggressiv werden, kann man leicht nachvollziehen. Wenn die frommen Männer ihre Aggression aber an ihren Frauen auslassen, ist das nicht mehr tolerierbar. Ich habe mitbekommen, wie die Frauen schrien, als sie von ihren Männern geprügelt wurden. Meine Freundin Basima kam nach so einem Wutausbruch ihres Mannes durch den Hinterausgang zu mir geschlüpft und hat mir ihr Leid geklagt. Sie zeigte mir Blutergüsse am ganzen Körper. „Nur ins Gesicht schlägt er nicht, da könnte man es ja sehen."

Folge dieses Besuches war, dass ihr Mann Basima den Kontakt mit mir verbot. Als sie trotzdem mal wieder mit mir redete, sperrte er sie wochenlang ein.

Ich konnte das nicht mehr ertragen. Wenn man weiß, wie die Frau im Nachbarhaus misshandelt wird, kann man nicht mehr fröhlich sein Leben genießen. Ich wollte weg aus dieser Umgebung.

Als wir jemanden aus dem Isan kennen lernten, der uns dort Land zum Kauf anbot, nahmen wir das zum Anlass, einmal in den Nordosten zu reisen. Wir schauten uns das Grundstück an, überlegten lange hin und her und kamen zu dem Schluss, dass es nicht das war, was wir erwartet hatten. Auch wenn das Land und das Bauen dort billig waren, wollten wir uns doch nicht durch Eigentum belasten. Aber Udon Thani gefiel uns ganz gut, und so beschlossen wir, dorthin zu ziehen. Wir mieteten uns ein Haus und waren somit weiterhin ungebunden.

Wir hatten guten Kontakt zur einheimischen Bevölkerung.

Erwin unterrichtete wieder Englisch, anfangs kostenlos. Später, als unser Erspartes schrumpfte, nahm er auch ein wenig Geld.

Unser Erspartes sollte bis zu meiner Rente reichen. Wir hatten genau ausgerechnet, wie viel wir pro Monat zur Verfügung hatten, wann die Lebensversicherung frei wurde, wann die erste Rente fällig war. Wir lebten recht sparsam. Doch die Umzugskosten hatten wir nicht mit eingeplant.

In Udon wurden wir nie richtig heimisch, wir fanden keine europäischen Ehepaare, mit denen wir uns hätten anfreunden können. Tatsächlich gab es dort einige mit Thai Frauen verheiratete deutsche und Schweizer Männer, die mir gerne ihr Leid klagten. Doch ich hatte das Bedürfnis nach etwas anderen Gesprächen. Mir fehlte auch das Schwimmen. Das Schwimmen im Meer war so gut für meine Gesundheit! In Udon Thani gab es nicht einmal ein passables Schwimmbad. Zum Glück waren wir unabhängig, da wir nur zur Miete wohnten, und so war es kein Problem, wieder auszuziehen. Nach vier Jahren im Isan zogen wir zurück nach Phuket.

Zunächst wohnten wir auf Phuket im Dorf Thalang. Nach ein paar Jahren, als wir von einem schönen Haus in Kamala Beach hörten, zogen wir wieder dorthin. Wir achteten drauf, nicht direkt neben Muslims zu wohnen, damit ich mich nicht wieder so sehr aufregen musste. Wie freuten wir uns, alte Bekannte wieder zu treffen und im Meer baden zu können!

Aber die allgemeine Situation in Phuket war schlechter geworden. Die Kriminalität hatte zugenommen und das Publikum hatte sich geändert. Zwei Ehepaare, mit denen wir gut befreundet waren, mussten schon ihr Haus verkaufen, weil sich Russen in der Nachbarschaft niederließen. Die tranken und feierten johlend in die

Nacht hinein, so dass vor vier Uhr morgens nicht an Schlaf zu denken war.

Als dann unsere gute Freundin Maria totgeschlagen wurde, wollte ich nicht mehr auf Phuket leben. Maria ging nachts zu einem Geldautomaten und hob Geld ab. Als sie mit dem Moped nach Hause fuhr, wurde sie von einem anderen Moped zu Fall gebracht, erschlagen und ausgeraubt.

Wo sollten wir hin? Zurück in die Schweiz kam für uns nicht mehr in Frage. Wir waren unserer Heimat und der Mentalität der Menschen schon zu sehr entfremdet. Außerdem war es eine finanzielle Frage.
Also beschlossen wir, unser Glück in Chiang Mai zu versuchen. Am 1. Januar 2007 zogen wir in den Norden. In einem ruhigen Moo Baan, einer Wohnsiedlung im Doi Saket District, also etwas außerhalb der Stadt, fanden wir ein hübsches Häuschen für nur 4000 Baht im Monat. Die Nachbarn waren Thais und Farangs, alles ruhige, angenehme Leute. Ich fand schnell Freunde und fühlte mich wohl. Doch Erwin, der bisher immer gesund war, wurde krank. Dreimal musste ich ihn mit der Ambulanz ins Krankenhaus bringen lassen. Nur mit viel Glück ist er dem Tod von der Schippe gesprungen.

Es geht ihm jetzt zwar wieder gut. Aber es war mir nicht mehr geheuer, so ganz allein mit ihm. Ich war ja auch nicht mehr die Jüngste. Da hörte ich, dass eine Deutsche eine kleine Anlage für Senioren baute, hier in Chiang Mai. Die schauten wir uns an und waren begeistert. Damals, vor drei Jahren, gab es zwar erst die Pläne und Grundrisse, aber das Konzept von „Happy Home" gefiel uns sehr gut. Auch war es nicht eine riesige Einrichtung, sondern zu Anfang sollten nur wenige Bungalows gebaut werden. Was mir besonders gefiel war, dass auch ein Swimmingpool geplant war. Denn schwimmen ist meine Leidenschaft. Wir dachten, das ist genau das, was wir suchen. Eine Seniorenresidenz, die wir uns leisten können, wo uns viel abgenommen wird, wenn wir nicht mehr so mobil sind. Wir würden Gesellschaft haben, und wenn einer stirbt, wäre der andere nicht allein.

Damals gab es noch keine Homepage, aber wir sahen die Baupläne, und was wir auf einem kopierten Blatt lasen imponierte uns:

Glückliches Dorf, so werden wir heißen und willkommen sind alle, die alleine leben wollen, aber trotzdem in einer Gemeinschaft.

In einem Garten, 6 km vom Stadtzentrum bieten wir möblierte und leere Häuschen mit Terrasse. Ein Salzwasserpool ist schon in Planung. Wir garantieren Vollpflege, 24 Stunden Service, wenn nötig, examinierte Krankenschwestern, Tiere erlaubt, selbstkochen oder Essen à la carte.

Mitbestimmung beim Möbelkauf und Farbgebung, wir sind flexibel und offen.

Wir alle wünschen uns ein glückliches, sorgenfreies Leben. Hilfe, Trost und Gesellschaft wenn uns danach ist.

Genau das war es, was wir suchten. Und wir konnten unsere eigenen Möbel mitnehmen und hatten dadurch sogar den billigeren Mietpreis.

Wir waren die Ersten, die ins Happy Home einzogen, dies war am 1. Januar 2013. Wir waren ganz glücklich. Dass es etwas abseits der Stadt lag, störte uns nicht. Ich hatte ja ein Auto und war fit zum Fahren.

Leider hat sich nicht alles so entwickelt wie geplant. Ich hatte einen Unfall mit dem Auto. Zum Glück ist mir und dem Pickup Fahrer, der in mich reinfuhr, nichts passiert. Aber es war ein Totalschaden. Und seit diesem Augenblick haben wir kein Auto mehr. Ich vermisse so sehr diese Beweglichkeit. Aber ich weiß, dass es besser ist, wenn ich nicht mehr fahre. Ich bin ängstlicher und unsicherer geworden und der Verkehr in Chiang Mai hat extrem zugenommen.

Aber es ist hart, kein Auto mehr fahren zu können, vielleicht das Härteste am Alter.

Jetzt muss ich alle Besorgungen mit dem Taxi machen. Das geht ganz schön ins Geld.

Wir schwimmen so gerne. Aber der versprochene Pool existiert noch nicht. Wir sollen Geduld haben und verstehen, dass eins nach dem anderen käme. Für vier Personen könne man noch keinen Pool finanzieren. Tja, was soll man da machen? Wir haben uns vielleicht nicht richtig erkundigt und waren von den Plänen begeistert, ohne genau zu wissen, wann die realisiert werden. Jetzt müssen wir ein Taxi nehmen, um zum nächsten Schwimmbad zu kommen. Und es gibt so einige Missstände, die unsres Erachtens beseitigt werden könnten, aber meistens werden wir nur vertröstet.

Ich will ja nicht klagen, aber vieles ist halt nicht so, wie erhofft.

Fahrradfahren tun wir noch immer. Jeden Abend holen wir die Mountainbikes raus, ziehen Helm und Sportbekleidung an und fahren die Stichstraße rauf und runter. Der Auslauf ist viel geringer als in dem Moo Ban, in dem wir früher unsere Runden drehten, aber besser als auf der Hauptstraße zu fahren ist es allemal.

Manche Leute, die hier probewohnen, vermissen die Gesellschaft. Es gibt ja keinen Speisesaal, kein gemeinsames Essen. Wir könnten uns im Teakhaus zusammensetzen und etwas spielen oder zusammen singen. Früher habe ich mir auch so etwas gewünscht. Aber jetzt sind wir träge geworden. Ich habe gar nicht das Bedürfnis danach. Jeder sitzt abends in seinem eigenen Wohnzimmer. Ich glaube, die meisten schauen fern. Man hat keinen Antrieb mehr, wenn man alt ist, glaube ich. Niemand ergreift die Initiative. Und da die Angebote, die von der Leitung kamen, einige Male nicht angenommen wurden, wird nichts mehr angeboten. Mich stört das nicht. Aber andere hält es ab, hierher zu ziehen.

Manchmal werden wir von Deutschen oder Schweizern um Rat gefragt oder angeschrieben. Die wollen wissen, was man beachten muss, wenn man in Thailand sein Alter verbringen will. Erwin hat da ein paar Sätze gespeichert, die er jedem schickt:
„Ihr solltet euch zuerst einmal für einige Monate in Thailand aufhalten um festzustellen, ob es euch zusagt. Das Bild von Ferienaufenthalten ist trügerisch. Die Einreise- und Niederlassungs-Formalitäten ändern sich oft. Es ist also ratsam, sich vorher eingehend zu informieren. Wo und wie man am besten lebt, muss jeder für sich entscheiden. Das kommt auf das Budget und die Bedürfnisse an. Und wenn man hier lebt, ist es ganz wichtig, gute Freunde zu haben. Gute Freunde sind das Wichtigste."

Gute Freunde haben wir. Dafür bin ich wirklich dankbar. Was wären wir ohne unsere Freunde.
Uns macht das Budget am meisten Probleme. Solange wir beide da sind, können wir die 17.000 Baht gut aus unseren zwei Renten beziehen.
Aber was ist, wenn einer geht? Und das wird ja passieren. Dann wird es sehr knapp mit dem Geld. Ich habe keine Krankenversicherung und das Ersparte ist für diesen Fall geplant. Ich darf es also nicht für den täglichen Gebrauch benutzen. Man weiß ja nicht, wie lange man lebt. Ach, das sind Sorgen, kann ich Ihnen sagen.
Das andere Problem ist das Vergessen. Ich war immer so ordentlich. Habe alles genau geplant und gewissenhaft durchgeführt.

Schon seit Tagen weiß ich, dass ich heute auf die Bank muss. Gestern Abend habe ich alles gerichtet, was ich für heute brauche. Wir haben keine Visa Karte, sondern das Geld wird einmal pro Monat von der Schweiz überwiesen. Da gehe ich zur Bank und lasse es ins Büchlein eintragen.

Und heute, stellen Sie sich vor, ließ ich mich zur Bank fahren und fand mein Bankbuch nicht in meiner Tasche. Ich leerte die ganze Tasche aus auf den Counter der Bank. Aber kein Bankbüchlein! Da rief ich meinen Mann an. Zum Glück hatte ich das Handy dabei und mein Mann hat einen Festnetzanschluss zuhause. Ja, das Bankbuch war zuhause. Er hat es gefunden. Er schickte einen Angestellten mit dem Motorrad, der es mir zur Bank bringen sollte. In der Zwischenzeit kann ich ja zum Rimping, dem großen Supermarkt gleich um die Ecke, zum Einkaufen, dachte ich. Ich sagte an der Rezeption der Bank Bescheid, wenn einer mit meinem Bankbuch kommt, soll er es dem Beamten am Schalter 3 abgeben. Sie verstanden und versprachen es zu tun. Auch meinen Mann rief ich nochmals an, dass er dem Jungen mit dem Motorrad Bescheid sagen soll. Aber der war schon unterwegs.

Als ich mit meinem Wocheneinkauf vom Rimping raus kam und in die Bank ging, war kein Bankbuch abgegeben. Ich rief wieder meinen Mann an. Der Junge kam schon zurück, weil er mich auf der Bank nicht sah.

Ja, so geht das, wenn man alt und vergesslich ist. Eine Vergesslichkeit kann einen Rattenschwanz an Missgeschicken nach sich ziehen.

Ich kann Ihnen sagen, es ist kein Zuckerschlecken alt zu werden. Nein, Altsein ist wirklich nicht schön.

Meine Kindheit war auch nicht schön.
Meine Mutter konnte mir keine Liebe schenken, sie konnte es einfach nicht. Mein Vater war oft ungerecht

und hat mich häufig geschlagen. Das ist schon lange her. Aber manchmal kommen mir diese Bilder wieder in den Sinn, als wären sie gestern gewesen. Was gestern war, das vergesse ich manchmal. Aber von der Kindheit, da weiß ich noch alles.

Die Zwischenzeit, also die Jahre nach der Kindheit und vor dem Alter, das war eine gute Zeit. Mit meinem Mann hatte ich Glück. Großes Glück. Er ist der beste Mann, den man sich vorstellen kann, und ich bin jetzt schon 59 Jahre mit ihm verheiratet. Nächstes Jahr haben wir Diamantene Hochzeit. Wenn wir es erleben.

An manchen Abenden sitzen Erwin und ich zusammen, schauen Bilder an und reden über unser Leben. Wir haben nie bereut, was wir unternommen haben. Wir konnten uns leicht an das Leben in Thailand anpassen. Die Thais sind lieb, hilfsbereit, besonders gegenüber älteren Leuten. Alles ist hier anders und sehr einfach. Da wir die Thai-Sprache gelernt haben, können wir uns verständigen, was viele Vorteile hat. Obwohl wir nur von der AHV-Rente leben, konnten wir jedes Jahr in die Schweiz reisen und die Kinder und die Familie besuchen. Sofern man das Geld hat, kann man hier alle Produkte vom Ausland kaufen und die medizinische Versorgung in den Städten ist vorzüglich.

Trotzdem habe ich manchmal keine Lust mehr zu leben und muss viel weinen. Da kann ich gar nichts dagegen machen. Aber ich will nicht vor meinem Erwin gehen, der braucht mich, das kann ich ihm nicht antun.

Erwin ist besser drauf als ich, obwohl ich jünger bin. Mädchen, die hier arbeiten, lernen Englisch bei ihm. Englisch hat er schon immer unterrichtet, das macht ihm Spaß und er hat Geduld und Erfolg damit.

Ich koche und backe und freue mich, wenn es ihm schmeckt. Wir haben viele gute Freunde. Das ist ganz wichtig im Alter, dass man Freunde hat. Sie besuchen uns und helfen uns, wo sie können. Dafür bin ich ihnen sehr dankbar.

Ach, ich habe mir so sehr erhofft, hier im Happy Home ein glückliches Alter zu erleben. Ich will ja nicht klagen. Aber dass ich glücklich bin, kann ich nicht von mir behaupten.

Das macht das Altwerden hier so toll

Hansi hat seine eigne Art gefunden, der Alterslangeweile in Patong zu entgehen.

Warum will mir das keiner glauben? Das war für mich Glück, auch wenn ich wusste, dass dieses verdammte Glück schon in ein paar Stunden vorbei sein würde. Für ein paar Stunden Hochgefühl bin ich bereit, einiges zu riskieren. Ein paar Stunden im Mittelpunkt stehen, umschwärmt zu werden, mich wie ein Movistar zu fühlen, das ist das höchste der Gefühle, das ich mir vorstellen kann.

Hier in so einem Condo zu leben, ist nicht gerade der Schleck, das kannst du mir glauben. Schau sie dir doch an, die Alten! Sie hatten zuhause die Schnauze voll und machten mal Urlaub alleine hier in Thailand. Und, wie es so geht, sie verlieben sich in so ein Thai Nüttchen. Die haben's drauf, diese zierlichen Exotinnen, das kann ich dir sagen. Da fallen mindestens fünfzig Prozent der Männer drauf rein. Sie lassen sich scheiden, oder auch nicht, kratzen all ihr Erspartes zusammen und siedeln über nach Thailand. Am Anfang finden sie noch alles toll, ihr Mädchen spielt ihnen weiterhin die große Liebe vor. Sie helfen ihr, wo sie nur können, zahlen das Krankenhaus für die Mutter. das Moped für den Bruder, ein neues Dach für das alte Haus der Eltern, einen Traktor für den Vater. Sie sind ja gute Menschen und wollen gerne helfen. Bis sie merken, dass sie ausgenommen werden. Oder bis sie auf einen anderen Farang treffen, der die gleiche Dame seine Herzallerliebste nennt.
Dann sind sie zutiefst enttäuscht. Sie haben vertraut, geglaubt, geholfen, haben investiert und wurden schmählichst betrogen.

Die haben nicht mehr viel Geld, das Ersparte ist weg. Sie ziehen in ein billigeres Condo, ziemlich abgewohnt, die Farbe blättert ab, das Klo ist laufend verstopft, der Wasserhahn tropft, die Kakerlaken tanzen ihnen auf dem Kopf rum, der Ausblick vom Balkon geht auf die Müllkippe.

Tja, wie soll man in einer solchen Lage das Leben aushalten. Nur mit trinken. In der zweiten Phase gehen sie jeden Abend in eine Bar, bumsen mal hier, mal dort. Aber mit der Zeit werden die Bars zu teuer und der Sex zu langweilig.

Dann vegetieren sie dahin in ihrem Condo im neunten Stock und saufen einsam und alleine mit Blick auf die Müllkippe. Oft kommt noch eine Krankheit dazu. Krankenversicherung haben sie keine und die Rücklagen gibt es nicht mehr. Und wenn sie das Vegetieren und die Schmerzen nicht mehr aushalten und noch etwas Mumm in den Knochen haben, dann springen sie herunter aus ihrem neunten Stock. Das glaubst du nicht? Schau mal in die Zeitschrift *Farang*! Da kannst du das fast jeden Monat lesen.

Ich weiß das so gut, weil ich viele von denen kenne, und mein eigenes Leben war auch nicht viel anders.

Nur — ich bin mal ausgebrochen aus dieser Kurve. War zwar auch nicht rühmlich. Ich habe ein paar krumme Dinge gedreht. Was macht man nicht alles aus Langeweile und Verzweiflung? Kam noch schlechte Gesellschaft dazu — und dann landetet ich im Knast.

Darüber könnte ich dir auch viele Stories erzählen. Gäbe ein ganzes Buch! Ja, warum schreibst du nicht ein Buch über „Knast in Thailand"? Würde doch in die Reihe passen: „Glücklich in Thailand", „Altersruhesitz Thailand", „Knast in Thailand".

Glaub mir, das sind Geschichten! Die würden die Leute sicher lieber lesen als so ein Glücksgeschnulze. Im Knast, da ist was los. Da kannst du was lernen, da gehst du ein oder überlebst.

Was zahlst du mir, wenn ich dir die Geschichten erzähle? Altwerden ist ja langweilig, bei den meisten jedenfalls. Wenn du nicht willst, dass es langweilig wird, musst du selbst etwas dafür tun.

Wie ich, mit den sechs Mädels im Pool. Aber dazu brauchst du etwas Geld. Nicht besonders viel. In Deutschland könnte ich mir das niemals leisten. Dort kannst du auch nicht so ein halblegales Ding drehen und zu etwas Geld kommen. Hier ist beides möglich, wenn du schlau genug dazu bist.

Vor drei Monaten habe ich also etwas Geld gemacht. Frag besser nicht wie, ich würde es dir sowieso nicht erzählen.

Da habe ich mir sechs Mädels gleichzeitig geleistet. Sechs ist nämlich meine Glückszahl. Jedenfalls klingt es genauso wie Sex, haha. Und ein Spa habe ich gemietet, nur für mich und die sechs Mädels. Vorher habe ich mich natürlich genügend mit den blauen Pillen eingedeckt. Ich bin ja nicht mehr der Jüngste. Und dann ging die Party los.

Die haben mich verwöhnt und verhätschelt. Und immer gerufen: Hansi vier, fünf, sex. Diese drei deutschen Wörter haben sie mir zu Ehren gelernt. Und bei sex haben immer alle gegrölt, es gab eine Runde Sekt und eine hat sich auf mich gestürzt. Am Schluss waren wir alle so besoffen, dass wir nur noch im Sprudelbecken saßen, ich mit sechs Mädels im Arm, und Lieder grölten, jeder in seiner Sprache, jeder ein anderes.

Kannst du das nicht verstehen, was das für ein Glücksgefühl ist für einen Knacker wie mich? Kannst du dir das in Deutschland vorstellen?

Das macht das Altwerden hier so toll. Mit sechs Mädels im Arm im Whirlpool hocken. Das ist reines Glück für mich.

Willst du noch so eine Geschichte hören? Die zweite Geschichte kostet zwei Bier. Und bei sechs hören wir auf. Du weißt schon, warum.

Nach dem Schlaganfall

Harald, der früher ein bewegtes Leben führte, wurde durch einen Schlaganfall schwerbehindert. In Prosana, einer Pflegeeinrichtung unter Schweizer Leitung in Hua Hin, wird er liebevoll betreut.

Vor zehn Jahren saß ich mit meiner Freundin vor dem Fernseher und schaute ein Video an. Plötzlich merkte ich, dass ich die Augen nicht mehr zumachen konnte. Ich sagte zu meiner Freundin: „He du, ich kann kein Auge mehr zu machen." Sie meinte: „Du sollst jetzt auch noch kein Auge zumachen, du sollst Video gucken."
Aber dann konnte ich auch das Glas nicht mehr halten. Meine Freundin glaubte: „Wahrscheinlich hast du schon zu viel getrunken — gehe ins Bett und schlafe dich aus." Sie half mir ins Bett und verabschiedete sich. „Heute hat es keinen Sinn, über Nacht bei dir zu bleiben. Ich schaue morgen früh, bevor ich zur Arbeit gehe, noch auf einen Sprung bei dir vorbei." Ich gebe zu, dass es öfter vorkam, dass ich etwas zu viel trank und dass dann nichts mehr mit mir anzufangen war. Du weißt schon, was ich meine!
In der Nacht musste ich auf die Toilette. Es ging sehr schwierig, ich weiß auch nicht mehr, wie ich es geschafft habe zu pinkeln. Irgendwie kam ich in den Flur und lag auf dem Boden. Es war ein Marmorboden und der war so kalt. Ich dachte: „Jetzt ist es aus. Aber hier auf dem eiskalten Boden will ich nicht sterben." Ich habe alle Kräfte zusammen genommen und bin bis ins Schlafzimmer gerobbt. Ins Bett habe ich es nicht mehr geschafft, aber auf den Bettvorleger. Mit letzter Kraft konnte ich noch eine Decke auf mich ziehen. „Lieber in der Wärme sterben", dachte ich, „als auf dem kalten Boden."
Am nächsten Morgen hat mich meine Freundin gefunden und sofort die Ambulanz angerufen. Von einem Tag auf

den anderen war mein bisheriges Leben futsch. Ich war damals 46 Jahre alt. Eigentlich hatte ich geplant, einmal für meine Mutter zu sorgen, wenn sie alt und krank ist. Ich wollte dann zu ihr ziehen. Und jetzt — jetzt war ich der Pflegefall und meine Mutter musste zu mir ziehen und mich pflegen. Das war eine verkehrte Welt, wirklich nicht, wie es geplant war.

Zum Glück war ich nie verheiratet und hatte keine Kinder. Ich war damals zu unreif für eine Familie. Ich führte ein bewegtes Leben, wenn du verstehst, was ich meine.
Aber ich hatte eine eigene Firma, am Schluss mit vier Angestellten. Ich habe klein angefangen und mich hochgearbeitet.
Dann kam der Schlaganfall und alles war weg.
Nach dem Krankenhaus kam ich in die Reha. Dort wurde es dann etwas besser mit meinem Gesundheitszustand, auch was das Sprechen anbelangt.
Doch kaum kam ich nach Hause, fingen die Probleme an. Plötzlich standen alle da und wollten Geld. Die Angestellten, die Bank, die Sozialversicherungskasse.
Alle auf einmal! Stell dir vor, es geht dir ganz schlecht. Du bist körperlich am Ende. Du bist froh, dass du den Schlaganfall überlebt hast und nicht gestorben bist. Und dann kommen die Leute und wollen von dir Geld. Ich hatte Kredite bei Banken aufgenommen, die ich bis dahin regelmäßig zurückzahlte. Ich musste die Sozialabgaben leisten für die Angestellten. Ich musste ihren Lohn bezahlen. Ich hatte bei Bekannten Geld geliehen. Alle rückten mir auf die Pelle und forderten Geld. Doch ich verdiente nichts und hatte nichts.
Ich dachte mir: „Irgendwas stimmt da doch nicht. Die müssen mich und meine Lage doch ein bisschen verstehen!" Ich habe es dann geschafft, dass mir meine Schulden gestundet wurden.

Das andere Problem war die Pflege, die ich benötigte. Diese Situation war für mich sehr schwierig. Da waren meine Mutter, die mich wie ein Baby behandelte, und der Pfleger vom Pflegedienst, der mich für einen Depp hielt.

Der Pfleger konnte oder wollte meine Probleme nicht erkennen. Er konnte sich nicht in meine Situation hinein versetzen. Er war der Fachmann und sollte sich mit den Problemen, die ich habe, auseinandersetzen. Das war doch sein Job, meinst du nicht auch? Aber der Fachmann hatte nicht die Zeit dafür. Er fragte z.B.: „Hast du Gefühl in der rechten Hand?" Ich sagte: „Ja!" „Dann halte doch die Tasse richtig fest. Stelle dich nicht so an!" Dass das nicht so einfach war, weil ich die Bewegungen nicht steuern konnte, hat der nicht kapiert.

In der Reha hatte ich schon gelernt, wieder zu sprechen und selber zu essen. Aber noch heute muss ich ganz langsam den Löffel nehmen, den Pudding auf den Löffel schaufeln, die Hand mit dem Löffelt hoch führen, den Mund aufmachen und dann mit dem Löffel meinen Mund finden und ihn hineinstecken. Wieder Mund zu, Löffel raus, Hand mit Löffel runter, schlucken. Ich war also vor eine ganz neue Aufgabe gestellt, die sich ein normaler Mensch nicht vorstellen kann. Oder hast du gewusst, wie viele einzelne Bewegungen das sind, die du zum Essen eines einzigen Löffels Puddings brauchst? Weil ich den Mund nie getroffen hatte, sollte ich vor dem Spiegel essen.

Das funktionierte bei den meisten in der Reha. Das sieht lustig aus, wenn alle vor dem Spiegel sitzen und versuchen, ihren Mund zu finden. Bei mir war das noch lustiger. Denn ich sah Doppelbilder. Ich saß vor dem Spiegel und sah zwei Haralds. Beide machten den Mund auf. In welchen Mund sollte ich jetzt den Löffel schieben? Oder der Arzt kam herein und streckte mir die Hand zum Gruß entgegen. „Wie geht es denn unsrem

Patienten?", sagte er immer. „Gut", sagte ich, „aber sind sie der Rechte oder der Linke? Nach welcher Hand soll ich denn greifen?" „Das wird schon wieder", tröstete er mich. „Strecken Sie die Hand einfach in die Mitte." Dort fand er sie und drückte zu.

Die Doppelbilder waren wirklich störend. Aber ich war froh, dass ich überhaupt sehen konnte.

Weißt du, welches die kräftigsten Muskeln sind? Die Kaumuskeln. Meine waren so kräftig, das ich mir alle Zähne abgebissen habe. Nach dem Schlaganfall. Ich habe sie mir selber abgebrochen. Alle Zähne habe ich verschluckt. Das war komisch: Da schaust du in den Spiegel, und beide Haralds die dich anschauen, haben an der gleichen Stelle eine Zahnlücke. Jetzt habe ich nur künstliche Zähne. Ich kann kein Gebiss haben, das geht nicht. Deshalb ist alles fest eingepflanzt. Ich habe vier Implantate und dazwischen Kronen. Das war sehr teuer. Noch immer habe ich ein total gestörtes Verhältnis zu meinem Körper. Bewegen kann ich alles, nur die Kontrolle über die Bewegungen stimmt nicht mehr. Die Hände kann ich jetzt besser benützen als die Beine. Deshalb sitze ich immer im Rollstuhl. Die linke Hand empfindet kein heiß oder kalt. Bekomme ich eine heiße Suppe serviert, kann ich nur mit der rechten Hand fühlen, ob sie heiß oder kalt ist. Die rechte Hand macht aber, was sie will. Manchmal macht sie auch, was ich will, aber mit Verzögerung. Das ist oft richtig witzig. Ich weiß ja, dass man beim Gähnen die Hand vor den Mund hält. Ich war ja mal ein gut erzogener Junge mit Manieren. Ich muss also gähnen und gebe der Hand den Befehl, vor den Mund zu gehen. Die kommt dann tatsächlich vor dem Mund an, aber da ist der Mund schon längst wieder zu. Sie kann sich so schnell nicht bewegen, wie das notwendig wäre. Reflexartige Bewegungen gehen eben nicht. Wenn plötzlich ein Wind kommt und die Serviette wegbläst, will ich zugreifen und sie halten. Aber der Wind ist immer schneller und ich fasse ins Leere.

Wenn ich aus dem Glas trinken will, muss ich das ganz langsam machen. Das Glas mit der Hand umfassen, es ganz langsam anheben, es in die Höhe vom Mund balancieren, mit den Lippen den Glasrand ertasten, den Winkel vom Glas etwas verschieben, nicht zittern, und dann trinken. Wenn ich die Bewegungen nicht ganz vorsichtig ausführe verschütte ich den Saft auf mein T-Shirt.

Ich habe ja schon gesagt, dass meine Mutter mich wie ein Baby behandelte. Sie ist 25 Jahre älter als ich. Damals, als der Schlaganfall passierte, war sie also 71. Mein Vater starb schon relativ jung, deshalb habe ich mich immer für meine Mutter verantwortlich gefühlt, und wollte auch im Alter für sie sorgen, damit sie nicht in ein Altersheim muss.

Und jetzt pflegte mich die Mutter! Da stimmte etwas nicht, die Rollen waren vertauscht. Ich war ja 46 und wollte nicht mehr bemuttert werden. Natürlich schmeckte mir, was sie kochte. Bei Mama schmeckt es immer am besten. Doch der Zustand war für mich nicht auf Dauer tragbar. Ich musste weg. Aber wohin sollte ich gehen? Da fiel mir eine meiner Ex-Freundinnen in Neukaledonien ein. Christine war dort Biologin. Melanesien schien mir weit genug weg von Mutter. Und in die Südsee wollte ich schon immer mal. Christine schrieb, dass ich bei ihr wohnen könnte. In welchem Zustand ich war, wusste sie natürlich nicht so genau. Ich hatte ihr nur geschrieben, dass ich mich von einer Krankheit erholen müsste.

Ich flog also nach Nouméa, der Hauptstadt von Neukaledonien. Fliegen ist ganz einfach, wenn man im Rollstuhl sitzt. Die Airline hilft bei allem. Ich flog mit Qantas. 26 Stunden dauerte es von Frankfurt nach Nouméa. Fliegen macht mir Spaß und die Stewardessen waren richtig süß.

Christine holte mich am Flughafen ab. Ich glaube, sie war etwas schockiert. Vielleicht hatte ich vergessen ihr zu sagen, dass ich im Rollstuhl sitze. Sie hatte überhaupt keine Zeit für mich, sie hatte ihr eigenes Leben. Ihre Kinder hatten auch kein Interesse an mir. Der einzige, der sich um mich kümmerte, war der schwarze Boy. Der hat mich manchmal gefüttert. Aber ich musste mich selber waschen, selber duschen, selber anziehen und alleine auf die Toilette gehen. Das war alles sehr, sehr schwierig. Ich habe mich zwar gefreut, es bis in die Südsee geschafft zu haben. Wer schafft das schon in meinem Zustand? Ich konnte auch einige Fortschritte feststellen, aber alles ging nur mit unglaublicher Anstrengung. Zwei Jahre habe ich gewartet und gehofft, dass mein Zustand normaler wird, dass ich den Rollstuhl an den Nagel hängen und mich wieder selbständig bewegen kann. Und was war? Nur winzige Fortschritte! Da verlor ich den Mut. Verstehst du, was ich meine?

Auf Dauer konnte ich auch nicht in Neukaledonien bleiben. Das ging nicht mehr gut mit Christine und ihren Kindern. Allmählich hatte ich mich damit abgefunden, dass ich den Rest meines Lebens im Rollstuhl verbringen muss. Und gerade deshalb wollte ich nicht zurück nach Deutschland, wo es schneit. Ich wollte irgendwo leben, wo es warm ist. Ich habe im Internet gesurft und kam auf Thailand.

Ich habe Prosana in Hua Hin gefunden und mit Hans Hufschmid, dem Chef des Betreuten Wohnens geskypt. Der hat mich sogar persönlich vom Flughafen abgeholt und aufgenommen. Auch als ich mal abgehauen war, weil ich die anderen Behinderten nicht mehr ausstehen konnte, hat er mir verziehen und ich durfte wieder in Prosana wohnen. Von den anderen Gästen wohnen immer zwei zusammen in einem Haus, jeder hat ein eigenes Zimmer und eine eigene Toilette.

Ich lebe im super Luxus. In meinem Haus wohnt nur noch Song, meine Pflegerin mit ihrem Schweizer Freund Beat. Der kümmert sich auch um mich. Die betreuen mich rund um die Uhr. Die anderen Gäste müssen zum Essen ins Haupthaus. Hans kocht immer persönlich für alle Bewohner. Mir wird das Essen gebracht. Ich kann im Hof meines Hauses essen. Song ist immer dabei, oft füttert sie mich. Ihr Freund Beat backt manchmal leckere Plätzchen und macht mir Kaffee. Bier oder Wein geben sie mir leider nicht. Ich glaube, die andern im Haupthaus, die bekommen manchmal ein Gläschen. Ich hatte mir mal selbst Alkohol besorgt und mich betrunken. Das kam nicht gut an.

Song ist eine liebevolle Betreuerin und immer für mich da, wenn ich etwas brauche. Auch nachts. Sie schläft bei mir. Was grinst du so? Nicht mit mir, bei mir. Nicht in meinem Bett. Auf einer Matte davor. Wenn ich da an den Pfleger in Deutschland denke! Sie ist genau das Gegenteil, hat Geduld, Zeit, Verständnis und liest mir jeden Wunsch von den Lippen ab. Sie spricht gut Englisch, deshalb kenne ich ihre ganze Geschichte. Sie kommt aus dem Isan. Früher arbeitete sie in einem Kinderheim und hat Kinder gepflegt. Dann hat sie in einem Mutter-Theresa-Heim in Nordostthailand gearbeitet. Sie wollte aber weg vom Isan und etwas mehr verdienen. Deshalb ging sie nach Hua Hin. Zuerst war sie im Lotuswell Resort und dann hat sie ihren Freund Bea kennengelernt. Und weil der hier im Prosana als Volunteer half, arbeitet sie jetzt hier. Naja, so genau weiß ich das auch nicht mehr, aber so ungefähr war es.

Aber was ich genau weiß ist, dass es mir hier besser gefällt als in Deutschland. Ich lasse mich lieber von Song pflegen als von meiner Mutter. Hier geht es lockerer zu als in Deutschland. Meine Mutter ist sehr religiös und nimmt es sehr ernst mit dem Christentum. Und ich bin konfessionsfrei. Das konnte Mutter nie akzeptieren. Sie wollte immer dass ich bete und meine Sünden beichte. Das ist nichts für mich. Der Buddhismus gefällt mir besser als das Christentum. Aber ich weiß zu wenig davon. Abends, wenn ich im Bett liege, höre ich immer buddhistische Mantras. Das beruhigt mich. Da singt eine tiefe Stimme immer nur „Om". Das ist richtig schön und entspannend.

In Deutschland würde es mir finanziell besser gehen. Dort übernimmt die AOK alle Krankheitskosten und die Pflegeversicherung würde bezahlen, weil ich dort versichert bin. Ich bezahle die Beiträge freiwillig weiter. Im Ausland muss ich die Krankenhaus- und Arztkosten selber bezahlen und von der Pflegeversicherung bekomme ich hier keinen Cent.

Früher hatte ich eine Auslandskrankenversicherung, aber die hat dann nicht mehr bezahlt. Die haben sich gesagt: „Dieser Blödmann sitzt in Thailand, lass den mal dort sitzen. Was der hat können wir doch leicht als Folgekrankheiten einstufen, und für die zahlen wir nicht."

Selbst als ich wegen einer Virusinfektion des Darmtraktes im Krankenhaus lag, verweigerten sie die Erstattung. Die behaupteten, dass die Ruhr eine Folge vom Schlaganfall sei. So blöd, das zu glauben, war ich aber nicht. Dass ich selbst an der Ruhr schuld war, das stimmt. Ich habe verunreinigtes Wasser getrunken. Da denkt man ja nicht immer dran, dass man hier kein Wasser aus der Leitung trinken darf.

Jetzt zahle ich keine Auslandskrankenversicherung mehr, weil die sowieso nichts erstatten. Wenn hier alle Stricke reißen kann ich mich in einen Flieger setzen und nach Deutschland fliegen. Dort müssen sie für mich bezahlen.

Ich habe seinerzeit, als ich selbständig war, eine Privatversicherung abgeschlossen, eine Berufsunfähigkeitsversicherung. Die zahlt jetzt. Das reicht ganz knapp für hier. Hier ist alles inklusive. Ich brauche eigentlich kein Geld für mich privat. Das regelt alles der Hans.

Einmal in der Woche kommt Thomas Mohr zu uns ins Prosana. Er ist Deutscher und Mediziner. Der arbeitet im San Paulo Hospital in Hua Hin und betreut dort die deutschen Patienten. Viele Deutsche, die hier leben, sprechen kein Englisch. Ich spreche zwar Englisch, aber mich betreut Thomas auch. Und kostenlos. Er untersucht alle Bewohner hier, hört die Lunge ab, misst den Blutdruck, drückt hier und dort, checkt den Zucker und so weiter.

Jede Woche kommt auch eine Frau und gibt mir eine Massage. Das tut richtig gut. Auch eine Frau für Maniküre und Pediküre kommt regelmäßig. Von der habe ich mir die Fußnägel lackieren lassen. Knallrot. Das war meine Idee. Ich habe immer wieder so tolle Ideen. Jetzt tritt mir keiner mehr so leicht auf die Füße. Auch ich selbst kann die Füße besser sehen. Früher hatte ich auch zwei Ohrringe getragen. Das war so mein Stil. Die habe ich nicht mehr. Jetzt habe ich nur noch eine Kette um. Meine schönen langen Haare lasse ich mir nicht schneiden. Song kämmt sie mir jeden Morgen und bindet sie zu einem Pferdeschwanz zusammen. Wenn du mich fotografieren willst, mach das bitte von der Seite, damit man den Pferdeschwanz auch richtig sieht.

Wenn mir langweilig ist, versuche ich, Thailändisch zu lernen. Song hat mir schon einiges beigebracht. Ich kann sagen: *„Pom hiu*, ich bin hungrig". Auch viele Bezeichnungen von den Gerichten weiß ich. Am liebsten mag ich *Kaeng Khiao Wan Gai*, Grünes Curry mit Hühnchen. Und zählen kann ich, bis tausend. Soll ich es dir mal vorsagen?

Habe ich dir schon von den Ausflügen erzählt? Immer wieder fahren wir weg, wir alle zusammen, die Bewohner und die Betreuer. Ich, mein Rollstuhl, meine Song und ihr Bea kommen auch meisten mit. Am besten gefällt es mir an so einem See. Wie heißt der nochmal gleich? Ja, *Pranburi Dam*. Der See ist nämlich ein Stausee und das Tollste ist der Damm. Du solltest mal sehen, wie ich da mit meinem Rolli drüberflitze. Rechts das Wasser, und ich mit meinem Flitzer direkt daneben. Das ist super. Zum Mittagessen gehen wir anschließend ins Restaurant am Golfplatz. Ist auch nicht übel.

Mit dem Visum hilft mir Hans. Das ist ja alles etwas kompliziert. Alleine kann ich das nicht. Da muss man Formulare ausfüllen. Glaubst du, meine Hand findet die Kästchen, wo die Buchstaben rein müssen? Ich brauche stundenlang, nur um meinen Namen an die richtige Stelle zu setzten. Das ist etwas grausam.

Meine Rentenbescheinigung musste ich zur deutschen Botschaft schicken. Dort wurde sie ins Thailändische übersetzt. Ich bekomme ein Rentnervisum, weil ich über 50 bin. Aber meine Rente reicht nicht fürs Visum. Deshalb brauche ich noch ein Bankkonto in Thailand. Alle drei Monate muss ich auf die Immigration. Da werde ich hingefahren und der Hans regelt alles. Ich muss nur freundlich lächeln.

Ich habe einen PC. Ich schreibe mit Adlersuchsystem, aber das ist sehr mühsam. Skypen ist einfach. Ich skype mit meinem Kumpel aus Köln oder mit Christine aus Neukaledonien. Ich habe ein tolles Foto von mir bei Skype. Deshalb bekomme jede Woche neue Kontaktvorschläge. Wenn ich auf annehmen drücken würde, hätte ich Bekanntschaft mit vielen jungen Mädchen. Fast alle Kontaktanfragen kommen aus Ghana. Ich weiß auch nicht, wie die auf mich kommen. Aber auch aus Norwegen, USA oder Kanada bekam ich welche. Irgendwie geht das nicht mit rechten Dingen zu. Nur einmal habe ich geantwortet. Aber es ist nichts draus geworden.

Früher habe ich viel gelesen. Ich hatte eine Menge Bücher. Lesen kann ich zwar noch, aber ich komme immer in eine falsche Zeile. Dann lese ich viele Zeilen doppelt oder lasse Zeilen aus. Ich habe die Erfahrung gemacht, dass ich am besten in Reclam-Heftchen lesen kann. Die haben kürzere Zeilen.

Ich hatte mal ein bewegtes Leben. Das ist in dieser Form vorbei. Jetzt habe ich ein ruhiges Leben. Ich wohne in einem schönen Haus, habe ein eigenes Zimmer und bekomme sehr gutes Essen. Ich habe einen komfortablen Rollstuhl, mit dem ich in mein privates Badezimmer fahren kann. Ich kann denken, sehen, sprechen und mich mit dem Rollstuhl selbständig bewegen. Wenn ich Hilfe brauche ist Song oder Bea da. Ich muss mich um nichts kümmern, alles wird für mich arrangiert. Oft gibt es lustige Situationen über die ich lachen muss. Und ich lache gern. Eigentlich geht es mir saugut. Jeden Tag hoffe ich, dass dieses Leben noch lange so angenehm weitergeht. Besser könnte ich es nicht haben, Glück im Unglück.

Ich betreue einen Alzheimer Patienten

Mon ist eine der drei Betreuerinnen von Lothar im Alzheimer-Zentrum Baan Kamlangchay, Chiang Mai. Sie berichtet über ihr Leben mit einem Schutzbefohlenen.

Ich arbeite schon acht Monate in Baan Kamlangchay. Früher war ich Masseuse in einem guten Massagesalon in der Innenstadt von Chiang Mai.

Mein großer Wunsch war es, englisch zu lernen. Um einen Kurs zu besuchen hatte ich weder die Zeit noch das Geld. Da riet mir eine gute Freundin: „Am besten kannst du Englisch lernen, Mon, wenn du einen alten englischsprachigen Mann betreust. Auf diese Art lernst du am meisten. Den meisten älteren Menschen wird es Freude machen, dich zu unterrichten, sie machen es nicht nur kostenlos, du wirst sogar bezahlt für die Zeit. Außerdem hörst du ständig englisch und musst auf Englisch antworten."

So kam ich zu John. John ist 65 Jahre alt. Er hat keine Arme. Deshalb brauchte er Hilfe.

Ich habe drei Jahre für ihn gearbeitet. Ich war gerne bei ihm. Wenn ich Zeit habe, besuche ich ihn auch heute noch. Da freut er sich sehr. Die ersten vier Monate habe ich bei ihm gewohnt und war 24 Stunden mit ihm zusammen. Das war sehr schwierig, das hat mich kaputt gemacht. Weißt du, was ich meine? Es reißt einen runter, wenn man nur mit einem Behinderten zusammen ist. Man ist nicht mehr fröhlich und kann keine Fröhlichkeit mehr weitergeben. Das hat John verstanden. So habe ich mir ein Zimmer genommen und war nur zehn Stunden am Tag bei ihm. Ich muss auch meine Freunde treffen, Spaß haben, etwas anderes erleben. Dann kann ich ihm am nächsten Tag davon erzählen. Wenn ich nichts erlebt habe, kann ich auch nichts erzählen. Dann ist es auch für ihn viel langweiliger.

Weißt du, wie er seine Arme verloren hat? Ein Bär hat sie ihm abgerissen. Er lebte als Kind in einem Land, wo es wilde Bären gibt. Ich kenne die Bären nur vom Zoo in Chiang Mai. Aber da, wo John aufgewachsen ist, liefen die Bären so herum. Ich weiß nicht genau, wo er herkam. Wenn ihn jemand fragte, sagte er immer: „Aus Chiang Mai". Aber er hatte mal Besuch von seinem Bruder. Und der war von Alaska. Ich weiß nicht, wo dieses Land ist, aber der Bruder musste sehr lange mit dem Flugzeug fliegen. Deshalb denke ich, dass auch John in diesem Land lebte, als er ein Kind war. Er erzählte mir, dass der Bär zu seinem Haus kam und zum Fenster hereinschaute. Er machte das Fenster auf und wollte den Bär streicheln, weil der so süß aussah. Da riss ihm der Bär beide Arme ab. Damals war er fünf Jahre alt.

Er kommt recht gut zurecht, so ohne Arme. Er hat sowas, wo normale Menschen die Arme haben, ich weiß nicht, wie das heißt. Jedenfalls kann er alleine essen. Er kann sogar alleine aufs Klo. Da hat er eine spezielle Vorrichtung, mit der er sich sauber machen kann. Nur wenn er lange Hosen anhatte, musste ich ihm helfen. Auch konnte er nicht alleine sein Hemd anziehen und auch beim Duschen benötigte er Hilfe. Laufen konnte er ja. Aber wenn er zum Einkaufen wollte, musste ich immer mit. Er konnte nicht bezahlen, weil er nicht das Geld rausholen konnte.

Mir hat es bei ihm sehr gut gefallen. Ich habe viel von ihm gelernt. Und dass ich so gut Englisch kann, habe ich John zu verdanken. Er unterrichtete mich jeden Tag und gab mir sogar Hausaufgaben. Aber die konnte ich auch machen, wenn ich bei ihm war. Er war während des Unterrichts ziemlich streng. Aber sonst war er sehr freundlich.

Manchmal wurde er so unruhig und ich habe gespürt was er braucht. Mit dir kann ich ja offen reden. Du weißt ja auch, was Männer brauchen. Ich habe ihm gesagt, dass das nicht zu meinem Job gehört. Aber ich könne ihm helfen. Dann habe ich ihm ein Mädchen besorgt. Manche blieben nur eine Nacht, manche zwei Tagen, eine sogar zwei Wochen.

Aber jetzt hat er eine, Nit, in die hat er sich verliebt und sie in ihn. Nit wohnt jetzt bei ihm und sorgt für ihn. Ich kenne sie gut, diese Nit. Sie ist in Ordnung. Sie sorgt richtig gut für ihn. Deshalb braucht er mich nicht mehr. Ich habe mir überlegt, ob ich wieder in den Massagesalon soll. Da kann man wirklich gut verdienen, an manchen Tagen, jedenfalls. Aber das ist das Schwierige. Verstehst du, was ich meine? Wenn man an einem Tag sehr viel Geld in der Hand hat, dann will man es auch ausgeben. Und am nächsten Tag hat man vielleicht nichts mehr. Aber ich brauche regelmäßiges Einkommen. Ich muss Miete für mein Zimmer bezahlen und brauche Geld für meine Familie. Ich habe zwei Kinder. Mein Mann hat mich schon vor sieben Jahren verlassen. Mein Sohn lebt bei meiner Schwester in Chiang Rai. Meine Tochter lebt bei mir.

Deshalb ging ich zu Martin. Martin Woodtli ist der Gründer und Leiter von Baan Kamlangchay, dem Alzheimer-Zentrum hier hier in Chiang Mai. Aber das weißt du ja. Ich habe gehört, dass er ein guter Boss ist. Und er ist ein guter Boss. Er zahlt einen guten Lohn und die Hälfte von der Krankenversicherung. Jeden Monat bekomme ich 9500 Baht und wenn ich krank bin, muss ich im Krankenhaus nichts bezahlen.

Ich betreue jetzt Lothar. Das ist ein ganz lieber Mann. Der hat zwar Probleme mit dem Kopf, aber er kann gut Englisch reden. Martin hat mich zu ihm geschickt, weil ich Englisch kann. Martin hat gesagt: „Das ist wichtig für Lothar. Er muss viel Englisch reden, das hält einen Teil von seinem Kopf fit". Deshalb rede ich viel mit ihm. Er erzählt mir zwar immer das Gleiche. Aber das macht nichts. Ich mag die Wiederholungen. Auf diese Art lerne ich auch viel.

Manchmal bringe ich meine Tochter mit. Meine Kleine plappert mit Lothar und streichelt ihn, wie ihren Opa. Das gefällt ihm. Er soll sich hier fühlen wie in einer Familie. Besonders gern hat er es, wenn ihn meine Tochter an einer Hand nimmt und ich an der anderen und wir spazieren gehen. Er freut sich, wenn die Leute ihn kennen und grüßen oder ihm zuwinken. Manchmal redet er Englisch mit ihnen, weil er meint, dass man Englisch überall versteht. Wenn sie ihm auf Thai antworten, stört ihn das nicht. Er ist zufrieden und ich bin zufrieden. Ich hoffe, dass ich noch lange hier bleiben kann. Wir spielen auch Karten zusammen. Aber nicht um Geld. Ich glaube, das machen sie nicht in der Schweiz. Lothar kommt nämlich aus der Schweiz. Auch die anderen Gäste spielen nie um Geld. Nur einfach so.

Oft hören wir auch Musik. Seine Tochter hat CDs mit seiner Lieblingsmusik geschickt. Das sind alte Schlager, die er in seiner Jugend gerne gehört hat. Er hört sie immer noch gerne und manchmal summt er mit. Ich kann ihm auch meine Thai Musik vorspielen. Das gefällt ihm auch. Lothar ist noch fit. Er kann zu jedem Ausflug mit, manchmal gehe ich mit ihm Einkaufen und jeden Tag laufen wir dreimal in den Speise-Pavillon. Das dauert etwa fünf Minuten für einen Weg. Da es drei Mahlzeiten pro Tag gibt, laufen wir also mindestens 30 Minuten am Tag. Schon eine halbe Stunde vorher wird er unruhig, schaut immer wieder auf die Uhr. Beim Hinweg geht er sehr schnell. Er zieht mich fast. Solchen Hunger hat er! Und dann stürzt er sich aufs Essen.

Er sagt immer: „Das Essen ist hier sehr wohlschmeckend, gut, wie in der Schweiz".

Er sagt immer das gleiche. Manchmal hört es sich an wie auswendig gelernt. Andere Gäste in Baan Kamlangchay reden in einer Sprache, die keiner versteht. Sie haben sie selbst erfunden.

Ich bin froh, dass Lothar mit mir Englisch redet. Manchmal macht er auch in Deutsch weiter. Aber das macht nichts. Mir gefällt das.

Die anderen Betreuerinnen, die Gäste haben, die sie gar nicht verstehen, stört das nicht. Martin hat uns gesagt: „Das macht nichts. Viele sind wirr im Kopf und verstehen weder Englisch noch Deutsch. Manche haben auch ihre eigene Sprache erfunden". Martin erklärt uns immer wieder: „Wichtig ist, dass ihr für sie da seid, dass ihr mit ihnen redet, egal in welcher Sprache. Eure Stimme soll liebevoll klingen. Berührt sie zärtlich, redet mit euren Gästen wie mit einem Baby. Das versteht auch nicht, was ihr sagt, aber es spürt, dass ihr es gut meint."

„Die Sprache ist nicht so wichtig" sagt Martin immer wieder. Aber ich bin froh, dass ich mit Lothar reden kann. „Rede Englisch mit ihm, stelle ihm Fragen, höre ihm zu" sagt Martin." Das ist ganz wichtig, um seinen Kopf zu trainieren. Um das, was noch da ist, zu erhalten."

Willst du mal hören, wie wir reden? Wahrscheinlich hat er dir genau das Gleiche auf Deutsch erzählt.

Wann bist du nach Thailand gekommen?
Vor sieben Jahren bin ich nach Thailand umgesiedelt. Da habe ich alles meiner Tochter vererbt. Ich bin sehr gut aufgehoben beim Martin Woodtli. *Ich kann hier sehr gut essen, wie in der Schweiz. Das Essen ist hier sehr wohlschmeckend, gut, wie in der Schweiz.*

Wie kannst du mit den Leuten reden, Lothar?
Ich spreche hier mit allen Leuten Englisch. Thailändisch habe ich niemals gelernt.

Wie alt bist du, Lothar?
Ich bin 87 Jahre alt. Im Dezember habe ich Geburtstag. Ich bin sehr gut aufgehoben beim Martin Woodtli. Ich kann hier sehr gut essen, wie in der Schweiz.

Wieviele Kinder hast du, Lothar?
Meine Tochter ist mein einziges Kind. Sie holt mich wieder zurück in die Schweiz. In der Swiss Air kann ich gut essen und trinken. Wie in der Schweiz.

Wo hast du English gelernt, Lothar?
Ich war vier Jahre in den USA und in Kanada. Da habe ich Englisch gelernt. Ich habe in einem Hotel gearbeitet.

Hast du auch später Englisch gesprochen?
Nach dem Krieg kamen viele Emigranten in mein Restaurant. Mit denen habe ich englisch gesprochen. Auch französisch und italienisch. Auch romanisch.

Was ist das für eine Sprache, romanisch?
Das ist eine lateinische Sprache. Das kann ich auch verstehen.

Wie gefällt dir das Wetter in Chiang Mai?
Hier ist es recht frisch am Morgen. Ich muss mich warm anziehen. In der Schweiz hat es minus 20 Grad. Da sind die Seen zugefroren. Die Autos können auf den Seen fahren. Dieses Jahr werde ich 86 Jahre. Ich bin ganz gesund. Ich kann auf Berge steigen.

Warum bist du nach Thailand gekommen, Lothar?
Viele Leute sind hierher gezogen, als sie alt waren. Wir leben hier in Thailand 20 Mal billiger als in der Schweiz.
Meine Tochter ist mein einziges Kind. Sie holt mich wieder zurück in die Schweiz. In der Swissair kann ich gut essen und trinken. Wie in der Schweiz.

Wo hast du in der Schweiz gewohnt?

In der Schweiz hatte ich ein großes Haus. Vier Stockwerke. Das habe ich alles meiner Tochter vererbt. Sie hat vermietet. Moderne Wohnungen mit Küche und Bad und sogar Dusche.

Welchen Beruf hattest du?

Ich habe Koch gelernt. Hier muss ich nicht kochen Aber ich kann es noch. Im Haus ist eine Küche. Aber ich muss nicht kochen. Hier ist das Essen sehr wohlschmeckend, so gut wie in der Schweiz. Hier gibt es auch Berge. Wir machen hier auch Ausflüge. Ich kann noch auf einen Berg steigen.

Was gefällt dir hier am besten?

Am besten gefallen mir die Leute. Alles Thai Leute. Ich spreche mit ihnen englisch. Die Thai Leute verstehen alle Englisch. Thailändisch habe ich niemals gelernt. Ich kann auch bei den Thai Leuten essen. Sie sind sehr freundlich zu mir. Sie wissen schon, dass ich nicht so scharf essen kann. Da muss ich aufpassen.

Denkst du noch an deine Frau?

Meine Frau war aus Bayern. Ich habe sie nach dem Krieg kennengelernt. Sie ist vor 20 Jahren gestorben. Sie ist mir immer treu, auch im Himmel. Wir haben nur ein Kind. Und zwei Großkinder.

Du siehst, er kann gut reden. Ich frage ihn etwas, und er sagt immer dasselbe. Das gefällt mir. Das ist einfach. Ich sorge gerne für ihn. Aber ich wechsle mich mit zwei anderen Frauen ab. Das ist wichtig. Ich kann nach Hause gehen, Freunde treffen, lachen, Shopping gehen. Wenn ich wieder zu ihm komme, kann ich mit ihm lachen, weil das Lachen noch in mir ist. Weißt du, was ich meine?
In Baan Kamlangchay ist das gut geregelt. Wir haben nur eine Achtstundenschicht. Das weiß ich auch von früher. Wenn man länger als acht oder zehn Stunden

pro Tag mit einem Behinderten oder Pflegebedürftigen zusammen ist, wird man verrückt.

Wenn ich nachts bei ihm bin, schlafe ich auf einer Matte neben seinem Bett. Ich lasse ihn nie alleine. Martin sagt uns immer: „Wenn jemand Demenz hat, darf er nicht alleine sein". Lothar kann sich nicht kontrollieren. Weißt du, was ich meine? Wenn er auf die Toilette muss, gehe ich mit ihm. Ich schaue nicht zu, aber ich bin dabei. Wenn er sich schmutzig macht, mache ich ihn sauber.

Ich muss nur mit ihm zusammen sein, ihn tätscheln, mit ihm sprechen, ihm zuhören, mit ihm spielen. Das ist keine harte Arbeit. Aber man wird auch sehr müde dabei. Zum Putzen und Wäschewaschen kommt eine andere Frau. Die muss nur in diesem einen Haus arbeiten. Nur wenn eine andere Housemaid einen Tag frei hat, putzt unsere Maid auch ein anderes Haus. Normalerweise leben in einem Haus zwei alte Leute. Es gibt zwei Schlafzimmer, zwei Bäder, ein Wohnzimmer und eine Küche. Aber in diesem Haus wohnt gerade nur Lothar. Die deutsche Frau, die kommen sollte, kam nicht, ich weiß nicht warum.

Die Häuser hier sind verstreut in dem kleinen Dorf. Die Nachbarn rechts und links sind ganz normale Leute. Thais. Es wohnen auch einige ganz normale Farangs hier im Dorf. Das nächste Haus, wo Demenzkranke wohnen, ist weit weg. Es gibt also keine Kolleginnen im Nachbarhaus, mit denen ich während der Arbeit reden könnte. Nur mit der Putzfrau kann ich reden, auch darf ich telefonieren. Und mit Lothar rede ich natürlich.

Ich wohne ganz in der Nähe. Ich teile mir eine kleine Wohnung mit einer Freundin, die auch ein Kind hat. Jeden Tag komme ich mit dem Motorrad hierher. Das ist perfekt.

Lothar ist ein freundlicher Mann. Und höflich. In einer Fabrik oder in einem Büro wollte ich nicht arbeiten. Ich mag Menschen. Hier sorge ich für einen Menschen, der mich braucht. Ich sorge gerne für ihn. Das macht mich glücklich. Wenn er sich freut, dann freue ich mich auch. Weißt du, was ich meine? Es ist eine Arbeit, die Freude macht.

Anmerkung
Martin Woodtli, von Mon nach Thai Art Martin genannt, ist der Gründer und Leiter von Baan Kamlangchay. Das Wort „Baan" steht für Haus. „Kamlangchay" kann als Begleitung des Herzens übersetzt werden

Wie ich zu meiner Moo

Johann, ein ehemaliger Bauer aus dem
durch eine Kontaktanzeige in seiner Loka
unerfahrene Thailänderin vom Lande kennen.
Ein Jahr später lässt er seine thailändische Frau in
deren Dorf in Nordthailand ein Haus bauen, in dem er
alt werden will.

In Deutschland:

Ich bin der Böttinger Johann aus dem Allgäu. Und das ist
meine Frau Moo.
Du hast gehört, dass ich in Thailand alt werden will? Ja,
du hast richtig gehört. Das ist mein Traum.
Und zuerst willst du wissen, wie der alte Johan aus Egg,
zu seiner Moo kam? Da staunt jeder. Außer in Österreich
war ich früher noch nie im Ausland. Und dann gleich
Thailand und eine thailändische Frau!
Ja, das ist so ne Geschichte! Es ging zwar ziemlich schnell,
aber ganz einfach war es nicht.
Ich bin geschieden. Es ischt halt so! Wie es dazu kam,
erzähle ich dir später.

Meinen Bauernhof bewirtschafte ich schon lange nicht
mehr. Von den 37 Bauernhöfen, die es früher in Egg gab,
können sich gerade noch drei halten.
Die Felder habe ich verpachtet an einen, der hat ganz
groß Solaranlagen drauf gesetzt. Damals hat man große
Zuschüsse vom Bund für den Solarstrom bekommen.
Jetzt sind die Felder zwar verunstaltet für meinen
Geschmack, aber es hat einen Haufen Geld gebracht, viel
mehr, als die Landwirtschaft. Des bassd scho.
Das Bauernhaus habe ich natürlich noch. Ein riesiges
Haus, dreistöckig, und dazu die Stallungen und die

euer. Es war ziemlich einsam in diesem großen Haus, ganz allein.

Als ich vor vier Jahren unsere Lokalzeitung durchblätterte, stieß ich auf eine Anzeige: „Liebe Thai Frau vom Lande sucht ehrlichen Ehemann vom Lande."
Das war an einem Tag, als ich mich besonders einsam fühlte, und ich dachte: „Anrufen kann ja nichts schaden".
Es war eine lokale Telefonnummer.
Es meldete sich ein Mann aus dem Nachbardorf, der, wie er sagte, mit einer Thai Frau verheiratet war.
Für deren Schwester hatte er die Anzeige aufgegeben. Er suchte jemanden in seiner Nähe, damit seine Thai Frau etwas Gesellschaft mit ihrer Schwester haben könnte. Seine Frau wollte jemand aus ihrer Familie in der Nähe haben, und ihre Schwester war nicht abgeneigt, einen Deutschen zu heiraten.
Deshalb suchte der Jochen aus dem Nachbardorf eine Frau für die Schwester seiner Frau Om. Das war ja eine gute Idee, und Jochen erzählte mir so einiges über das Dorf, aus dem seine Frau kam, wie sie dort leben und so weiter.
Der Jochen kam mal bei mir vorbei und schaute mich und das Haus an. Er wollte ja was Rechtes für seine Schwägerin.
Auch seine Frau Om kam mit. Sie sprach zwar nicht gut Deutsch, machte aber einen ganz freundlichen Eindruck, etwas schüchtern, aber nett.
Sie zeigte mir Bilder von ihrer Schwester. Sah wie ein Bauerntrampel aus. Die würde zu mir passen, dachte ich. Ich bin ja auch so ein Bauerntrampel.
Jochen machte den Vorschlag, dass ich Moo ja mal kennenlernen könnte, wenn sie im April zu Besuch käme.
Das kann ja nichts schaden, dachte ich mir, und stimmte zu.

Und dann war es plötzlich April und Jochen schlug ein Treffen in der Stadt in einem Café vor. Kann ja nichts schaden, dachte ich mir.

Dann saß ich also in dem Café, schon eine halbe Stunde zu früh und war richtig aufgeregt.

Dauernd schaute ich auf die Uhr. Und dann standen sie vor mir. Jochen, Om und ihre Schwester Moo. Jochen und Om verabschiedeten sich gleich wieder, sie wollten noch etwas in der Stadt besorgen. Dann saß ich allein da mit dieser Moo.

Du kannst dir das vielleicht schon denken. Es war eine ziemlich komische Situation.

Wir saßen da, ich starrte sie an und sie schaute auf den Boden.

Ich fragte: „Willst du Kaffee?" Da nickte sie. Kaffee, das hat sie verstanden.

Dann fragte ich: „Willst du Kuchen?" Das verstand sie nicht. Ich stand auf und gab ihr ein Zeichen, mir zu folgen. An der Theke zeigte ich auf eine Sacher Torte, meine Lieblingstorte. Ich wollte, dass sich Moo auch eine Torte aussucht. Ich weiß nicht, ob sie verstand, was ich wollte. Sie zeigte dann auch auf die Sachertorte.

Als wir wieder am Tisch saßen und auf Kaffee und Kuchen warteten, starrte ich sie wieder an und sie schaute zu Boden.

Und dann, ohne Vorwarnung und ohne aufzuschauen, sagte sie: „Ich heiße Moo. Wie geht es dir? Mir geht es gut."

Das hatte ihr wahrscheinlich ihre Schwester beigebracht. Ich sagte: „Ich heiße Johann." Dabei zeigte ich auf mich. Aber sie schaute nur auf den Boden. Endlich kam die Bedienung mit Kaffee und Kuchen. Da schaute Moo etwas hoch und ich probierte es nochmals: „Ich Johann. Ich Johann. Ich Johann."

Sie hatte es kapiert, zumindest fast, und sagte: „Ich Joann." Da musste ich lachen, und sie lachte auch.

Mit dem Kaffee kam in einem extra Schälchen Zucker in kleinen Päckchen. Ich zeigte ihr, wie man die Päckchen aufreißt und den Zucker in den Kaffee schüttet. Da grinste sie, denn Zuckerpäckchen schien sie zu kennen. Sie war eine ganz eine Süße und schüttete gleich vier Päckchen in ihre Tasse und drei Päckchen über ihren Kuchen.

Dann schien ihr beides zu schmecken.

Naja, es war nicht einfach. Ich hatte ja keinerlei Erfahrung, wie man eine Frau unterhält. Und ohne gemeinsame Sprache schon gar nicht. Irgendwie war ich ja froh, dass sie kein Englisch sprach. Denn Englisch konnte ich überhaupt nicht. Ich war nur in der Volksschule. Und da hat man keine Fremdsprachen gelernt und als Bauer habe ich das auch nie gebraucht. Dass man sich auch mit Gesten ganz gut unterhalten kann, das haben wir erst später gelernt.

Ich war wirklich froh, als Jochen und Om wiederkamen und mich befreiten.

Jochen bestand darauf, dass wir uns nochmals trafen. Es sollte bei mir sein. Damit sie mein Haus sah.

Das war am nächsten Sonntag. Wieder kamen sie ganz pünktlich. Ich führte sie also durch mein Haus. Zum Glück war Om dabei und konnte ihrer Schwester wenigstens einige einfache Sätze übersetzen.

„Das ist die Küche. Das ist das Wohnzimmer. Das ist der Sessel, auf dem ich am liebsten sitze. Das ist das Schlafzimmer. Ich schlafe immer auf der linken Seite, so bin ich es gewohnt."

Und dann sagte Jochen: „Wir gehen jetzt etwas spazieren und kommen in einer Stunde wieder. Stelle ihr Wasser und etwas zum Knabbern hin."

Ich ließ Moo aufs Sofa sitzen, holte Knabberzeug und Saft und setze mich neben sie.

Ich rückte etwas näher an sie heran und legte meine Hand auf ihren Arm. Da zuckte sie entsetzt zurück. „Sie sucht einen Mann zum Heiraten und zuckt zurück, wenn ich nur ihren Arm berühre! Ist ja auch etwas komisch", dachte ich mir. Probier ich es halt noch einmal, es kann ja nicht schaden. Vielleicht war ich zu grob.

Also rückte ich etwas näher an sie heran und legte den Arm um sie.

Da stieß sie mich richtig grob zurück.

Als Jochen und Om kamen, war ich richtig froh. Jochen wollte natürlich wissen, wie es war, und ich erzählte es. „Moo hat keinerlei Erfahrung mit Männern", klärte er mich auf. „Obwohl sie schon 44 Jahre alt ist, hatte sie noch nie einen Freund. Sie musste immer nur arbeiten. Deshalb ist sie etwas ungeschickt. Aber sie mag dich."

Und dann fuhr er fort: „Du musst sie unbedingt nochmals treffen. Sie braucht etwas Zeit."

Also ließ ich mich überreden. Es kann ja nichts schaden, dachte ich mir.

Das dritte Mal trafen wir uns im Haus von Jochen und Om, im Nachbardorf.

Die beiden ließen uns alleine im Wohnzimmer sitzen.

Ich starrte Moo an und sie schaute auf den Boden.

Nach etwa zehn Minuten kam Om herein und brachte uns etwas zum Trinken und zum Knabbern. Sie redete auch etwas aufgebracht auf ihre Schwester ein. Und als Om wieder in der Küche war sagte Moo: „Ich liebe dich. Du mich heiraten."

Da verlor ich die Nerven und schimpfte auf sie ein. „Wie kannst du sagen dass du mich liebst. Wir kennen uns ja nicht und können uns nichts sagen. Und du lässt nicht mal zu, dass ich deinen Arm berühre. Geh hin, wo du herkommst, und lasse mich in Ruhe."

Da fing Moo zu weinen an. Erst ganz leise, dann immer heftiger.

Plötzlich bekam ich die Idee, dass Moo tatsächlich Gefühle für mich hat. Sonst würde sie nicht weinen. Ich nahm sie wieder in den Arm. Dieses Mal ließ sie es zu. Es fühlte ich gut an. Sie schmiegte sich sogar an mich. So saßen wir, bis Jochen nach einer Stunde hereinkam und fragte: „Na, wie sieht´s aus?"

„Ich heirate sie", sagte ich zu meiner eigenen Überraschung.

Ja, so fing das an mit uns beiden.

Moo kam schon nach 3 Monaten wieder und hatte alle Papiere dabei, die man zum Heiraten braucht. Zum Glück hatten wir Jochen und Om, die sich um alles kümmerten.

Jochen meldete Moo auch für einen Deutschkurs an und fand Arbeit für sie.

Jetzt spricht sie besser Deutsch als ihre Schwester, arbeitet jeden Tag in einer Pizzeria in der Küche, hält das Haus pikobello in Ordnung und sorgt dafür, dass ich mein Essen bekomme und meine Pillen einnehme. Sie hat auch den Führerschein gemacht und passt auf, dass ich nicht fahre, wenn ich etwas getrunken habe. Sie selbst trinkt nie Alkohol, und wenn ich in die Stadt zum Arzt muss, fährt immer sie. „Moo besser fahren", sagt sie. „Opa alt, nicht muss fahren". Wenn sie von sich spricht, sagt sei meisten ihren Namen, also Moo, nicht ich. Warum sie es ihr im Deutschkurs nicht anders beigebracht haben, weiß ich auch nicht. Ich finde es niedlich, deshalb verbessere ich sie nicht. Aber ich bemühe mich, möglichst hochdeutsch mit ihr zu sprechen. Moo soll ja Deutsch lernen. Früher sprach ich nur meinen Allgäuer Dialekt. Hat ja jeder hier verstanden.

Sie ist eine wirklich eine tüchtige Frau. Ich kann mir keine bessere vorstellen. Sie sorgt auch für ihre Familie in Thailand. Das Geld, das sie verdient, darf sie selbst verwalten. Das meiste schickt sie in ihre Heimat.

Du wirst gleich sehen, wie gut sie kochen kann. Anfangs hatte ich Probleme mit dem Thai Essen. Aber, wie wir Allgäuer so sagen: „Der Hunger treibt's nei." Und, du wirst es nicht glauben, mit der Zeit gewöhnte ich mich daran und liebte es immer mehr.

Aber sie kann natürlich auch deutsch kochen, gut sogar. Das hab ich ihr beigebracht. Und immer wieder bringt sie Pizza aus der Pizzeria mit, in der sie arbeitet.

Natürlich waren wir auch schon dort, in ihrem Dorf im Norden Thailands. Die Hochzeit musste ja auch thailändisch-traditionell gefeiert werden.

Hier sind die Fotos. Erkennst du mich? Ich erkenne mich selbst kaum, so haben sie mich verkleidet. Ich habe alles mitgemacht. Die Bräuche muss man ja akzeptieren.

Die Familie und das ganze Dorf waren unheimlich nett zu mir. Sie verwöhnten mich, so gut sie konnten. Ich kam mir vor wie ein Märchenprinz.

Moo versuchte mir schmackhaft zu machen, wie schön es wäre, nicht in Deutschland, sondern in ihrem Dorf zu wohnen, in einem eigenen Haus. Nicht nur für den Urlaub, sondern für lange Zeit. Nichts wünschte sie sich mehr, als hier ihr eigenes Haus zu haben. "Haus bauen nicht teuer. Du nur Steine kaufen. Arbeit machen Familie." Land hatte sie genug, vom Vater geerbt, und ihr Schwager schien Erfahrung zu haben im Häuser bauen.

Ich dachte einen Tag und eine Nacht lang nach. Dann sagte ich mir, „es kann ja nichts schaden, hier ein Haus zu haben." Ich hatte genug Erspartes, um das Material zu finanzieren.

Und wozu brauche ich das Geld? Wenn ich sterbe, erbt es eh Moo. Sie ist ja meine Frau. Und so hätte ich noch etwas davon. Wenn ich in Thailand ein Haus hätte, könnte ich während der kalten Wintermonate in Deutschland eine angenehme Zeit verbringen. Die Wärme tut meinem Rheuma gut. Und wenn es mir dort gefallen würde, könnte ich sogar meinen Lebensabend dort verbringen. So ließ ich ein Haus bauen und habe es meiner Frau zum 3. Hochzeitstag geschenkt, aber mit Hintergedanken. Es war halt so!

Das Haus hat mich 50.000 Euro gekostet. Ich hatte einen guten Riecher, es schon vor ein paar Jahren zu bauen. Heute würde es ein Drittel mehr kosten. Es war komplett fertig, als ich ankam, die Verwandtschaft von Moo hat das gebaut und eingerichtet. Oben haben sie Zimmer drin für die Schwester und den Schwager und andere Verwandte, auch ein Gästezimmer, wenn ich Besuch bekomme. Unten sind unser Schlafzimmer, die große Stube und eine geräumige Küche. Das passt schon so, ich bin sehr zufrieden damit. Es gab etwas Ärger, weil sie die Treppen nicht so machen wollten, wie ich das wollte. Irgendetwas wegen Geistern. Naja, mit dem Geisterkram gibt es öfter Probleme. Ich sage Moo immer: „Es gibt keine Geister". In Deutschland hat sie auch keine Angst mehr. Sie meint: „Vielleicht nicht viele Geister in Deutschland. Keine gesehen." Aber wenn wir zu Urlaub in Thailand sind, fängt sie mit dem ganzen Humbug wieder an. Sie will sogar mir weißmachen, dass es Geister gibt und dass man sie anständig behandeln muss. „Sonst sie machen viel Ärger", will sie mich immer wieder belehren.

Da denk ich mir dann: „Ihr könnt mi alle am Arsch legga, ihr Geister." Das sag ich dann auch laut, auf allgäuerisch natürlich, das versteht nicht mal Moo.

Auch weigere ich mich, in meinem eigenen Haus die Schuhe auszuziehen. Soll ich mir das vorschreiben lassen? „Nein", sag ich dann laut, „dene zoig i dann mol, wo dr Bartl de Most holt. Des isch mei Haus, und do mach ich was ich will."

Moo ist versöhnlich, immer auf Harmonie bedacht. Und wenn etwas nicht so läuft wie ich das will, kocht sie mir ein deutsches Essen. Sie bringt immer allerhand von zuhause mit, wenn wir nach Thailand reisen, vor allem so deutsche Bratensoßen und Päckle-Suppen, weil sie hier die Zutaten nicht bekommt.

Aber im Allgemeinen läuft alles zufriedenstellend. Moo ist glücklich, wenn sie in Thailand ist und mich freut es, wenn sie glücklich ist. Und für mich wird es eine Menge zu tun geben.

Immer wieder erwische ich mich, wie ich von einem Leben in Thailand träume. Ich freue mich riesig darauf, einen Garten mit tropischen Pflanzen anlegen zu können. Ich habe schon drei verschiedene Entwürfe gemacht. Aber dieser hier gefällt mir am besten. Was meinst du dazu? Mein größter Traum ist ein künstlicher Wasserfall, wie ich ihn hier im Allgäu an meinem Berg angelegt habe. Ja, ich stelle es mir richtig gut vor, in Thailand alt zu werden. Und wo ich mal sterbe, des isch doch g'hupft wie gschprunga.

Ein Jahr später in Thailand:
Jetzt bin ich schon vier Monate in Thailand und morgen feiern wir unseren 11. Hochzeitstag.

Hier habe ich mein Haus und meinen Garten. Alles passt. Der Garten ist mein Ein und Alles. Was hier alles wächst! Die Fläche ist zwar nicht groß, nur ums Haus herum. Aber mir wird nie langweilig. Immer gibt es etwas zu tun. Morgens grüße ich die Pflanzen und rede ein bisschen mit ihnen. Das mögen sie, glaube ich, und sie wachsen prächtig. Jedes gelb gewordene Blättchen zupfe ich einzeln ab. Ich habe drei Bogenvillas. „Wie sagst du dazu? Bougainvillea?" In Ordnung, passt auch. Sie wachsen noch in einem Kübel. „Meinst du, dass ich sie in die Erde setzen soll?" Ich schneide sie immer ein bisschen, so dass der Abstand zwischen Blüten und Blättern genau passt. Das macht nicht jeder, ich weiß. Ich liebe dieses kräftige Purpur. Das ist meine Lieblingsfarbe. Sieht es nicht herrlich aus? Diese da ist eine besondere Sorte. Sie soll Bäume hinaufwachsen. Deshalb habe ich einen Baum daneben gepflanzt. Das möchte ich erleben, dass meine Bogenvilla einmal vier Meter hoch ist. Das gibt mir Ansporn, so lange zu leben.

Einen Wasserfall habe ich hier nicht bauen können, wie ich es erträumt habe. Es gibt ja kein Gefälle. Aber ich habe einen Springbrunnen, das ist auch schön. Und in dem kleinen Becken schwimmen Fische. Die füttere ich jeden Tag. Auch das Hündchen füttere ich immer. Es ist schon ganz zutraulich geworden.

Nächsten Monat werde ich siebzig. „Willst du nicht zu meinem Geburtstag kommen?" Drei Freunde aus Deutschland habe ich eingeladen. Extra wegen dem alten Johann fliegen sie nach Thailand. Und viele Nachbarn kommen auch. Im nächsten Dorf wohnt ein Deutscher, der mit einer Thai verheiratet ist und ein schönes Haus gebaut hat. Das zeige ich dir nachher mal. Er ist noch nicht hier. Der muss noch arbeiten in Deutschland. Aber an meinem Geburtstag wird er da sein.

Wenn meine Freunde da sind, werde ich sie auch zu einem Swimmingpool bringen. Der ist gar nicht weit von hier in einer Hotelanlage in einem wunderschönen Park. „Willst du auch mal dort schwimmen?" Auch Massage kann man hier im Dorf bekommen. Das wird zweimal die Woche im Gesundheitszentrum angeboten. Die Frauen, die massieren, haben eine Ausbildung in Bangkok im Wat Po gemacht. Machen's ganz gut. Oft gehe ich nicht hin. Mir tut ja nichts weh.

Mich zieht es gar nicht zurück in die Heimat. Hier habe ich alles, was ich brauche. Ich bin gerne draußen im Freien. Die Sonne, das Licht, die gute Luft, das ist es, was ich liebe. Wenn Moo mit ihrer Schwester in Deutschland telefoniert, dann erzählt sie mir immer, wie schlimm das Wetter bei uns zuhause ist. Immer kalt, trüb und grauer Himmel. Wie schön haben wir es dagegen hier.

In diesem kleinen Garten entdecke ich immer wieder etwas Neues. „Hast du schon mal eine Bananenblüte gesehen?" So etwas Schönes! Diese purpurne Farbe und diese Form! Denkt man gar nicht, dass daraus gelbe Bananen werden können. Oder die Weihnachtssterne! Die hat man bei uns zuhause ja auch. Aber nach Weihnachten, wenn sie verblüht sind, wirft man sie weg. Und hier? Da setzt man sie in die Erde und es werden Bäume. Auch eine Rose habe ich. „Schau mal, wie prächtig diese Blüte ist!" Das Karminrot ist so eine schöne Farbe, „Riech mal, wie sie duftet!"

Manchmal wachsen hier auch Blumen, die keiner gesetzt hat. Wildblumen. An denen habe ich große Freude. Ich hege und pflege sie. Leider reißt sie meine Schwägerin gerne raus. „Unkraut", übersetzt meine Frau. Aber was heißt Unkraut? Für mich ist es eine schöne Blume, ein Naturkraut. Nicht Unkraut. Aber das verstehen die Thais nicht.

Am liebsten sitze ich hier, auf meinem Hängesessel, schaukle so leicht vor mich hin und schaue in meine Palmen. Ich kann den Sessel mit einem Fußschubs drehen, so dass ich in alle Richtungen sehen kann. Ich habe eine Rotstielpalme, eine Schraubenpalme und eine Kokospalme. Oft tue ich nichts anderes, als in meine Palmen zu schauen. Dann werde ich ganz entspannt und zufrieden.

Manchmal gehe ich auch rein ins Haus und lese ein wenig. Draußen lese ich nie. Da habe ich genug zum Anschauen. Ich habe mir das Buch über Dr. Johannes Eck mitgebracht, unseren berühmten Vorfahren, der im 16. Jahrhundert in meinem Heimatdorf lebte. Das wollte ich immer schon mal lesen. Johannes Eck war ein Zeitgenosse von Luther, anfangs führten sie interessante Streitgespräche, wurden dann aber erbitterte Gegner. Ich bin stolz drauf, im gleichen Dorf wie dieser berühmte Mensch gelebt zu haben. Dass die Eggener ihn nicht mehr ehren, ist eine Schande. Leider kann ich immer nur zwei, drei Seiten lesen. Dann bekomme ich Kopfweh und muss wieder raus zu meinen Blumen.

Mit den Thais hier komme ich gut aus. Wenn ich durchs Dorf gehe, grüße ich sie. Mehr sagen als *Sawatdi krap*, also Guten Tag, kann ich leider nicht. Ja, *Khop Khun krap*, Danke, das kann ich auch noch. Es wäre schon schön, etwas mehr sagen zu können, aber mehr will nicht in meinen Kopf. Das passt schon so. Hat auch sein Gutes. Wenn ich nichts verstehe, will auch niemand mit mir reden, und ich habe meine Ruhe. Wenn ich abends durchs Dorf gehe, sitzen oft Grüppchen von Männern beisammen und trinken. Die rufen mir immer zu, ich solle dazu sitzen und mittrinken. Auf Thai rufen sie natürlich, aber das kapier ich schon. Das fange ich gar nicht erst an. Das scharfe Zeug, das die trinken, vertrage ich nicht mehr. Und verstehen tu ich ja auch nichts. Und dann müsste ich auch immer wieder eine Flasche ausgeben, von dem Zeug, das ich gar nicht mag. So Thai Whisky trinken die. Nichts für mich!

Ich trinke mein Bier. Am liebsten Leo. Auch zum Mittagessen erlaube ich mir eine Flasche. Wasser mag ich ums Verrecken nicht. Wenn wir in einer Garküche essen, nehme ich das Bier immer mit. Die schenken dort keines aus. Anfangs fand ich es etwas komisch. Kann man in Deutschland sein eigenes Bier mit in eine Wirtschaft nehmen? Hier ist das ganz normal. „Das gibt Kraft", sage ich immer. Da lachen die Thais. Und wenn ich meine Muskeln am Oberarm zeige, lachen sie noch mehr.

Wenn ich sie zum Lachen bringe, reicht mir das an Unterhaltung. Reden kann ich mit meinen Pflanzen. Mit denen rede ich deutsch. Ob sie es verstehen, weiß ich nicht, aber sie sind dankbar, wachsen und blühen.

Moo, meine Frau, fühlt sich sehr wohl zuhause in Thailand. Sie hat jetzt großes Ansehen im Dorf und sieht nicht mehr aus wie ein Bauerntrampel, sondern fast wie eine Lady. Ihre Leidenschaft ist das Bingo-Spielen. Jeden Tag sitzen in unserer Küche Schwester, Tante und Nachbarn zusammen auf dem Boden und spielen. „Das

hält Kopf von Moo fit", sagt sie, „und macht Spaß."
Es muss immer um Geld gespielt werden. „Sonst kein
Spaß".

In meinem Schlafzimmer habe ich einen großen
Fernseher. Jeden Abend um acht schaue ich die
Nachrichten in der Deutschen Welle an. So bin ich mit
der Welt verbunden und weiß, was los ist. Zurzeit ist
ja Fastnacht in Deutschland. Da bringen sie schon seit
vielen Tagen, wie das gefeiert wird in den verschiedenen
Orten. Früher war das Fastnachtstreiben auch wichtig
für mich. Und getanzt habe ich wie der Lump am Stecke.
Es war der Wahnsinn! Jeden Samstag war ich auf dem
Tanz. Das hat zu meinem Leben gehört. Aber Moo kann
ja nicht tanzen, und so ging ich auch nicht mehr auf den
Schwof. Ich hätte nie gedacht, dass ich diese Gewohnheit
so leicht abstreifen könnte. Aber das Tanzen fehlt mir
nicht.

Nach den Nachrichten in der Deutschen Welle schaue ich
noch einen Film an. Da kommt oft etwas Interessantes.
Gestern kam ein Film über eine Liebe in Afrika. In
Afrika wollte ich nicht leben. Die Armut, der Schmutz,
die Bettelei! Ja, Tiere hautnah zu erleben ist schon etwas
Schönes. Aber leben? Leben wollte ich dort nicht. Da ist
es in Thailand doch viel besser.

Ich habe mich zuhause schon auf meinen Aufenthalt in
Thailand vorbereitet. Ich dachte, dass es mir vielleicht
langweilig würde und ich habe alle Videos, die ich vom
Fernsehen in den letzten zehn Jahren aufgenommen
habe, auf DVDs überspielt. Denn einen Videorecorder
mit dem deutschen System gibt es hier nicht. Ich habe
über 100 DVDs mitgebracht. „Aber glaubst du, ich hätte
mir schon einen einzigen Film angeschaut?" Nein, ich
habe keine Zeit dazu. Ein Freund, der aus Deutschland
zu meinem Geburtstag kommt, bringt mir meine ganze
Musiksammlung mit. Dann habe ich alle Schlager aus
den Sechzigern, Siebzigern und Achtzigern. Da freue
ich mich schon drauf. Vielleicht kann ich mir mal

meine Lieblingsmusik vorspielen, wenn ich in meinem Hängesessel sitze und in meine Palmen schaue.

Mir hat mal einer gesagt, wenn du mit einer Thai-Frau zusammenleben willst, ohne dich dauernd mit ihr zu streiten, richte deine Wohnverhältnisse so ein, dass jeder von euch ein Schlafzimmer und ein Bad hat, auch sollte jeder seinen Kühlschrank und seinen eigenen Fernseher haben. Auf den Fernseher habe ich auch bestanden, das andere passt schon. Während ich auf der Bettkante sitze und meine Deutsche Welle anschaue, lümmelt Moo auf dem Sofa in der Stube und schaut sich im Fernsehen Seifenopern an wie sie hier ständig auf allen Kanälen laufen und von den Thais so geliebt werden. Wenn mein Film fertig ist setze ich mich noch ein bisschen zu ihr aufs Sofa. Ich verstehe ja nicht, was die da sagen, aber manchmal ist es ganz lustig, wenn die so Grimassen schneiden oder rumhüpfen. Und wenn Moo lacht, lache ich auch. Das kann ja nicht schaden.

So um 11 Uhr gehen wir dann ins Bett.

In Deutschland war Moo auf mich angewiesen, hier bin ich auf sie angewiesen. Es ischt halt so! Sie hat zum Glück Deutsch gelernt, aber alles kann sie natürlich auch nicht erklären oder ich verstehe es einfach nicht.

So trete ich manchmal in Fettnäpfchen, ohne es zu wissen. Es ischt halt so! Von der Treppe habe ich dir ja schon erzählt. Ich wollte die Treppe nach Westen, weil das der direkte Weg zum Haus ist. Für mich war es total unsinnig, um die ganze Terrasse herumzugehen und die Treppe von hinten rauf zu haben. Das wollte meine Frau und ihre Verwandten absolut nicht verstehen. Ich wollte zumindest eine zweite Treppe, die direkt ins Haus führt. Ich sagte, „ich bin der Bauherr, ich gebe das Geld, deshalb will ich die Treppe hier." Das wollten die Thais ums Verrecken nicht, und ich wollte mir nicht auf der Nase herumtanzen lassen. Bei uns in Deutschland gibt es ja Baubestimmungen, aber in Thailand bauen sie

wie sie wollen. Und dass es eine Vorschrift geben soll, dass man keine Treppe im Westen haben darf, glaubte ich einfach nicht. Also baute ich die Treppe selbst, nach Feierabend, als alle vor dem Fernseher saßen. Ich lass mer doch von dene net auf de Nas rumtanze. Einen Jungen aus der Nachbarschaft schnappte ich mir noch, der den Zementsack schleifte und beim Anrühren half. „Den Aufruhr am nächsten Tag hättest du mal sehen sollen!" Normalerweise sind die Thais ja sehr friedlich und tun alles, um die Harmonie zu erhalten. Aber da! Da wurden sie fuchsteufelswild. Sie haben die Treppe gleich wieder abgerissen, als der Zement noch nicht fest war. Ich habe es nicht verstanden, was der Unfug sollte, und meine Frau konnte es mir auch nicht erklären. Sie sagte nur: „Das darf man nicht." Erst vor ein paar Tagen hat mich eine Bekannte, die sich etwas mehr mit den thailändischen Bräuchen auskennt, aufgeklärt:
„Du wolltest die Treppe nach Westen bauen. Westen bedeutet für die Thais Richtung Tod. Deshalb darf eine Treppe nie Richtung Westen gehen. Wer dort hinuntergeht, geht direkt in den Tod".
Hätte ich das damals gewusst, hätte ich natürlich nicht versucht, meinen Willen durchzusetzen. Sie erklärte mir auch, wie es mit den anderen Richtungen ist:
„Osten bedeutet Geburt, Süden Leben, Norden Wiedergeburt und Westen Tod. Die Tempel sind nach diesem Lebensmandala ausgerichtet. Deshalb ist der Verbrennungstempel immer im Westen der Klosteranlage."
Tja, man lernt nie aus. Es ischt halt so!
Da war noch so ein Fettnäpfchen, in das ich erst neulich getreten bin. In der Nähe von meinem Haus gibt es einen Fluss. Ich muss durch das Grundstück eines Bauernhauses gehen. Das darf ich. Die Leute kennen mich. Und ich gehe gerne da durch, weil mir die Glucke mit ihren Jungen so gut gefällt. Sie erinnern mich an die Küken, die ich früher in Egg hatte. Am Fluss habe

ich einen Lieblingsplatz. Da gibt es eine Betonbank unter einem schattenspendenden Baum. Ich liebe es, auf dieser Bank zu sitzen und auf die Bäume und den Fluss zu schauen. Aber das Problem sind die Ameisen. Rote Ameisen. Du kennst sie vielleicht. Die sind ziemlich groß und beißen. Die leben auf dem Baum und kommen immer runter auf die Bank. Das stört natürlich meine Mußestunde enorm. Also machte ich es mir zur Aufgabe, diese Ameisen auszurotten. Zuerst säuberte ich die Bank. Und dann zerquetschte ich jede Ameise, die vom Baum runterkam einzeln. Die Thais, die vorbeikamen, lachten. Ich dachte, ich tu ihnen einen Gefallen. Denn das war ein schönes Plätzchen, und sie hatten die Bank ja nicht für mich hingestellt. Es muss einmal ein Palaver-Plätzchen für sie gewesen sein, bevor es die Ameisen übernahmen. Sie riefen immer, wenn sie mich sahen, „Mod!" Mod, das heißt Ameise, hat meine Frau gesagt. Ich dachte, das ist jetzt mein Spitzname, weil ich sie von den Ameisen befreie.

Und erst gestern habe ich erfahren, dass ich sie nicht erfreue, sondern sehr ärgere mit meiner Aktion. Denn Ameiseneier sind eine Delikatesse für sie. Sie steigen auf den Baum und holen die Ameisennester herunter und essen die Eier. Und ich versuchte, diese Quelle ihrer Lust auszurotten. Solche Sachen weiß ich einfach nicht, und niemand klärt mich auf. Erst die Bekannte, die etwas Thai spricht, hat mich aufgeklärt.

Meine Frau nennt mich oft Opa. Das macht mir nichts aus. Sie sorgt für mich, schaut, dass ich ordentlich aussehe und saubere Kleidung trage. Wenn mir ein Speiserest am Mund hängt, wischt sie ihn ab. Wenn ich nach Hause komme, stellt sie mir Hausschuhe hin. Dann muss ich nicht barfuß auf den kalten Fliesen laufen. Und dass ich die Straßenschuhe im Haus ausziehe, hat sie mir längst angewöhnt.

Wenn sie Opa sagt, ist das respektvoll. Ältere sind hier geachtet. Manchmal sagt sie auch Johann oder Hans zu mir. Beim Einkaufen geht sie auch in Läden, wo es europäische Lebensmittel gibt. Da kauft sie für mich Leberwurst von einem deutschen Metzger, leckeren Schinken und ordentliches Brot. Sie sorgt wirklich gut für mich.

Der Sommer ist in Deutschland ja auch schön. Aber der Winter! Der graue Himmel! Die Kälte! Ich liebe das Licht hier und ich genieße es so sehr, jetzt im Winter draußen sitzen zu können.

Ich hoffe, ich kann jedes Jahr für mindestens ein halbes Jahr lang in Thailand sein. Auch für immer würde ich hierher ziehen. Aber Moo will wieder nach Deutschland. Da staunst du! Nicht dass ihr das Leben dort so gut gefallen würde, hier gefällt es ihr viel besser. Es ist das Geldverdienen. Die 400 Euro, die sie pro Monat verdienen und über die sie frei verfügen kann, will sie nicht missen. Damit ist sie hier in Thailand eine reiche Frau. Sie sagt: „Wenn du willst, ich hier bleibe, du Moo 400 Euro pro Monat geben."

Aber so viel habe ich auch nicht. Meine Rente ist nicht so üppig und das Ersparte habe ich in das Haus gesteckt. Sogar ein Auto habe ich in Thailand gekauft.

Sanlü, mein Schwager, fährt mein Auto. Das ist praktisch. Er war früher Taxifahrer und ist ein sehr guter Fahrer und ein sehr angenehmer Mensch. Wovon der jetzt lebt, weiß ich auch nicht. Meine Frau gibt ihm Geld, glaube ich. Wir haben schon einen richtig langen Trip durch Thailand gemacht, waren in Cha Am, Hua Hin, und sogar in Krabi und Phuket.

Eine ganz schöne Strecke, aber wenn man auf dem Beifahrer sitzt, und chauffiert wird, ist es recht bequem. Moo und ihre Schwester saßen hinten. Sie halten ja immer wieder an unterwegs. Die wollen immer einkaufen, die

Thais. Es ischt halt so! Shopping nenne sie es. Das ist etwas Wichtiges für sie. Ich vertrete mir dann die Füße, tut mir auch gut, nach der langen Fahrerei. Das Warten macht mir nichts aus, das passt schon.

Aber eigentlich muss ich gar nicht viel unterwegs sein. Muss auch nicht viel unternehmen oder dauernd etwas tun. Mir gefällt es zuhause. Ich habe mein Hobby, meinen Garten. Wenn man ein Hobby hat, wird es einem nie langweilig. Das solltest du aufschreiben, damit andere etwas davon lernen können. „Wer in Thailand als Rentner leben will, braucht ein Hobby."

Mir fehlt es hier an nichts. Das einzige, was ich bedauere ist, dass ich das nicht schon früher hatte, so ein schönes Leben in Thailand. Jetzt ist die Zeit ja begrenzt. Aber ich genieße jeden Tag. Jeden Morgen, wenn die ersten Sonnenstrahlen in mein Bett fallen, danke ich meinem Herrgott, dass ich gesund bin und hier sein darf.

Perfektes Haus, perfekte Frau

Karl, der sich in Phuket ein schönes Haus gebaut hat, weiß die Vorzüge seiner Thai Frau zu schätzen.

Weißt du, was das Gute an Thai-Frauen ist? Sie sagen nie die ungeschminkte Wahrheit. Sie schmeicheln mir, schmieren mir Honig ums Maul, und das macht sie so süß und unwiderstehlich. Will ich vielleicht hören, dass ich einen fetten Bauch habe, dass meine Haare lichter werden? Das weiß ich selber.

Mit europäischen Frauen lasse ich mich nicht mehr ein. Ihnen fehlt der Respekt. Sie glauben, mir Dinge sagen zu müssen, nur weil sie wahr sind. Diese Wahrheiten sind Gift für jede Beziehung. Da höre ich mir lieber die Schmeicheleien der Thai Frauen an. Natürlich weiß ich, dass das weiße Lügen sind, wie der Engländer sagt, aber diese weißen Lügen tragen zu meinem Wohlbefinden bei. Wenn mir die Asiatin sagt, wie jung ich aussehe, dann fühle ich mich jung. Und wenn sie sagt, wie sexy ich aussehe, dann regt sich da gleich etwas. Und ich fühle mich richtig gut.
Was meinst du, wie sich ein Mann fühlt, wenn er die Wahrheit über seine erschlaffende Gesichtshaut, seine Altersflecken, seine Falten, seine Hängewangen oder sein Doppelkinn hören muss? Ja, da fühlt er sich alt und schlaff. Das ist die normale Reaktion. Kein Wunder, dass sich Männer, die mit einer jungen Thai zusammenleben, um viele Jahre jünger fühlen, trotz allem Ärger. Ich habe schon viele Frauenbeziehungen in meinem Leben gehabt und weiß, wovon ich rede.

Meine erste Frau, sie war einmal meine Jugendliebe, heiratete ich als ich 21 war. Nach der Hochzeit entwickelte sie sich zu einem richtigen Drachen. Sie meinte mir alles, auch die größten Unverschämtheiten, unverblümt ins Gesicht sagen zu müssen. Sie hielt das für Emanzipation. Es war nicht mehr auszuhalten.

Von meiner zweiten Partnerin habe ich ein Kind. Diese Frau legte auch größten Wert darauf, mir die Wahrheit zu sagen, was mich betraf. Aber sie hielt es nicht für nötig mir zu sagen, dass sie die Pille absetzte.

Aus allen weiteren Beziehungen habe ich eine Menge gelernt, war aber nie wirklich glücklich.

Als ich eine Chinesin heiratete, lernte ich die asiatische Liebenswürdigkeit kennen. Diese Frau war nicht nur sanft und unterwürfig, sondern auch leidenschaftlich und temperamentvoll. Leider machte ich den Fehler, sie nach Europa mitzunehmen. Dort verlor sie alles Asiatische und wurde selbstgefällig und geldgierig. Als sie es vorzog, die Zweitfrau eines reichen Hongkonger Geschäftsmannes zu werden, war es aus mit unserer Ehe. Doch ihr bin ich dankbar, denn durch sie habe ich Asien entdeckt.

Jetzt lebe ich in Thailand, bin 65 Jahre alt, mit Araya verheiratet und war noch nie so glücklich in meinem Leben.

In vielen Urlauben kam ich nach Thailand und es wurde mir immer klarer, dass ich hier meinen Lebensabend verbringen wollte und zwar in einem schönen eigenen Haus und mit einer liebenswerten jungen Frau. Als mein bester Freund und drei meiner Kollegen starben, noch bevor sie das Rentenalter erreichten sagte ich mir: Karl, wenn du noch etwas von deiner Pension haben willst, arbeite dich nicht kaputt sondern höre mit der Arbeit auf und genieße das Leben, wie du es dir erträumt hast.

Das zog ich durch. Ich verkaufte mein Haus in Europa und kam nach Thailand. Phuket, Bangkok, Chiang Mai und Pattaya kamen für mich als Wohnorte in Frage. Ich entschied mich für Phuket, vor allem, weil ich hier schon die meisten Bekannte hatte. Auch gab es Direktflüge von Frankfurt nach Phuket.

In einer sicheren Wohnsiedlung ließ ich ein solides Haus nach europäischen Maßstäben bauen. Ich plante alles sorgsam und überwachte den Bau persönlich. Als allererstes ließ ich mir einen kleinen Bungalow mit Klimaanlage hinstellen, in dem ich während der Bauzeit wohnte. Dieser Bungalow dient mir heute als Büro. Ich legte Wert auf ein solides Fundament. Die Wände wurden aus teuren, aber gut isolierenden Ytong Steinen gemauert. Die doppelverglasten Fenster und die massiven Türen ließ ich aus Deutschland importieren. Der Dachstuhl ist mittels aufgespritztem Bauschaum effektiv isoliert. Auch auf eine Blitzschutzanlage legte ich größten wert. Jetzt hoffe ich, dass Fangeinrichtungen, Ableitungsanlage und Erdungsanlage im Notfall ihren Dienst tun.

Besonders stolz bin ich auch auf die Inneneinrichtung, speziell die Küche. Denn ich bin ein passionierter Hobbykoch. Die Küche ist nach deutschem Standard eingerichtet, mit Backofen, Spülmaschine, Gasherd mit vier Kochstellen und Dunstabzug. Ich halte das Haus immer klimatisiert, um in einer angenehmen Raumtemperatur zu leben und um Feuchtigkeit und Schimmelpilz zu vermeiden. So ein Haus ist nie ganz fertig. Immer gibt es noch etwas zu verbessern. Jetzt bin ich gerade dabei, den Whirlpool zu installieren und die Taubenabwehr zu verbessern. Doch das meiste ist schon perfekt, fast perfekt.

Und dazu habe ich die perfekte Frau gefunden, die fast perfekte.

Ja die Frau! Die muss ich nehmen wie sie ist. Da lässt sich nicht mehr viel ummodeln oder Fehler ausmerzen. Aber ich denke, Araya ist eine gute Frau. Deshalb habe ich sie auch geheiratet. Und sie liebt mich. Zumindest sagt sie das oft.

Ich bewundere ihre Anpassungsfähigkeit. Ich staune, wie schnell sie lernt. Arayas Eltern haben noch nie einen Stuhl benutzt, noch in keinem Bett geschlafen. Sie fühlen sich wohl, wenn sie auf dem Boden sitzen und auf einer Strohmatte liegen. In ihrem Elternhaus gab es keine warme Dusche, keine Waschmaschine, keinen Kühlschrank. Noch nicht einmal ein WC hatten sie, nur ein Plumpsklo im Hof. Und jetzt wird diese Frau in ein hypermodernes Haus katapultiert und innerhalb weniger Wochen findet sie sich bestens zurecht, als sei sie in einem ähnlichen Milieu aufgewachsen. Da kann man nur staunen!

In der Küche haben wir keine Probleme. Sie isst die deutschen Gerichte, die ich zubereite, und sagt, dass sie ihr schmecken. Naja, sie macht sie mit einer Menge Cilly und scharfen Soßen für sich essbar. Und ich esse gerne ihre Thai Gerichte, wenn sie mir das Essen serviert, bevor sie es für sich schärft.
In der Öffentlichkeit haben wir auch keine Probleme. Araya hat sich daran gewöhnt, dass ich sie küsse und ihr meine Zuneigung zeige. Ich glaube, sie ist stolz darauf, mit mir gesehen zu werden.
Und im Schlafzimmer! Da haben wir auch keine Probleme, haha. So etwas Tolles habe ich in meinem ganzen Leben noch nie erlebt!
Du siehst, Araya ist die perfekte Frau.

Nur manchmal kommen mir Zweifel, ob sie mich auch so sehr liebt wie ich sie liebe. Oder liebt sie nur mein Geld?
Nein, ich glaube, sie liebt mich wirklich.
Was meinst du?

Ein großartiges Geschenk

Detlev wurde mit 70 Vater und erzieht seinen kleinen Sohn alleine.

Zwölf Jahre war ich mit einer Thai Frau verheiratet und wir lebten elf Jahre glücklich und zufrieden in Deutschland. Ich adoptierte eine ihrer Töchter, die sie mit in die Ehe brachte, zog sie groß und behandelte sie wie mein eigenes Kind. Auch ihre beiden Söhne, die bei einer Tante in Thailand lebten, unterstützte ich finanziell. Dem einen finanzierte ich das Studium, dem anderen kaufte ich ein Taxi, so dass er selbst für seinen Lebensunterhalt sorgen konnte.

Es war immer mein Wunsch, wenn ich in Rente bin, will ich in Thailand leben. Meine Frau war aus der Nähe von Bangkok und ich lernte sie in Pattaya kennen. In dieser Gegend wollte ich aber nicht meinen Ruhestand verbringen. Ich wollte lieber in den Norden, nach Chiang Rai. Das war auch meiner Frau recht, denn ihre Familie lebte in einem Dorf, nicht gar zu weit von Chiang Rai entfernt.
Leider machte ich den Fehler, wie ihn 90% aller Farangs in einer ähnlichen Situation machen. Ich kaufte Land und baute ein Haus, alles auf den Namen meiner Frau. Man hat Vertrauen, in Deutschland hat ja alles geklappt. Ich brachte ihr nicht nur die deutsche Sprache bei sondern auch unsere Arbeitstugenden und Moralvorstellungen. Aber sobald wir in Thailand waren, war sie wie umgedreht. Als hätten wir niemals wie ein normales Ehepaar zusammen gelebt, als hätte sie nie etwas von deutscher Pünktlichkeit, Ehrlichkeit, Sauberkeit und Zuverlässigkeit gehört! Sie verfiel wieder in ihren alten Pattaya-Trott und war als Ehefrau nicht mehr zu gebrauchen.

Das war eine herbe Enttäuschung für mich. Jetzt hatten wir ein wunderschönes Haus, alles nach deutschen Wertmaßstäben gebaut, solide und praktisch. Es hat doppelte Wände in denen die Luft eine Isolierschicht bildet und ist deshalb immer angenehm kühl. Die Elektrik habe ich selbst installiert, da wollte ich mich auf keinen Fall auf Thais verlassen. Auch die Wasser- und Gasleitungen habe ich selbst gelegt. Das Haus ist sehr geräumig, zweistöckig und steht in einem schönen Garten mit großen Mangobäumen.

Als meine Thai Frau ihren 50. Geburtstag hinter sich hatte, verweigerte sie jeglichen Sex. Sie erklärte mir, dass das in Thailand so ungeschriebenes Gesetz sei. Mit 50 habe sie ihre Pflicht erfüllt. Sie sagte: „Du haben genügend Geld, du können bezahlen andere Frau." Sie schickte mich also tatsächlich ins Bordell.

Das ist das Problem bei Thai Frauen. Anfangs machen sie alles, um einem Mann zu gefallen, um ihn zufrieden zu stellen. Aber von vielen Bekannten habe ich gehört, dass sie den Eindruck haben, dass die Thai Frauen gar keine Lust beim Sex haben. Küssen mögen die Thais ja gar nicht, das kann ich mit Sicherheit sagen. Und ob sie Spaß beim Sex haben oder nur so tun, das kann ich nicht genau beurteilen. Gefragt habe ich noch keine. Aber den Eindruck hatte ich oft. Sie tun es, um dem Mann zu Diensten zu sein. In der Ehe ist es ihre Pflicht, und außerehelich bekommen sie dafür Geld. Aber richtig Lust scheinen nur wenige zu haben. Sicher gibt es Ausnahmen, aber wenn man hier lebt und einige Erfahrung hat und mit anderen redet, kann man sich schon ein gewisses Urteil erlauben. Die anderen Farangs lachten nur: „Jetzt weißt du, warum wir wesentlich jüngere Thai Frauen oder eine Deutsche haben. Deutsche legen mit 50 erst so richtig los, bei Thais ist mit 50 der Ofen aus."

Jetzt hatte ich also mein Traumhaus gebaut auf den Namen der Frau, und die wollte sich von mir scheiden lassen. Nach thailändischem Recht hatte ich schlechte Karten, da hier noch das Schuldprinzip gilt. Und ich ging ja fremd.

Sie spekulierte also auf das Haus und die Hälfte meines Vermögens. Aber ich hatte einen guten Anwalt und er erreichte, dass alles geteilt wurde. Wollte ich das Haus behalten würde mir also nichts anderes übrig bleiben als in den sauren Apfel zu beißen und die Hälfte des Hauswertes nochmals auszugeben um sie auszuzahlen. Aber dann fiel ihr ein, dass sie das Haus behalten und mich auszahlen wollte. Bei der Gerichtsverhandlung hatte sie aber nicht das Geld dabei, da ihre Verwandten ihr so viel nicht leihen wollten. Der Richter schlug vor, dass ich ein 30-jähriges Wohnrecht in dem Haus bekomme, und dass es nach 30 Jahren an sie oder ihre Nachkommen überginge. Dem stimmten wir zu, und so kann ich in dem Haus wohnen, bis ich 100 Jahre alt bin, dank der Sekretärin, die großzügig aufrundete. Das ist für mich ein großer Ansporn gesund zu bleiben und alt zu werden. Ich will das Wohnrecht schließlich ausnutzen.

In einer Bar lernte ich eine junge Frau kennen, mit der ich mich gut verstand. Sie wollte gerne bei einem netten Farang einziehen und für ihn sorgen. Also nahm ich sie zu mir. Nach einem Jahr nahm das Lügen und Betrügen aber solche Ausmaße an, dass ich sie rausschmeißen musste.
Wieder war ich allein. Aber alleine wollte ich nicht wohnen. Ich hatte ein großes Haus und genügend Geld, um in Thailand zu leben, nicht aber für Deutschland. In Deutschland hatte ich gar nichts mehr.

Also schaute ich mich im Internet um, wie man das heutzutage so macht.

Ich flog einige Male nach Bangkok um mich mit Frauen zu treffen. Und tatsächlich war eine dabei, die mir gefiel. Sie studierte Englisch an einer Universität, sprach es zwar nicht gerade gut, aber wir konnten uns verständigen. Sie war Christin und hieß Lissi. Sie versprach mir alles, was ich hören wollte, zog über all ihre Freundinnen her, die logen, betrogen, Drogen nahmen und ihr Geld auf eindeutige Weise verdienten. Sie entrüstete sich so über diese Eigenschaften, dass ich wirklich glaubte, sie sei anders. Da sie Christin war und sehr stolz darauf, glaubte ich auch, sie hätte etwas von den christlichen Wertvorstellungen intus und würde nicht so sehr dem Geisterzauber frönen, wie ich es von anderen Thai Frauen kannte.

Tatsächlich war sie aus dem Norden und gehörte dem Bergstamm der Lahu an. Vor etwa 20 Jahren wurde ihr ganzes Dorf von einem amerikanischen Missionar christianisiert. Wir besuchten ihre Eltern in den Bergen. Diese waren froh, dass ihre zweite Tochter einen eigenen Farang hatte und sie in der Nähe leben würde. Die ältere Tochter war mit einem Engländer verheiratet, der finanzierte meiner Freundin bis dahin das Englisch Studium in Bangkok. Wie sich später herausstellte, studierte sie aber nicht eifrig, fiel durch alle Prüfungen und trieb sonst weiß was ich, nur nicht studieren. Sie war zwar nicht dumm, aber faul und nicht am Lernen interessiert.

Als ich sie kennenlernte war sie 35 und ich 69. Sie hatte noch keine Kinder. Und wie das so ist bei Frauen, sie wollte unbedingt Kinder haben. Sie sah ihre biologische Uhr schon ablaufen. Wenn ich sie bei mir behalten wollte, blieb mir nichts anderes übrig, als ihr diesen Wunsch zu erfüllen. Sonst hätte sie sich nach einem anderen Vater für ihre Kinder umgesehen, das war mir klar.

Aus erster Ehe mit einer deutschen Frau habe ich zwei Kinder. Ich sehnte mich immer so sehr danach, mit ihnen Kontakt zu haben. Aber meine Ex erlaubte es ihnen nicht. Selbst als sie schon längst erwachsen waren, drohte sie, dass sie nie mehr ihr Haus betreten dürften, falls sie mit ihrem Vater Kontakt aufnähmen. Meine Adoptivtochter, die Tochter meiner Ex-Thai-Frau, blieb in Deutschland und ging ihre eigenen Wege. Ich hatte also keine Familie mehr und sehnte mich nach Familie, denn im Grunde meines Wesens bin ich ein Familienmensch.

So wurde ich mit 70 nochmals Vater. Ich war glücklich. Ich versuchte meiner Frau beizubringen, wie man mit Babys umgeht. Sie wollte meistens nicht auf mich hören, obwohl sie keine Erfahrung mit Kindern hatte. Auch fehlte es ihr total an Liebe zu dem Kind. Wenn Kevin schrie, bekam sie Zustände, und so nahm immer ich den kleinen Wurm auf den Arm, schaukelte und beruhigte ihn. Selbst schlafen konnte sie nicht mehr neben ihrem Baby ohne auszurasten. Also zog ich mit dem Baby ins Gästezimmer. Zum Glück war das Haus groß genug.

Sie bekam massive psychische Störungen, hatte Verfolgungswahn und wollte sich umbringen. Einmal konnte ich sie knapp davor noch retten. Sie kam in Behandlung, zwischendurch wurde es besser, aber immer wieder hatte sie Rückfälle. Manchmal war sie ganz euphorisch und verhätschelte unser Kind, dann wieder wurde sie aggressiv und hatte Wahnvorstellungen. Und immer wieder diese Depressionen!

Von einem ihrer Ärzte erfuhr ich, dass sie Drogen nahm. Und ihre psychischen Probleme waren eine Folge von Drogen. Vor allem Yaba nahm sie regelmäßig. Ich habe jetzt einiges darüber gelesen, und weiß, welche Folgen dieser Drogenkonsum haben kann. Wenn man Erfahrung hat, kann man erkennen, ob jemand Drogen nimmt oder nahm. Aber ich hatte damals null Erfahrung damit.

Das ist der wichtigste Rat, den ich jemand geben kann und er steht bis jetzt noch in keinem der schlauen Bücher.

Also schreibe es auf: „Lass dich mit keiner Thai ein, die in irgendeiner Art süchtig ist. Vor allem recherchiere sorgfältig, ob sie Drogen nimmt oder nahm."

Mit dieser Frau wurde das Zusammenleben immer schwieriger. Alles wurde Lissi zu viel, das Kindergeschrei machte sie verrückt. Einmal fiel mir auf, wie das Kindergeschrei ganz abrupt aufhörte. Als ich ins Schlafzimmer ging um nachzuschauen sah ich, dass Lissi ein Kissen auf Kevins Gesicht presste und versuchte ihn zu ersticken. Ich riss sie weg. Kevin war schon blau im Gesicht, aber als ich ihn hochnahm und ihm auf den Rücken klopfte, machte er einen Schnapper. Er lebte, ein Stein fiel mir vom Herzen.
Ich musste mich sehr zusammennehmen, um nicht auf diese Frau einzuschlagen. Aber es gelang mir, nur zu schreien und sie rauszuschmeißen. So lebte ich also wieder ohne Frau. Aber ich hatte Kevin und wurde mit 73 alleinerziehender Vater. Es gab natürlich ungeahnte Probleme mit dem Sorgerecht, Besuchsrecht etc. Aber da Kevins Mutter nicht zurechnungsfähig war, wurde ihr das Sorgerecht entzogen und er darf nun bei mir aufwachsen. Sie darf ihn niemals alleine haben, nur wenn sie mit ihrer Schwester zusammen ist. Die Schwester, also die, die mit dem alten Engländer verheiratet ist, scheint ganz in Ordnung zu sein.
Jetzt wohne ich also alleine mit meinem kleinen Kevin in dem großen Haus. Er ist die Freude meines Alters. Als ich ihn mit drei Jahren in meine alleinige Obhut übernahm, war er noch nicht sauber. Seiner Mutter war es egal, wohin er kackte. Innerhalb von zwei Monaten hatte ich ihn so weit. Jetzt spricht er auch fließend Deutsch und Englisch. Wenn ihn jemand auf Englisch anspricht, antwortet er auf Englisch, mit Deutschen spricht er deutsch.
Mit der Thai-Sprache hat es anfangs gehapert, seine Mutter hat sich nämlich geweigert, Thai mit ihm zu sprechen, obwohl ich es von ihr verlangte. Aber sie tat es

einfach nicht. Sie war stolz darauf, englisch zu sprechen, weil sie ja Englisch studiert hatte, es aber nicht gut konnte. Thai war ja auch nicht die Muttersprache von Lissi. Ihre Muttersprache war Lahu. Aber sie konnte Thai, weil sie ja auf eine thailändische Schule gegangen war.

Als Kevin in den Kindergarten kam, wurde nur Thai gesprochen. Das war anfangs ein Theater! Er schrie, und wollte einfach nicht dort bleiben. Er rannte mir nach, und sie mussten ihn festhalten oder ablenken. Doch ziemlich schnell hat er sich eingewöhnt, und jetzt spricht er auch gut Thai, sagen jedenfalls seine Lehrer. Ja, die Kindergarten-Erzieher in Thailand wollen Lehrer genannt werden. An diesen Lehrern stört mich, dass sie selbst nicht richtig Thai reden. Statt einem R sagen sie ein L, oder sie lassen das R ganz weg. Sie sagen z. B. *khop khun kap* statt *khop khun krap*. Das habe ich einmal einem Lehrer gesagt, ich will schließlich, dass mein Kevin korrektes Thai lernt. Aber der Lehrer hat nur gelacht.
Täglich spricht mein Kevin mehr. Es macht mir solche Freude, seinen Fortschritt mitzuerleben, zu registrieren, wie sein Wortschatz von Tag zu Tag wächst. Bei meinen ersten Kindern war alles selbstverständlich. Deren Fortschritte habe ich kaum registriert. Zu der Zeit musste ich auch arbeiten und war nicht viel zuhause. Ich hatte damals meistens zwei Jobs gleichzeitig, um die Familie zu ernähren und das Haus abzuzahlen.

Jetzt habe ich Zeit und kann die Entwicklung meines Kevins bewusst erleben. Jeden Abend erzähle ich ihm etwas über ein anderes Thema. Über den Kosmos, die Gestirne, über die Französische Revolution oder über Afrika. Oft informiere ich mich im Internet über die Themen, über die ich ihm dann abends erzähle. Ich weiß, dass er vieles noch nicht versteht, aber ich glaube, beim Einschlafen dringt das in sein Gehirn, es wird im Unterbewusstsein gespeichert, und später wird er eine

Menge wissen oder sich für die verschiedensten Themen interessieren. Manchmal erzähle ich ihm auch Märchen, Hänsel und Gretel, Schneewittchen oder der Wolf und die sieben Geißlein. Nicht so ausführlich, wie das in einem Buch steht, sondern in Kurzform. Ich lese nie vor, ich erzähle immer, und ich habe eine Menge zu erzählen. Wenn ich denke, dass er eingeschlafen ist höre ich auf. Dann murmelt er oft: „Erzähl weiter, Papa." Es kommt dann nicht mehr so sehr auf den Inhalt an, er will einfach meine Stimme hören. Kevin folgt mir aufs Wort. Er ist wirklich ein guter Junge. Ich muss ihn nie bestrafen, selten mit ihm schimpfen oder ihn anschreien. Wenn ich ihm ein bestimmtes Verhalten antrainieren will, gebe ich ihm eine Kleinigkeit dafür, wenn er das tut, was ich will. Meistens reicht es schon, wenn ich ihm über den Kopf streiche und ihn lobe. Deshalb kann ich ihn überall mit hinnehmen, er kann sich gut benehmen. Selbst zum Stammtisch nehme ich ihn mit. Wer sollte sonst auf ihn aufpassen? Nicht, dass er dann still in einer Ecke sitzen und sich nicht mucksen würde. Er ist ein lebhaftes Kind und bekommt schnell mit den anderen Männern Kontakt. Er spricht mit ihnen, macht Späße oder bringt sie dazu, dass sie mit ihm spielen. Alle sind von meinem Kevin begeistert. Er kann auch schon ganz manierlich essen, wenn ich ihm das Fleisch oder die Wurst kleinschneide. Nicht mit Messer und Gabel, das lehre ich ihn erst später, aber mit dem Löffel. In einem Restaurant macht er keine Probleme. Er sagt deutlich, was ich ihm bestellen soll, und meistens isst er den ganzen Teller sauber auf.

Wenn ich ihn vom Kindergarten abhole, treffe ich oft die Mütter anderer Kinder. Die Ausländerinnen unterhalten sich gerne mit mir, ich weiß auch nicht warum. Jetzt kenne ich schon eine Chinesin, eine Russin und eine Engländerin. Alle haben mehr Probleme mit ihren Sprösslingen als ich, obwohl sie junge Mütter und nicht alte Väter sind.

Mein einziges Problem ist die Zukunft von Kevin. Finanziell habe ich für ihn gesorgt, aber er kann erst über das Geld verfügen, wenn er 20 Jahre alt ist. Wie immer ich es anders regeln würde, in Thailand, kann ich niemand trauen, dass er das Geld nicht für sich sondern für das Kind verwendet. Aber was wird aus ihm, wenn ich einmal sterben werde? Ich möchte gar nicht daran denken.

Manchmal denke ich, das deutsche Schulsystem wäre besser, und ich habe sogar schon mit dem Gedanken gespielt, mit Kevin in Deutschland zu leben. Aber das übersteigt meine finanziellen Möglichkeiten. Hier kann ich mietfrei in meinem Haus leben, die Lebenshaltungskosten sind günstig. Und es lebt sich ganz gut in Thailand, solange man keine Thai Frau ins Haus lässt. Ich glaube, in Thailand in die Schule zu gehen und hier zu studieren, ist auch nicht so schlecht. Ich habe einige gescheite Professoren und Ärzte kennen gelernt, und die haben auch nur in Thailand studiert.

Ich lege jetzt die Basis für Kevins Leben, und hoffe, dass ich ihm genügend für seine Zukunft mitgeben kann. Noch fühle ich mich gesund und fit und sicher wird das noch viele Jahre so bleiben. Im Augenblick bin ich einfach nur glücklich mit dem Kind. Jeden Tag bin ich aufs Neue dankbar für dieses großartige Geschenk in meinem Alter.

Mir gefällt das einfache Leben

Der 72-jährige Doktor der Religions-Wissenschaft, der aus gutem Grund seinen Namen nicht nennen will, lebt von einer minimalen Rente recht zufrieden im Süden Thailands.

Ich kam mit einem Oneway Ticket nach Thailand. Das ist schon viele Jahre her, ich weiß gar nicht mehr, wie lange ich schon in Thailand lebe.
Wie ich heiße und woher ich komme möchte ich Ihnen nicht sagen.

Ich habe einmal in Marburg Religions-Wissenschaften studiert und über Mystik im Christentum, Islam und Buddhismus promoviert. 17 Jahre lang hatte ich eine Anstellung in einer Einrichtung der Erwachsenenbildung bei einer kirchlichen Organisation. Doch dann habe ich selbst gekündigt und bin wegen einer Frau nach Berlin gezogen. Ab da ging es abwärts. Ich war arbeitslos. Arbeitslosenhilfe, Arbeitslosengeld, Hartz IV und was der deutsche Staat sonst an Sozialleistungen bietet, wollte ich nicht annehmen. Schließlich war es mein eigener Fehler, zu kündigen und ich hätte auch wissen können, dass es mit Religionswissenschaften nicht so leicht ist, Geld zu verdienen. In der Uni hatte ich keine Chancen mehr, ich war schon zu lange weg von der wissenschaftlichen Arbeit, und im sozialen Bereich bevorzugten sie auch Jüngere. Die Frau, wegen der ich meine Anstellung gekündigt hatte, gab mir den Laufpass. Ich war auch wirklich unerträglich in der Zeit, total unzufrieden und wollte mich um keinen Preis von ihr aushalten lassen. Deshalb habe ich immer wieder gejobbt, hier Nachhilfe gegeben, da ein Feriencamp geleitet und mich mit Gelegenheitsarbeiten über Wasser gehalten. Aber in die

Rentenkasse habe ich nichts mehr einbezahlt. Das war sicher ein Fehler.

Gleich nach dem Tsunami kam ich nach Thailand um als Volunteer beim Aufräumen und Aufbauen zu helfen. Dieses Land hat mir so gut gefallen, dass ich hier hängen blieb. Ich arbeitete später in den verschiedensten Projekten als Freiwilliger, in Kinderheimen und in Schulen, aber arbeiten um Geld zu verdienen, das geht in Thailand nicht ohne Arbeitserlaubnis. Ein Workpermit bekommt so einer wie ich nicht. Jetzt bin ich 72 Jahre und zu alt, um als Volunteer zu arbeiten. Ich wäre für das Projekt eine größere Belastung als eine Hilfe. Man muss wissen, wann man aufhören muss.
Der Buddhismus hat mich schon während meines Studiums fasziniert und ich habe in Thailand während vieler Retreats das Meditieren gelernt. Auch lebe ich immer mal wieder in einem buddhistischen Kloster. Als Mann kann man übrigens immer in einem Kloster unterkommen, wenn man sich an die Ordensregeln hält. In einem Kloster habe ich auch etwas Thai gelernt.

Seit ich 65 Jahre bin geht es mir richtig gut. Ich bekomme 584 Euro Rente, da ich 20 Jahre in Deutschland regulär gearbeitet und in die Rentenkasse eingezahlt habe. Das ist weit mehr, als ein thailändischer Lehrer hier verdient. Davon kann ich leicht das kleine Zimmer hier auf der Insel Phuket bezahlen und mir jeden Tag drei einfache Thai-Essen aus einer Garküche leisten. In einem Second Hand Shop bekomme ich für ein paar Baht anständige Kleider, auch in meiner Größe. Mir gefällt das einfache Leben.
Dass ich ausgerechnet im berüchtigten Patong wohne hat seinen Grund. Hier falle ich am wenigsten auf, weil hier sehr viele Europäer leben. Und auffallen darf ich nicht. Ich habe nämlich kein Visum. Dafür reicht das Geld

meiner Rente bei Weitem nicht. Auch mein Reisepass ist schon seit Jahren abgelaufen. Die vielen Angebote, die Patong bietet, wie Bars, Restaurants oder Shows nehme ich nicht wahr. Das brauche ich nicht und dazu hätte ich sowieso kein Geld.

Das Schlimmste wäre für mich, festgenommen und abgeschoben zu werden. In Deutschland von Hartz IV leben zu müssen, würdelos und verachtet, das kann ich mir nicht vorstellen.

Patong ist außerdem ein krasser Gegensatz zu der Abgeschiedenheit des Klosters, in dem ich mich häufig aufhalte. Noch brauche ich die Abwechslung. Mein Kloster ist nicht gar zu weit von Phuket entfernt und liegt direkt am Meer. Schöner kann man es sich gar nicht vorstellen. Der Abt schätzt mich sehr, spricht gut Englisch und wir verbringen viele Stunden, um über Gott, Buddha und die Religionen zu diskutieren. Wie das Kloster heißt und wo es liegt möchte ich Ihnen nicht verraten. Ich will weder den Abt noch mich in Schwierigkeiten bringen.

Langweilig ist mir nie und ich fühle mich nie einsam. Ich glaube sagen zu können, dass ich in mir ruhe, wenn Sie verstehen was ich meine. Wer Meditieren gelernt hat, ist niemals alleine, er ist immer bei sich. Ich bin zufrieden in Thailands Süden und hoffe, auch die letzten Jahre meines Lebens hier verbringen zu dürfen. Vor dem Sterben habe ich keine Angst, der Tod gehört zum Leben wie die Geburt. In der Meditation bereite ich mich auf diesen Übergang vor. Jedes Lebewesen wird einmal sterben. Wenn ich diesen Körper verlasse, wird er verbrannt und die Asche wird ins Meer gestreut.

Jeden Abend gehe ich an den Strand und betrachte, wie die Sonne im Meer versinkt. Und ich weiß, dass die Sonne am nächsten Morgen wieder aufgehen wird. So ist das ganze Leben — ein Kommen und ein Gehen.

Sozial engagierter Rechner

Michael R. Böder, der sich für sozial Benachteiligte im Norden Thailands engagiert, hat Chiang Mai als Rückzugsort für sein Alter gewählt und den Weg dorthin von langer Hand vorbereitet

Ich kann gar nicht fassen, dass das Glück mir so hold ist und dass ich hier sein darf. Fünfzehn Jahre arbeite und lebe ich schon in Thailand, habe meine zweite Frau hier gefunden und leiste aktive Entwicklungshilfe. Ich liebe dieses Land, ich liebe meine Frau und ich liebe mein Leben.

Ich ging nicht von einem Tag auf den andern nach Thailand. Das war ein jahrelanger Prozess, seit 1984 kam ich immer wieder in dieses Land. Von 1988 bis 1991 arbeitete ich bei der YMCA von Chiang Mai als Entwicklungshelfer. Doch erst im Jahre 2007 beschloss ich, Deutschland ganz hinter mir zu lassen und noch einmal ein neues Leben anzufangen.

Wenn man ein Leben lang auf der Sonnenseite war, muss man irgendwann schauen, dass man etwas zurückzahlt. Denken Sie nicht auch so? Und diese Gelegenheit habe ich jetzt und nutze sie. Ich war schon immer ein Idealist, und so fiel mir die Entscheidung nicht schwer, meine Immobilien zu veräußern, um damit etwas Sinnvolles zu tun. Sinnvoll hieß für mich, das Geld so zu investieren, dass es anderen, Bedürftigen, hilft. Deshalb gründete ich meine eigene Hilfsorganisation „Hilfe zur Selbsthilfe GmbH" und setzte so mein Geld sinnvoll ein. Mein Vater war Kaufmann und klar kalkulierender Rechner. Meine Mutter achtete darauf, dass unser Personal seine Rechte bekam, sie war immer sozial engagiert. Ich habe von beiden Elternteilen etwas. Ich bin sozial engagierter Rechner.

Mein Drang zu sozialem Engagement zeigte sich schon in jungen Jahren. Damals war es sehr ungewöhnlich als Unternehmer Mitglied der SPD zu sein. „Das geht doch nicht", protestierte mein Vater immer wieder. „Auch die Teilnahme an Demonstrationen sollte sich für dich verbieten. Du sollst einmal die Firmenleitung übernehmen, wie passt das zusammen?" schimpfte er.

Soziales mit unternehmerischem Handeln zu kombinieren, gehört heute bei vielen Firmen zur Firmenpolitik, hebt das Image. Früher sah man das ganz anders. Doch ich war meiner Zeit voraus und erkannte schon recht früh: Soziales und Gewinnabsicht schließen sich nicht aus, so wie Ökonomie und Ökologie sich nicht gegenseitig ausschließen. In diesem Sinne handelte und arbeitete ich, mit der Unterstützung meiner ersten Frau Gundula.

Die Gesellschaft und die Gesetzgebung honorierten soziales Engagement steuerlich, wie z.B. die Rettung von alter Bausubstanz in der Denkmalspflege. An zwölf Sanierungsobjekten haben wir über die Jahrzehnte gearbeitet, und später an dem mühseligen Aufbau Ost. Auch die Tätigkeit in der Entwicklungshilfe ist gesellschaftlich gewollt und daher steuerfrei. Reichtümer kann man dabei nicht erwerben. Soziales Engagement stellte für viele Firmen kein gewinnbringendes Beschäftigungsfeld dar. Für mich schon. Immobiliengeschäfte beim Aufbau Ost über fast zehn Jahre haben sich auch finanziell gelohnt. Für mich ist das der Beweis, dass sich Soziales und Gewinnbringendes kombinieren lassen. Dass uns das gelungen ist, darauf sind meine frühere Frau Gundula und ich sehr stolz.

Als das Rentenalter und die Vermögensübergabe an unsere Kinder anstanden, war es für mich an der Zeit, endgültig nach Thailand zu gehen. Leider wollte meine Frau nicht dabei sein. So ist das im Leben, man kann nicht alles planen. Es kommt oft anders als man es sich wünscht.

Zwei Jahre suchte ich nach einer sinnvollen Aufgabe und nach einer neuen Partnerin in Thailand. Wie ich sie gefunden habe, erzähle ich Ihnen später. Ohne diese, meine zweite Frau, Amphorn, hätte ich es vielleicht nicht geschafft, mir hier ein neues Leben aufzubauen. Vielleicht wäre ich auch nicht in dem Maße motiviert gewesen. Amphorn wurde also mein Antrieb und meine Stütze.

Amphorn ist jetzt eine Thai. Ja, Sie haben richtig gehört. Sie sieht zwar aus wie eine Thai, spricht Thai, ich habe sie in Thailand kennengelernt. Aber sie hat erst seit einem Jahr die Thai Staatsbürgerschaft. Zuvor war sie eine Staatenlose. Sie wurde im Grenzgebiet zwischen Thailand und Burma geboren. Ihre Eltern kamen vom Shan Staat. Sie gehören der Volksgruppe der Tai Yai an. Da wurde so allerhand getrickst, damit sie in Thailand leben konnten. Es gibt keine Geburtsurkunde und ich habe noch nicht genau herausbekommen, wie alt Amphorn tatsächlich ist. Auf ihren Papieren steht 29. Sie selbst hat mir gestern gesagt, sie sei 42. Ich schätze, irgendwo dazwischen wird ihr Alter liegen. Immerhin ist ihre älteste Tochter schon 15 Jahre.

Die thailändische Staatsbürgerschaft für Amphorn zu bekommen hat uns Jahre gekostet. Informationen einholen, gegensätzliche Auskünfte bekommen, auf Ämter rennen, Anträge stellen! Sie können sich nicht vorstellen, wie langsam die Bürokratie in Thailand mahlt und wie mühsam es ist, mit den Beamten klar zu kommen. Aber die Staatsbürgerschaft ist die Voraussetzung, dass man heiraten kann. Und heiraten wollten wir.

Ich dachte immer, heiraten sei ein Menschenrecht. Jeder Mensch soll doch heiraten dürfen. Aber das stimmt nicht. Ohne die richtigen Papiere läuft nichts.

Endlich bekamen wir den hilfreichen Tipp - das Innenministerium.

Tatsächlich hat es geklappt, und dann stand der Heirat nichts mehr im Wege. Fünf Jahre war ich mit meiner Partnerin zusammen und endlich hatten wir alle Papiere für die Eheschließung. Das Standesamt in Seelze bei Hannover war sehr hilfreich, mich durch den Irrgarten einer interkulturellen Heirat zu leiten.

Das Ja-Wort gaben wir uns in Bang Rak. Der thailändische Standesbeamte war freundlich und es ging alles unkompliziert und problemlos. Bang Rak ist ein Distrikt von Bangkok, nicht weit von der Deutschen Botschaft entfernt. Das Standesamt dort arbeitet direkt mit der Botschaft zusammen. Amphorn gefiel auch der Name Bang Rak sehr gut, denn es heißt so viel wie "Ort der Liebe".

Obwohl Amphorn viel jünger ist als ich, empfinde ich sie als reif und vernünftig. Manchmal ist sie vernünftiger als ich. Im Gegensatz zu anderen Thai Frauen, die ich kennengelernt habe, ist sie recht verantwortungsbewusst. Bei ihr stimmt eigentlich alles. So viel Glück haben die wenigsten, ich weiß das zu schätzen. Endlich war ich also mit diesem Juwel verheiratet und wir konnten uns mit gemeinsamer Kraft meinen Projekten widmen.

In Deutschland habe ich schon 2006 die „Hilfe zur Selbsthilfe" als eine gemeinnützige GmbH gegründet. Hier nennen wir sie kurz „Helfen-Germany". In diese Gesellschaft fließt all mein Geld und der Nießbauch, den ich vom Verkauf und der Übertragung der Immobilien habe, sowie ein Teil meines Erbes. Meine erste Frau und meine Kinder kommen nicht zu kurz. Ich wollte keine Stiftung, bei der nur über die Zinsen des festgelegten Geldes verfügt werden kann und über alle Ausgaben ein „Boardmeeting" gehalten werden muss. So bin ich in der glücklichen Lage, Kopf einer Organisation zu sein und über genügend Geld frei verfügen zu können und nicht darum betteln zu müssen. Nein, Fundraising, wie die Amerikaner das nennen, liegt mir gar nicht mehr.

Ich arbeite immer mit NGOs, Non Government Organisations, also Hilfsorganisationen zusammen. Zurzeit ist Genesis, eine christliche Organisation, Hauptträger eines Projektes. Wir bauten zusammen ein großes Haus, in dem unterprivilegierte Kinder gemeinsam leben können.

Mir ist es wichtig, lokale Fachkräfte einzusetzen, um vor Ort zu fördern. Ich bezahle nur die Hälfte der Kosten für das Personal, die andere Hälfte muss die Organisation dazu zahlen. Dieses System hat sich gut bewährt. Ausländische Volontäre vermittle ich im Allgemeinen nicht. Es ist zu mühsam, junge Menschen, die noch gar nicht reif sind und nichts von der Thai Kultur wissen, anzulernen. Nur einmal machte ich eine Ausnahme, weil ein guter Freund mich darum bat. Nadja aus Karlsruhe wollte als Freiwillige arbeiten und ich brachte sie in die Schools of Hope. Es waren aber Ferien, sie konnte nicht ausreichend unterrichten. Erst dachte ich, was für eine aufwendige Aktion das war. Das hat ja niemand etwas gebracht. Aber Nadja war beeindruckt von der Armut und Hilfsbedürftigkeit der aus Burma vertriebenen Menschen Sie schrieb nur eine einzige ausführliche Mail an ihre Verwandten und ihren Arbeitgeber. Es ist unglaublich, welche Spenden aufgrund dieses Briefes bei uns eintrafen. Mit diesem Geld aus Karlsruhe konnte schon so vielen Menschen geholfen werden.

Ich bin Wirtschaftler und achte darauf, dass ich aus dem wenigen Geld so viel wie möglich mache. Erst wollte ich hier nur als Berater für wirtschaftliche Entwicklung tätig sein, aber alles hat sich anders entwickelt. Wichtig ist mir vor allem, die Menschen zur Selbsthilfe anzuleiten. In der Regel gebe ich den finanziellen Startschuss und kümmere mich eine gewisse Zeit um das Projekt bis die Arbeitsabläufe eingespielt sind. Dann sollten die

Menschen es alleine schaffen. „Gib einem Mann einen Fisch und du ernährst ihn für einen Tag. Lehre einen Mann zu fischen und du ernährst ihn für sein Leben." Das ist ein Lehrsatz von Konfuzius, den ich mir zu eigen gemacht habe.

Ich bringe nicht nur Geld, sondern ich kontrolliere, ob sinnvoll gewirtschaftet wurde, prüfe die Bücher und gebe Tips.
Ich sehe mich als Mittelsmann und Berater. Kein Projekt wird länger als zwei Jahre unterstützt, dann muss es sich selber tragen. Das ist wichtig, damit kein Bettlergehabe, keine Almosensituation entsteht.
Besonders freut mich, dass wir inzwischen auch Unterstützung von der Deutschen Botschaft Bangkok bekommen. Es ehrt uns, dass uns die Botschaft seit 2012 dieses Vertrauen geschenkt hat. Die deutsche Botschaft unterstützt Kleinprojekte in Nordthailand. Ich schlage die Projekte vor, verwalte das Geld, kontrolliere und rechne ab.

Ich bin tief im christlichen Glauben verwurzelt. Meine Frau ist gläubige Buddhistin und auch ich habe schon einiges vom Buddhismus in mein Leben integriert. Gerne besuche ich buddhistische Tempel und verehre Buddha. Das ist kein Widerspruch zum Christentum, ich zolle Buddha Respekt, wie ich meinen Lehrern, meinen Eltern, meiner Frau Respekt zolle.
Einmal war ich drei Wochen lang als Novize im buddhistischen Kloster Wat U-Mong. „Drei Wochen, das ist nicht gerade lang", meinen Sie. Doch, denn ich hatte einen Mentor, einen Mönch, der es verstand mir die Lebensweise und Lehren des Buddha nahe zu bringen. Mein Lehrer unterrichtete mich einzeln und jeden Tag wiederholte er das Gleiche mehrmals bis ich es kapierte. Hängen blieben bei mir folgende buddhistische Grundsatzregeln:

Das Leben ist nicht permanent.
Wähle den Goldenen Mittelweg.
Reduziere deine Geschwindigkeit, reduzier deine Wünsche.
Wenn du dir zu viel wünschst und zu hohe Erwartungen hast, dann bist du enttäuschst und leidest. Leben ist Leiden.
Urteile nicht zu viel.
Lasse zu, dass eine Sache sich entwickelt.
Der dreiwöchige Aufenthalt im Waldtempel Wat U-Mong in Chiang Mai war eine wichtige, interessante Erfahrung für mich. Morgens um vier Uhr aufstehen, auf den Almosengang gehen und Essen erbetteln. Ich hätte mir ja das Essen kaufen können, aber das durfte ich nicht. Ein Mönch darf eigentlich kein Geld besitzen. Ich wurde kahl geschoren und eingekleidet in die safran-gelbe Robe des Klosters. Das Untergewand anzuziehen war anfangs das Schwierigste für mich. Nein, barfuß gehen war auch schwierig. Noch schwieriger war es, im Schneidersitz zu sitzen. Das ging einfach nicht bei mir. Mein Mentor hatte Erbarmen und gab mir einen Stuhl, aber gegen Ende der Zeit schaffte ich es, etwa 30 Minuten im Lotussitz zu meditieren.
Viele Regeln oder Gebote sind ja dieselben wie im Christentum. Du sollst nicht töten. Du sollst Vater und Mutter ehren. Du sollst nicht lügen, etc. Diese Ansprüche hat jede Religion. Aber Buddhismus ist noch etwas anderes. Das Hier und Jetzt spielt eine wichtige Rolle und das Verdienste-Sammeln für das nächste Leben.
Für mich ist es wichtig zu wissen, woher ich komme und wo ich hingehöre. Ich bin als Christ geboren, und das Christentum ist meine religiöse Heimat. Deshalb gehe ich so etwa einmal im Monat in den Gottesdienst der Thai-Deutschen Gemeinde Chiang Mai. Das ist eine evangelische Gemeinde, in der Deutsche und Thais aus unterschiedlichen Konfessionen, Glaubensrichtungen und Traditionen willkommen sind, hier gefällt es mir.

Die Lieder, die von Jugendlichen mit der Gitarre begleitet werden, singe ich mit Begeisterung mit.

Und jetzt wollen Sie noch wissen, wie ich meine jetzige Frau kennenlernte? Bei der Besichtigung verschiedener Projekte, zusammen mit einer Gruppe von Entwicklungshelfern besuchte ich auch eine Organic Farm in den Bergen, also einen großen Bio-Bauernhof. Da sah ich eine junge Frau auf dem Feld arbeiten. Ich fotografierte, und diese Frau schaute mich an. Als sie winkte, winkte ich zurück. Oder war es umgekehrt? So genau weiß ich das gar nicht mehr. Und sie arbeitete nicht weiter, als wir gehen mussten, sondern schaute mir nach. In dem Moment hat es bei mir gefunkt. Sie war verhüllt, der Kopf war mit einem Tuch umwickelt. Ich konnte nicht viel von ihr sehen. Nur ihren Mund mit wunderschönen Zähnen. Und dieser Mund lächelte. Diese ganz kurze Begegnung hat mich so berührt, ich kann es kaum beschreiben. Ich konnte dieses Gefühl erst gar nicht einordnen. Wie sagt man? Es hat gefunkt. Das erlebt man nicht so häufig im Leben. Wann hatte ich es zum letzten Mal? Vielleicht als ich meine erste Frau kennen lernte? Ich musste unbedingt herausbekommen, wer diese Person ist, woher sie kommt und wie ich sie kennenlernen konnte. Und ich habe es herausgefunden. Sie hieß Amphorn und war Vorarbeiterin in dem Projekt, weil sie so gut rechnen konnte. Sie wollte unbedingt die thailändische Staatsbürgerschaft bekommen und hoffte, dass die Träger dieses Projekts ihr dabei helfen könnten. Schon bald darauf ging ich wieder zur Organic Farm und fragte dieses Mädchen mit dem schönen Lächeln: „Wieviel verdienst du hier?" „4.500 Baht im Monat", antwortete sie schüchtern. „Wenn du bei mir als Housemaid arbeitest", sagte ich, „zahle ich das Doppelte." Da konnte sie nicht widerstehen. Also stellte ich sie zur Probe ein.

Zuerst wollte ich sie testen und nahm sie auf eine kleine Reise mit. Eine Frau muss ein gutes Herz haben, klug sein, im Bett muss es stimmen und im Notfall muss sie für mich da sein. Wenn es im Bett nicht stimmt, braucht man sich gar nicht weiter bemühen, wenn es nicht bei der Housemaid bleiben soll. Und dass sie ein gutes Herz hat habe ich bald gemerkt. Sie gab jedem Bettler etwas, sogar den Parkeinweisern steckte sie immer zwanzig Baht zu. Wir gingen auf der ersten Reise auch schon ins Dorf ihrer Eltern. Ich wusste, dass man so etwas nie tun sollte. Wenn ein Mädchen einen Farang mitbringt, sieht das gleich nach Verlobung aus, und der Mann wird in eine Ehe genötigt. Aber bei dieser Frau hatte ich das Gefühl, dass es richtig war, ihre Familie kennenzulernen. Auch ging ich mit ihr nach Bangkok und lernte ihre Schwester und ihre beiden Töchter kennen. Die Mädchen machten einen intelligenten Eindruck und waren gut in der Schule. Die Schwester hatte schon die Thai Staatsbürgerschaft und die Kinder auch. Amphorn stellte mir auch die Familie vor, in der sie früher als Hausangestellte arbeitete. Die waren sehr mit ihr zufrieden und lobten ihre Kochkünste, ihre Sauberkeit und Zuverlässigkeit.

Schnell wurde mir klar, dass ich mit dieser Frau zusammen bleiben wollte. Welche Schwierigkeiten es mit der Heirat gab, habe ich Ihnen ja schon erzählt.

In dem Dorf, wo ihre Eltern wohnen, ist Amphorn jetzt sehr gut angesehen. Denn dort werden Frauen bewundert, die mit Geld umgehen und Geld bringen. Sie zahlt regelmäßig von Helfen-Germany eine kleine Rente von 500 Baht an zwanzig Schwerstbehinderte aus, die keinerlei Zuwendungen von der Thai Regierung bekommen. Außerdem haben wir im dortigen Flüchtlingscamp in 80 Häusern Solar Paneele installiert, so dass die Leute auch morgens und abends, wenn es noch oder schon dunkel ist, Licht haben. Auch haben wir in dem Dorf etwas Land gekauft und ein nettes Haus gebaut.

Amphorn kann rechnen, einfach phänomenal rechnen. Gestern hat sie im Kopf auf die Stelle genau ausgerechnet, wie viel ich einem Freund an Fahrtkosten schulde. Sie wusste, wieviel km er gefahren ist und was das Benzin kostet, wie viel Liter pro 100 km er verbraucht. Und schwupps, sagte sie den Betrag. Ich bemühte mich mit dem Taschenrechner, mein Freund rechnete es nach, und wir kamen auf den gleichen Betrag.

Aber nicht nur rechnen kann Amphorn, sie ist auch sprachbegabt. Sie spricht vier Sprachen: Tai Yai die Sprache der Shan, Thai, etwas burmesisch und jetzt auch Englisch. Das habe ich ihr beigebracht. Obwohl sie nie eine Schule besuchte — als Staatenlose war ihr das nicht erlaubt — ist sie intelligent, denkt rational, was mir wichtig ist, und sie ist lebensklug. Sie hat auch ein sehr gutes Gedächtnis. Sie weiß genau, wem ich wieviel bezahlen muss, in welcher Straße ich abbiegen muss, etc. Als Thai Staatsbürger darf sie jetzt Autofahren, hat es sofort gelernt, und — das gebe ich ungern zu — manchmal habe ich das Gefühl, sie fährt besser als ich.

Besonders bemerkenswert und auch ungewöhnlich ist, dass wir in den sieben Jahren, die wir uns kennen, noch nie Streit hatten. Sie passt auf mich auf und will, dass es mir gut geht. Sie ist bescheiden aufgewachsen und ist so geblieben. Auch ungewöhnlich für eine Thai-Frau! Sie ist wirklich ein Juwel. Und dieses Juwel ist jetzt meine Frau. Ich bin noch immer verliebt in sie. Und sie liebt mich. Da bin ich sicher.

Wir leben recht bescheiden in einem 65 qm großen modernen, etwas exquisiten Apartment zur Miete. Aber die Aussicht vom kleinen Balkon auf den Berg, Wald und Tempel Doi Suthep ist fantastisch. „Small is beautiful", war oft meine Devise. Mein Office ist nur neun Quadratmeter groß und ins Schlafzimmer integriert. Aber das reicht. Heute, mit Internet, braucht

man nicht mehr so viele Ordner. Da ist alles im Computer gespeichert. Das Schlafzimmer ist durch eine Schiebe-Glaswand vom Wohn- Esszimmer getrennt. Dort schläft jetzt Amphorns jüngste Tochter. Bald wird die ältere nachkommen. Dann miete ich noch etwas dazu.
Ich bin glücklich, wie es ist. Ich war schon immer ein Familienmensch, nur konnte ich das früher wegen der vielen Arbeit nicht ausleben. Aus meiner ersten Ehe habe ich drei Söhne. Töchter habe ich mir schon immer gewünscht. Jetzt habe ich sie. Ich bin so ein Glückspilz! Manches fliegt mir einfach zu.
Sie hat schon so viel mitgemacht, meine Amphorn. Alles weiß ich noch gar nicht. Sie klagt nie. Wie muss es sein als Flüchtling aufzuwachsen, mit einer falschen Identität, nur um eine Berechtigungskarte für eine thailändische Provinz zu bekommen? Können Sie sich vorstellen, für jede auch noch so kurze Reise eine Genehmigung anfordern zu müssen? Und immer mit der Angst zu leben, abgeschoben zu werden wenn es der Regierung beliebt? Mit Eltern, die Hunger, Krieg, Vergewaltigung und Vertreibung erlebten?

Nach wie vor bin ich ein Genießer. Ein Schlückchen Rotwein, ein Baguette und etwas Käse — das liebe ich. Gerne hätte ich, dass meine Frau diesen Genuss mit mir teilt. Manchmal trank sie einen Schluck mit, aber ich weiß, ich darf sie nicht zu mehr drängen. Ich kenne etliche Thai-Frauen die von ihrem deutschen Ehemann immer zum Mittrinken aufgefordert wurden. Heute sind sie Alkoholikerinnen. Anständige Thai Frauen trinken gewöhnlich gar keinen Alkohol. Das geziemt sich nicht.

Wenn man in Thailand zufrieden leben will, sollte man sich in die Thai Mentalität einfühlen können. Vielen misslingt das. Ein witziges Beispiel: Mir ist es wichtig, dass der Klodeckel immer zu ist. Das wollte meinen Mädchen nicht in den Kopf. Dann erklärte ich ihnen:

„Ich weiß, da ist ein böser Geist drin, ich habe Angst, dass er rauskommen könnte." Das kapierten sie sofort, und seitdem ist der Klodeckel nie mehr auf.

Der Geisterglaube ist hier weit verbreitet. An dem Scheitern so manche Ehen mit Thai-Frauen. Mich stören die Geister nicht. Wenn Amphorn mit ihnen richtig umgehen kann, ist das gut. Was machen Europäer, wenn ein böser Geist sie plagt? Sie müssen zum Psychiater. Was machen die Thais? Sie haben spezielle Riten, mit ihnen umzugehen. Das eine hilft wie das andere. Bitten die Katholiken nicht irgendeinen Heiligen, ihnen bei einer Prüfung oder einer anderen schwierigen Situation beizustehen? Zünden nicht manche sogar eine Kerze an? Und wenn man etwas verloren hat, wird zum heiligen Antonius gebetet. Zur Unterstützung fließt auch etwas Geld in das entsprechende Kässchen. Das ist gar nicht so weit entfernt von dem, wie die Thais mit ihren Geistern umgehen. Ich kann nur jedem Farang raten, die Geister zu respektieren und nicht so überheblich zu sein.

Außerdem rate ich Männern, die hier ihren Lebensabend mit einer Thai Partnerin verbringen möchten: Hört euch erst einmal an, welche Erfahrungen andere gemacht haben und macht nicht die gleichen Fehler. Lernt aus euren eigenen Fehlern, aber hängt nicht an den schlechten Erinnerungen die ihr gemacht habt. Bindet euch nicht zu schnell. Aber wenn ihr eine Thai-Partnerin gefunden habt, die in Ordnung ist, seht über Kleinigkeiten hinweg. Steht zu ihr. Dann wird sie auch zu euch stehen. Und denkt immer: „Past is past", also Vergangenheit ist Vergangenheit. Deine oder ihre schlechten Erfahrungen sind Schnee von gestern. Lasst also die Vergangenheit hinter euch und lebt jetzt.

Ich lebe hier und jetzt, in Thailand mit Amphorn und bin augenblicklich sehr glücklich dabei. Nach Deutschland zieht es mich gar nicht mehr. Wenn ich in Deutschland bin, entwickele ich alle möglichen Allergien, mein Körper fühlt sich nicht mehr wohl. Hier in Thailand geht es mir gut, hier kann ich etwas bewirken, werde gebraucht und geliebt. Die Aufgabe, mit meinem Know-how Menschen zu helfen, macht mir Spaß und hält mich jung. Wie alt ich bin, wollen Sie wissen?" Siebzig Jahre jung und gefühlte fünfundfünfzig, antworte ich regelmäßig auf diese Frage.

Wenn ich einmal nicht mehr kann, habe ich Amphorn an meiner Seite. Sie ist jung und steht zu mir. Sie hat ein gutes Herz und wird mich notfalls garantiert auch pflegen.

Aber daran möchte ich derzeit noch nicht denken.

Wo ich verrecke, ist mir scheißegal

Wini verbringt das Winterhalbjahr in Pattaya. Er liebt seine Suzuki 650 und feiert jede Nacht, dass er noch lebt.

Meine Mutter nannte mich Winilein, mein Vater Winfried. Du kannst Wini zu mir sagen. So nennen mich hier alle. Mache sagen auch Überlebens-Wini zu mir, weil ich bis jetzt jede Nacht überlebt habe.

Du meinst, eine Nacht zu überleben sei nichts Besonderes? Bei mir schon! Denn seit 385 Tagen kommt mir jede verdammte Nacht, die ich überlebe, wie ein Scheiß-Wunder vor. Nein, ich habe keinen Krebs oder so was. Aber meine Mutter, Gott hab sie selig, starb an ihrem 50. Geburtstag. Und jeder hat zu mir gesagt: „Wini, du wirst auch sterben, wenn du 50 wirst". Und ich habe es geglaubt. An meinem 50. Geburtstag saß ich da und habe gewartet, dass mich der Schlag trifft. Aber nichts ist passiert.

Naja, bei meinem Lebenswandel hätte sich keiner darüber gewundert. Ich auch nicht.

Aber ich bin ein zäher Bursche, kein so ein Weichei, wenn du verstehst, was ich meine. Und ich lebe immer noch. Jetzt bin ich schon 51.

Schau meinen Körper an. Er ist voller Wunden. Die werden nicht behandelt. Die heilen von selbst. Ja, ich habe verdammt gute Selbstheilungskräfte. Mein Körper ist an die Drecksbakterien hier gewohnt und kann mit ihnen umgehen. Irgendwie bin ich stolz auf diesen Körper. Der behauptet sich in dieser Scheiß-Welt, auch wenn ich nicht so gut mit ihm umgehe.

Willst du die Wunden sehen? Hier, ich kremple mal die Hosenbeine hoch, dann kannst du schon etwas sehen. Und was unter den Hemdärmeln ist, kann ich dir auch zeigen. Weiter will ich mich jetzt nicht ausziehen. Es gibt hier ne Menge verklemmter Typen. Denkste nicht, bei diesen Arschlutschern, ist aber so. Und ich weiß ja nicht, wie prüde du bist. Manche sind schockiert, wenn ich ihnen mehr zeige. Deshalb mache ich das nicht mehr in der Öffentlichkeit. Jedenfalls nicht, wenn ich halbwegs nüchtern bin.

Den Eiter findest du eklig? Der ist wichtig, sag ich dir, da kommt der Scheiß-Dreck raus.

Willst du auch wissen, wie ich zu den Scheiß-Wunden komme?

Naja, durchs Motorradfahren eben.

Die Maschine kann nichts dafür. Es ist eine Suzuki 650. Und tipptopp in Ordnung. Die Spezialreifen bringe ich sogar immer aus Deutschland mit, den thailändischen traue ich nicht. Ja, auf meine Suzi passe ich auf, ich pflege sie täglich. Sie ist meine einzig große Liebe.

Ich hatte auch noch nie einen Unfall, ich bin nämlich ein verdammt guter Fahrer. Nur mit dem Absteigen, da habe ich manchmal Probleme. Das kannst du nicht verstehen? Naja, du solltest mich mal nachts erleben.

Ist es eigentlich in Ordnung, wenn ich du sage? Ich sage zu jedem du. Das ist hier so üblich. Aber in Deutschland mache ist das auch. Ist doch einfacher, und persönlicher, findest du nicht?

Was nachts los ist, willst du wissen. Hat dir das noch keiner verklickert? Naja, das weiß eigentlich jeder. Jede Nacht bin ich sternhagelvoll. Jede Nacht feiere ich, dass ich noch lebe. Ich bin jetzt schon 51 Jahre und 22. Tage. Eigentlich habe ich vor 387 Tagen fest damit gerechnet, ins Gras zu beißen. Tja. Und seit 387 Tagen feiere ich jede Nacht, dass ich noch lebe.

Es ist so ein tolles Gefühl besoffen zu sein. Kennst du das? Nicht? Dann solltest du es mal ausprobieren. Ich schätze, du brauchst nicht mehr als drei Bier dazu. Komm doch heute Nacht vorbei, ich gebe dir die drei aus!

Wenn ich dann total blau bin, hilft mir wohl immer jemand auf die Maschine. Ich bekomme das gar nicht so genau mit. Die Deutschen vom Stammtisch sind zwar alle Schwanzgeleckte, aber sehr hilfsbereit, und der Wirt auch. Ich finde meistens nach Hause. Nur wenn ich dann bremse und absteigen will, klappt es nicht mehr so richtig. Deshalb habe ich die vielen Scheiß-Wunden.

Gestern Nacht um zwei Uhr bin ich sogar auf den Pier gefahren. Ich meine nicht diesen Nachtclub, der Pier heißt. Das ist nicht mein Stammlokal. Du weißt schon, der Pier, wo die Boote abfahren. Nicht der alte Pier, den gibt es schon lange nicht mehr, der Bali Hai Pier, am Ende der Walking Street. Ist nicht besonders breit, dieser Steg, vielleicht drei Meter oder so? Nachts bin ich abenteuerlustig. So genau weiß ich auch nicht, was ich dort gesucht habe. Jedenfalls habe ich am Ende rechtzeitig gebremst. Um nicht ins Meer zu fahren. Ja, ich habe eine gute Reaktion, in jedem Zustand.
Okay, die schwere Maschine kann ich dann nicht mehr halten. Auch das Wenden hat jemand anders besorgt. Jedenfalls haben sie mir das vorhin erzählt. Es sollen sogar Thais gewesen sein, die dort arbeiten. Sind zwar alle Hurensöhne, aber einen absaufen lassen und dabei zugucken, das bringen sie doch nicht übers Herz. Ich bin also nicht ins Meer gefallen, das wäre mir peinlich gewesen, wenn sie mich da hätten rausfischen müssen. Nein, ich blieb auf dem Pier liegen. Und nachdem sie die Maschine gewendet haben, diese verdammt netten Hurensöhne, bin ich heimgefahren.
Ja, das ist ein verflucht tolles Leben, hier in dem Scheiß-Thailand, voller Abenteuer!
Ich hab schon gemerkt, dass du bei manchen Ausdrücken zusammenzuckst. Aber so red ich nun mal. Hab schon mal so ne vornehme Dame getroffen, die war sich zu fein dafür. Nach drei Minuten ist sie schon wieder aufgestanden und abgehauen.

Im Sommer, da fahre ich heim, nach Augsburg. Im Winter halte ich es dort nicht aus. Es ist nicht nur die Scheiß-Kälte. Warst du schon mal im Winter in Deutschland? Dann wirst du ja wissen wie es ist, wenn die Mädels ihre Winterdepression haben. Die fangen meistens so im November an, wenn das Wetter trüb und nasskalt wird. Mir gefällt das auch nicht, aber die Mädels mit ihrer Depression kann ich nicht aushalten. Da haue ich ab. Was soll ich mit so depressiven Weibern? Im Mai, da ist die Depression meistens vorbei, dann kann ich wieder nach Hause fahren.

In Deutschland habe ich eine kleine Rente. 720 Euro. Altersarmut nennt man das. Naja, das Rentenalter habe ich ja noch lange nicht erreicht, ich bin ein sogenannter Frührentner. Arbeitsunfähig eben. Du kannst dir schon denken, warum. Früher habe ich in einem Labor gearbeitet, da muss man natürlich immer nüchtern sein. Das verstehe ich zwar, aber geschafft habe ich es eben nicht immer.

Von 720 Euro kann kein Schwein leben. In Thailand schon, aber hier hält man es in den Sommermonaten nicht aus, wegen der Scheiß-Hitze. Deshalb gehe ich im Sommer nach Deutschland und verdiene mir etwas dazu.

Ich fahre Blut. Das ist ein guter Job. Und ich arbeite nur, wenn es regnet. Wenn die Sonne scheint, wäre es ja eine Sünde zu arbeiten. Da schnappe ich mir meine Hängematte und fahre an einen See. An jedem sonnigen Tag kannst du mich dort finden, nackt in der Hängematte. Du guckst so komisch. In Bayern ist das kein Problem. Da sind die Menschen nicht so prüde wie hier. Ich gehe auf einen Platz, wo sonst keiner ist, nur ein paar, die auch wissen, dass auf dieses Privatgelände nie einer kommt und einen verjagt. Wenn du im Sommer in Deutschland bist, kannst du ja auch mal vorbei kommen. Es ist super, einen Tag nackt in der Hängematte zu verbringen. Wird dir sicher gefallen. Aber nur wenn die Sonne scheint, findest du mich dort, bei Regen fahre ich Blut.

Was das ist, Blut fahren? Naja, vom Arzt zum Labor, natürlich. Ich hab da so Beziehungen. Einen wie mich, der zuverlässig ist und Zeit hat, den können sie immer gebrauchen. Ein Freund von mir macht das auch, das mit dem Blut fahren. Aber der fährt bei schlechtem Wetter nicht gern. Will nicht nass werden und so. Wir ergänzen uns also, sozusagen.

Manche denken, ich bin ein blöder Depp. Bin ich aber nicht. Ich habe die Mittlere Reife und habe MTA gelernt. Naja, wenn ich besoffen bin, bin ich schon manchmal deppert. Aber lieber deppert und glücklich als klug und unglücklich. Hab ich Recht?

In Deutschland trinke ich immer das billige Bier von Aldi. Meistens zuhause oder am See. In einer Kneipe Bier zu trinken kann ich mir dort nicht leisten.

Deshalb bin ich auch in Thailand. Ein Freund hat mir gesagt, wie gut das Bier hier ist. Deshalb bin ich her gekommen, und es ist wirklich wahr. Hier kann ich in meiner Stammkneipe trinken, und unter Gleichgesinnten macht es doch viel mehr Spaß, als einsam zuhause, findest du nicht auch? In Kambodscha ist das Bier noch viel billiger, und die Weiber auch. Ich war mal in diesem Land für ein halbes Jahr. Aber dort hält mich keiner. Immer diese Krüppel vor Augen haben müssen! Du weißt schon, die Minenopfer ohne Beine! Wenn ich so einen armen Tropf sehe, schmeckt mir mein Bier nicht mehr. Wer bei so einem Anblick fröhlich feiern kann, muss nicht ganz richtig ticken, finde ich. Oder er muss schon morgens mit dem Trinken anfangen, um das Elend zu ertragen. Dann wird es auch nicht billiger in Kambodscha!

Manchmal geht es mir auch in Thailand richtig dreckig. Da habe ich das heulende Elend. Besonders wenn ich

222

an den Tod denke. Oder ans Scheiß-Sterben. Nicht, dass du denkst, ich bin ein Dauerflenner, aber immer, wenn einer von den Kumpels abkratzt, überkommt mich dieses Gefühl. Weißt du was da hilft? Reden, meinst du? Ja, reden auch. Aber erst mal trinken. Alles muss die richtige Reihenfolge haben. Wenn ich dann genügend intus habe, kann ich reden. Aber die Schwanzgelutschten vom Stammtisch wollen mir dann nicht mehr zuhören. In der Bar daneben, da gibt es so Mädels, du weißt schon, so Schwanzlecker halt, wenn ich denen einen Drink ausgebe, dann hören sie zu. Wenn ich so angewankt komme, dann eilen sie mir schon entgegen, massieren meinen Rücken und zeigen ihre hübschen Beine. Können richtig lieb sein, diese Dreckfotzen! Denen erzähle ich dann mein Leid. Natürlich auf Deutsch, meinst du ich spreche ihre Affensprache?
Die hören mir dann zu, und darauf kommt's an.
Wenn ich einen Kasten Bier im Laden kaufe, dann ist es natürlich noch billiger als in der Kneipe. Ich habe einen Kumpel, der hat am Strand einen Bungalow mit Kühlschrank. Da gehe ich immer am Wochenende hin. Schöne Abwechslung, nur mit einem Kumpel am Strand zu trinken.

Hier gibt's Deutsche, das sind so richtige Asis. Hast wohl auch schon gesehen. Die sitzen schon morgens vor dem Laden und saufen. Und nachts schlafen sie unter einer Brücke. Die versuchen zwar oft, mich abzuzocken, aber meistens merk ich es rechtzeitig. Von denen musst du dich fernhalten. Komm ja nicht auf die Idee, so einen interviewen zu wollen. Den wirst du nicht mehr los. Ich will dich nur gewarnt haben, weil du eine so Nette bist und mir zuhörst, ohne dass ich dich bezahlen muss.

Jeden verdammten Tag, an dem ich lebe, feiere ich so auf meine Art. Ein schönes Leben! Jetzt pochen zwar wieder die Scheiß-Wunden, aber das ist ein gutes Zeichen.

Das heißt, dass sie heilen. Und ich liebe sie auch, diese Wunden. Sie wurden mir von meiner geliebten Suzi zugefügt, dieser wunderschönen, schneidigen Maschine. Du schaust mich an, als ob ich ein Masochist sei? Na und? Bin ich vielleicht. Und ich bin glücklich dabei, ob du es glaubst oder nicht.

Die Kumpels vom Stammtisch sind keine Asis. Aber manche sind richtige Dorftrottel. Oft ist es lustig, das Gelabere von denen anzuhören. Was die so erzählen, willst du wissen? Meistens von ihrer Alten zuhause oder von den Abenteuern der letzten Nacht. Männergeschichten, Männerwitze, nichts für dich!

Aber es gibt auch so einen Besserwisser dabei. Der Otto, der hält uns alle für Arschgeigen, nur weil er mal zur High Society gehört hat. Schwätzt immer so was von IQ daher. Weißt du, was das ist? Er hats mir mal erklärt. Er sagt, einen IQ habe jeder von uns. Den könne man zwar nicht sehen, aber testen. Dem Ludger hätten wir es zu verdanken, dass sich der Durchschnitts-IQ hier gehoben hat. Und durch mich sei der Durchschnitts-IQ gesunken. Das habe ich zwar nicht kapiert, aber seinem Gesicht sah ich an, dass es keine Schmeichelei war.

Einmal hat diese Arschgeige mich so richtig beleidigt. Mir vor allen andern ins Gesicht gesagt, was für ein Blödian ich bin. Ich bin kein Typ, der zuschlägt, wenn er beleidigt wird. Aber verkackeiern lasse ich mich nicht, schon gar nicht von so einem Besserwisser. Ich räche mich auf meine Weise. Als er mal in Deutschland war, habe ich allen erzählt, dass seine langen Haare, auf die er so stolz ist, angeklebte Eselhaare sind. Hat gewirkt. Jeder, der ihm nach seiner Rückkehr begegnete, hat an seinen Haaren gezogen um zu sehen, ob sie echt sind. Der hat sich was aufgeregt, und ich hab mir ins Fäustchen gelacht.

Naja, jeder hat hier ne Macke, haste wahrscheinlich schon gemerkt. Damit muss man leben. Elmar läuft immer in so einer Art Uniform rum. Manche sagen, die habe er von der Fremdenlegion, andere behaupten, er habe mit Che Guevara zusammen gekämpft. Ist sonst ein ganz netter Kumpel, auch wenn wir oft über ihn lachen, wie er schwitzt in diesen warmen, enganliegenden Klamotten. Sieht immer aus, als sei er herausgewachsen. Kapierst du, was ich meine? Passt irgendwie nicht hierher, und irgendwie doch. Die meistens Kumpels tragen weite, leichte Hemden in diesem Tropenklima. Aber bei den Polizisten ist es auch Mode, in einer zwei Nummern zu kleinen Uniform die Brust zu recken.

Noch nie hat jemand den Elmar ohne die hohe Schildkappe gesehen. Die trägt er wohl, damit er größer aussieht. Manche behaupten auch, er wolle nicht, dass man seinen eingeschlagenen Schädel aus der Legionärszeit sieht. Diese Kappe nimmt er nicht einmal im Bett ab. Ich weiß das von der Mamasan aus der Karaoke gleich hier um die Ecke. Und die weiß es von dem Mädel, das er ausgelöst hat. Die Lederstiefel habe er sich ausziehen lassen, hat das Mädel gesagt, die Mütze nicht. Er kanns halt nur mit Mütze. Naja, manche brauchen ganz andere Sachen!

Dir reicht mein Geschwafel, ich sehs deinem Gesicht an. Jetzt willst du noch wissen, ob ich meinen Lebensabend in Thailand verbringen will? Was soll denn diese Scheiß-Frage? Ich hab dir doch gesagt, dass es ein Wunder ist, dass ich noch lebe. Und ich weiß, dass ich verrecken werde. Das weißt du doch auch.

Und wo ich verrecke, ist mir scheißegal. In Thailand wäre es mir am liebsten, da habe ich Kumpels, die sicher um mich trauern. Der Elmar, der mit der Uniform, der wird sogar heulen. Ob das ein besonders guter Freund ist? Nein, er ist halt ein Kumpel, aber der heult bei jedem, der uns für immer verlässt.

Hier habe ich alles, was ich brauche

Der grundsolide Volker Meckert lebt in Pattaya und freut sich über den Wohlstand, den er sich in Thailand leisten kann. Im evangelischen Begegnungszentrum pflegt er Kontakte zu anderen Deutschen.

Ich bin der Volker Meckert, komme ursprünglich aus Leipzig und bin 68 Jahre alt.

Nach der Wende war ich Busfahrer. Als Fernbusfahrer im Reiseverkehr kam ich viel in Europa rum. Flugreisen habe ich nur wenig unternommen, aber in ein paar Urlauben war ich auf den Kanaren. In Thailand war ich früher nie.

Schon bevor ich in den Ruhestand ging habe ich mich ausführlich mit der Frage beschäftigt, wo man mit einer durchschnittlichen Rente gut leben kann. Türkei oder Bulgarien haben mich nicht interessiert, auch in die mittel- oder südamerikanischen Länder wie Panama, Uruguay oder Paraguay zog es mich nicht. Thailand, Kambodscha, Vietnam oder Philippinen kamen in Frage.

Thailand hat mir am meisten imponiert. Vor sechs Jahren flog ich deshalb nach Thailand. Gleich für ein halbes Jahr. Ich war damals schon seit vielen Jahren Junggeselle. Ich wollte ausprobieren, ob mir das Leben hier zusagt.

In diesen sechs Montan hat es mir so gut gefallen, dass mir klar war: Ich werde nach Thailand auswandern. Deshalb habe ich vor drei Jahren alles in Deutschland aufgelöst und mich abgemeldet. Jetzt habe ich dort nichts mehr, ich will bis an mein Lebensende in Thailand bleiben.

Mein Ziel war es, in einem Land zu leben, wo es immer warm ist und wo mein Euro mehr wert ist als in Deutschland. In Thailand kann man grob sagen, dass ich für mein Geld dreimal so viel bekomme. Würde ich eine anständige Rente haben mit der ich in Deutschland gut leben könnte, hätte ich nicht mein Heimatland verlassen und hierher ziehen müssen. Doch die mickrigen Renten in Deutschland sind zu wenig zum Leben und zu viel zum Sterben. Ich könnte jetzt politisch werden und die ganzen Hintergründe beleuchten, aber das würde zu lange dauern.

Ein Normalrentner, der keine Frau und damit keine zweite Rente für den gleichen Haushalt hat, kann in Deutschland nur ein Überleben finanzieren. Die Durchschnittsrente in Deutschland beträgt laut statistischem Bundesamt 1.133 Euro netto. Damit kann man in Deutschland nur sein Leben fristen.

In Niedersachsen, wo ich die letzten 30 Jahre lebte und arbeitete, beträgt eine Durchschnittsrente für Männer 970 Euro netto. Wenn dir Leute erzählen, dass sie viel mehr bekommen, ist es entweder gelogen, oder sie können brutto und netto nicht unterscheiden. Die Leute, denen es besser geht, das sind die Pensionäre.

Viele Rentner wollen deshalb auswandern in ein Land wie Thailand, in ein Land, wo das Leben billiger ist. Viele Männer kommen auch in ein Land wie Thailand, weil sie eine Frau suchen. Auch das ist in Deutschland nicht so einfach, wenn man ein gewisses Alter überschritten hat. Ich habe zwar keine Frau gesucht, aber in Thailand habe ich eine gefunden.

Es ist unterschiedlich, wie viel ein deutscher Rentner hier braucht. Das kommt auf seine Lebensgewohnheiten an. Ich komme mit 1.100 Euro gut zurecht.

Ich wohne in einem Reihenhaus in Nord Pattaya mit 185 Quadratmetern Wohnfläche, außerdem hat es Terrasse, Carport, Außenküche und einen Garten. Das könnte ich mir in Deutschland nie leisten. Auch der Unterhalt vom Auto ist drin. Angeschafft habe ich mir den Toyota Pickup von meinem Ersparten. Etwas Erspartes sollte man schon haben, einmal für die Anschubfinanzierung, also die ersten Anschaffungen, und dann für weitere Anschaffungen und Unvorhergesehenes.

An Klamotten braucht man hier viel, viel weniger als in Deutschland. Keine Winterkleider, nicht mal feste Schuhe! Da fallen viele Kosten weg. Auch Heizkosten gibt es hier nicht.

Zweimal im Monat gehen wir in ein besseres Restaurant, dafür reicht das Geld. Das beste Essen gibt es aber zuhause. Meistens koche ich selber, weil meine Frau keine deutschen Gerichte kochen kann.

Ja, wie schon gesagt, ich habe hier eine Frau gefunden, schon während meines ersten Probehalbjahres. Jetzt sind wir sechs Jahre zusammen und legal nach deutschem Recht verheiratet.

Die Heirat war eine schwierige Prozedur für mich. Der Kampf mit den deutschen Behörden war erniedrigend. Die wollten die unsinnigsten Unterlagen. Zum Beispiel legte ich eine Original-Geburtsurkunde vor, aber die wollten eine beglaubigte Kopie.

Wie ich meine Frau kennen gelernt habe, das ist so eine Romanze! Jeder Mann sagt zwar: „Meine ist anders." Aber meine ist tatsächlich anders. Sie ist nicht aus der Bar. Sie ist Frisörin und hat ihren eigenen Frisörsalon. Da habe ich sie kennengelernt, sozusagen beim Haareschneiden. Und weil die mir gefiel, bin ich drei Tage lang an dem Friseursalon vorbeigeschlichen und habe hinein gelinst. Ich fühlte mich wie ein junger Bursche der zum ersten Mal verliebt ist. Am dritten Tag kratze ich mein ganzes Englisch zusammen, ging hinein und sagte: „Have you time for dinner mit me?" Ich erntete ein strahlendes Lächeln, abends war ich mit ihr essen und seitdem sind wir zusammen. Ist so!

Man hat ja als deutscher Mann so seine Qualitäten. Wir sorgen gerne für eine Frau und wollen, dass es ihr gut geht. Das scheint bei vielen Thai Männern nicht der Fall zu sein. Jedenfalls erzählen das die Frauen. Es gibt deutsche Männer, die nicht saufen. Das schätzen Thai Frauen besonders. Ich zum Beispiel trinke gar keinen Alkohol und rauche nicht. Vor 20 Jahren habe ich den letzten Tropfen Alkohol getrunken. Als mir bewusst wurde, dass das für meine Gesundheit schädlich ist, habe ich darauf verzichtet. Geraucht habe ich früher. Aber auch damit habe ich ganz aufgehört. Wenn man älter wird, steckt man das nicht mehr so weg. Ist so!

Es gibt viele Deutsche in Pattaya, die es nicht geschafft haben auf Alkohol und Rauchen zu verzichten. Man sieht sie außerhalb der kleinen Läden an den Steintischen. Sie kaufen das Bier im Laden, wo es billiger ist als in der Kneipe, und trinken es gleich davor. Deshalb nennt man sie die Steintischhocker. Bier ist hier nicht billig. Wenn einer am Tag so 12 Flaschen Bier trinkt, was gar nicht so viel ist, das ist der Durchschnitt, versäuft er im Monat 500 Euro. Rauchen ist billig, aber es summiert sich auch. Ich gehöre nicht zu den Steintischhockern. Wenn ich mit anderen Deutschen zusammen sein will, gehe ich ins Begegnungszentrum. Zum Glück wohne ich in Naklua, ganz in der Nähe des Zentrums.

Das Begegnungszentrum ist eine Einrichtung der evangelischen Kirche, das regen Zuspruch findet. Hier treffen sich in Pattaya lebende Deutsche, um sich auszutauschen. Man muss nicht evangelisch oder religiös sein, um hier willkommen zu sein. Im Café-Shop gibt es leckere deutsche Hausmannskost und ausgezeichnete Kuchen zum kleinen Preis, natürlich auch Thai-Essen.

Was im Begegnungszentrum angeboten wird, ist toll und einmalig in Pattaya. Das sind nicht nur der Gottesdienst am Sonntag und wöchentliche Bibelstunden, es stehen auch Vorträge, Konzerte und Gesprächskreise im Programm. Man kann hier Skat, Schach oder Mensch ärgere Dich nicht spielen, an einem Thai- oder Englischkurs teilnehmen. Es gibt einen buddhistischen Studienkreis und einen Singkreis. Ein anderer Veranstalter bietet in den Räumen des Begegnungszentrums einen Computer-Club, in dem man Hilfe bei praktischen Problemen mit Computern, Smartphones und mit dem Internet bekommt.

Habe ich alles aufgezählt? Das Programm ist so vielseitig, dass man nur einen Bruchteil wahrnehmen kann. Ich jedenfalls komme gerne ins Begegnungszentrum, manchmal auch nur, um ein Buch auszuleihen oder mit Bekannten zu reden.

Natürlich sind es fast nur Männer, die sich hier treffen. Das kommt daher, dass die meisten Deutschen, die in Pattaya leben, Männer sind, 98 Prozent. Fast alle deutschen Männer die hier leben, sind mit einer Thai Frau liiert, die in der Regel 25 bis 40 Jahre jünger ist, das ist normal. Viele sind in Deutschland geschieden, Junggesellen, und hier ist es einfacher, eine Frau zu finden. Alte deutsche Frauen mit jungen Thai Männern sieht man so gut wie nicht. Da scheint keine Anziehung zu bestehen.

Für uns einfache deutsche Männer gibt es in Thailand nette, einfache Frauen, die auch zu uns passen. Hier können wir eine Frau gut versorgen, und das wissen sie. Egal wo man in der Welt hinkommt ist es so, dass Frauen beschützt und versorgt sein wollen. Das ist in Deutschland so und auch in Thailand. Hier haben wir mit unserer mickrigen deutschen Rente immerhin noch das Zweieinhalbfache dessen, was ein thailändischer Lehrer verdient. Das ist ganz attraktiv für eine Frau. Jedenfalls muss sie garantiert nicht an Hunger leiden, zumindest für Reis reicht es immer. Auch in Deutschland versucht die Frau gleich beim ersten Date das Gespräch in die Richtung Versorgung zu lenken. „Was machst du denn so, was verdient man denn da so?" sind typische Fragen. Manche machen es geschickter, manche weniger geschickt. . Das ist überall das gleiche. Wenn du in Deutschland einer erzählst, du bist Hartz IV Empfänger, hast du keine Chancen. Da kannst du noch so gut aussehen. Und die meisten sehen ja nicht mal gut aus. Eine jüngere Hübsche bekommst du da gleich gar nicht. Hier hat unser Geld einen ganz anderen Kaufwert, und das Aussehen und das Alter des Mannes spielt keine Rolle. Meine Frau achtet zwar auf das Aussehen, es ist ihr wichtig, dass ich korrekt gekleidet bin. Und unrasiert auf die Straße gehen, das geht schon gar nicht. Nie würde ich mit einem Turnhemd draußen herumlaufen, höchstens wenn ich Sport mache. Das gehört sich in Thailand nicht. Da würde ich mich und meine Frau blamieren. Und sich mit nacktem Oberkörper auf der Straße sehen zu lassen geht schon gar nicht.

Meine Frau legt auch Wert darauf, dass sie immer adrett aussieht und sie achtet auch auf mich. Das freut mich, wenn ich und mein Aussehen ihr wichtig sind. Aber ich muss zu meiner Ehre sagen, dass ich auch gut auf mich selber achten kann. Das ist ja bei allen Frauen so. Sie wollen ihren Mann zeigen, so wie wir Männer unsere Frauen zeigen wollen. Wir wollen auch nicht rumlaufen mit einer Frau in dreckigen, zerschlissenen Kleidern und ungewaschenem Haar.

Ob es den Thai-Frauen gefällt, mit einem Bierbäuchigen händchenhaltend durch die Straße zu laufen, weiß ich nicht. Aber die meisten deutschen Männer haben eben Übergewicht. An schlanken Männern gibt es nicht viel Auswahl. Es ist ja gar nicht einfach, hier als älterer Mann in der Ruhephase sein Gewicht zu halten. Man isst gut hier, das Essen schmeckt, und die Frau füttert einem zwischendurch immer noch mit süßen oder scharfen Leckereien. Da will man auch nicht immer Nein sagen. Bewegung hat man auch nicht mehr so viel wie zu Zeiten, als man arbeitete. Und bei der Hitze bewegen sich manche gar nicht mehr. Ich bin stolz, dass ich seit einem guten Jahr meine 95 Kilo halten konnte.

Die meisten Frauen hier sind liebe nette Frauen, aber es gibt auch andere, wie überall. Und wie überall wollen sie Geld, ohne Geld läuft gar nichts. Das ist hier so und in Deutschland genauso. Nur hier ist unser Geld mehr wert.

Meine Hauptmotivation nach Thailand zu kommen war, wie schon gesagt, dass ich mir mit meinem Geld mehr leisten kann. In Deutschland könnte ich nicht solch ein Auto fahren. Hier habe ich einen Toyota Pickup, in Deutschland wäre ich gerne so ein Auto gefahren, konnte es mir aber nie leisten. Der Unterhalt kostet mich hier nur 300 Euro für Steuer und Versicherung. Für Diesel zahlt man 55 Cent pro Liter.

Es gibt hier natürlich Produkte die wesentlich teurer sind als in Deutschland. Aber die braucht man nicht unbedingt. Wer isst schon jeden Tag Schokolade? Wein ist teurer, Käse meistens auch. Aber wenn man lange genug hier ist weiß man, wo man was am günstigsten bekommt. Das macht mir auch Spaß. Einkaufen, das lag mir schon immer. Das habe ich schon immer gerne gemacht, schauen, wo man was bekommt und wo es am günstigsten ist. Ist so! Bei uns ist der Kühlschrank immer voll. Wenn ich Lust auf deutsches Essen habe, ist alles da. Ich vermisse hier nichts.

Ich esse auch Thai, aber nicht alles. Ich bin zum Beispiel kein Fischesser im Gegensatz zu meiner Frau. Die isst jeden Tag Fisch. Auch Seafood, so Krebse, Garnelen oder Tintenfisch esse ich nicht. Aber es gibt ja genügend Schweinefleisch. Ich bin so mehr der Schnitzelmann. Schweinefleisch isst meine Frau auch, aber Wiener Schnitzel kann sie nicht besonders schätzen.

Wir essen immer zur gleichen Zeit aber nicht das gleiche. Meine Küche ist so groß, da kann jeder sein eigenes Süppchen kochen. Ich habe eine Außen- und eine Innenküche, einen Gas- und einen Elektroherd. Fisch wird immer draußen gemacht, und die meisten Wok Gerichte auch. Thais kochen am liebsten im Wok. Ich bin ein ziemlich guter Koch. Ich bin in einem Wirtshaus aufgewachsen und habe vieles in der Küche gelernt. Aber mit einem Wok umgehen, das kann ich nicht. Wir haben auch zwei Kühlschränke, einen für mich und einen für meine Frau.

Viele Deutsche die hier leben sind so arme Schweine, dass sie nur in einem Zimmer ohne Küche wohnen müssen. Die können sich noch nicht mal ein Ei in die Pfanne hauen, weil sie keine Pfanne haben, geschweige denn einen Kocher. Die müssen dann immer essen gehen. Das hört sich zwar anfangs nicht teuer an, summiert sich aber. Selbst wenn man hier im Begegnungszentrum isst, zahlt man für ein Frühstück 150 Baht oder fürs Abendessen 180. Natürlich kann man sich nur von billigem Thaiessen ernähren. Zu einer Nudelsuppe für 30 Baht reicht es immer. Ich möchte so nicht leben.
Es gibt viele Deutsche hier, für die man sich schämt. Wie die Typen in der Villa Germania. Was in der Villa Germania läuft, weiß ich nur aus der RTL Serie. Selbst war ich noch nicht dort. Ich weiß aber, dass durch diese Fernsehserie das Image der Deutschen in Pattaya bedenkenlos in den Dreck gezogen wurde. Mit all den Unwahrheiten wurde so viel kaputt gemacht — das war nicht mehr lustig! Das war eine Beschmutzung der Leute die hier leben. Ist so! Die meinen, sie seien „Forever young". So heißt es jedenfalls in der RTL Serie.
Für immer jung, das geht sicher nicht, aber länger jung, das schon. Wer nach Thailand zieht und sich etabliert hat, so sagt man, wird 20 Jahre jünger. Das stimmt zwar auch nicht, aber ich höre es gerne, und tatsächlich fühle ich mich jünger als vor sechs Jahren. Trotzdem beschäftigt man sich als Rentner immer mal wieder mit Altwerden, Krankheit und Tod. Gerade neulich hatten wir im Begegnungszentrum das Thema Sterbehilfe, aktive und passive Sterbehilfe. Jeder will am Abend ins Bett und am Morgen nicht aufwachen, also sterben, ohne es zu

merken. Aber das schaffen ja nur die wenigsten. Ich will weder in Thailand dahinsiechen noch in Deutschland für viel Geld ewig und drei Tage mit Schläuchen und so am Leben gehalten werden. Das ist ja kein Leben mehr.

Hier gibt es keine soziale Hängematte, die deutsche Krankenversicherung und Pflegeversicherung zahlt nicht in Thailand. Wer eine Versicherung will, muss sie selbst abschließen. Der Doktor hier ist nicht teuer. Selbst der Zahnarzt nicht. Ich ließ mir Zahnersatz für den ganze Oberkiefer machen für nur 250 Euro.
Einen Krankenhausaufenthalt in einem internationalen Krankenhaus kann man nicht mehr aus der Portokasse bezahlen. Dafür sollte man eine private Krankenversicherung abgeschlossen haben.

Die meisten Deutschen wollen in ihrem Urlaub ans Meer und geben dafür viel Geld aus. Ich habe das Meer vor der Haustür. Naja, vor der Haustür ist das Meer hier nicht mehr so toll, ist leider so. Aber wenn ich ein bisschen weg fahre, dann habe ich saubere Strände ganz ohne Touristen, richtige Traumstrände. Ich habe also umsonst, wofür andere viel Geld ausgeben.
Man kann sagen, es wird langweilig, wenn man es immer hat, man gewöhnt sich daran. Das ist aber bei denen in Deutschland genauso. Die fliegen ja wieder ans Meer, wieder nach Spanien, und geben wieder ein Haufen Geld aus. Mir wird es nie langweilig. Ich kümmere mich den ganzen Tag. Ich kümmere mich um meine Frau, das Essen und um den Garten. Ich gehe einkaufen, koche und ziehe tropische Pflanzen. Ich kümmere mich auch um Landsleute, die meine Hilfe brauchen, spiele sozusagen den guten Samariter. Ich fahre den einen zur Immigration, der nicht mehr alleine hinkommt, oder kaufe mit einem ein, der an Krücken humpelt, weil er sich das Bein gebrochen hat.

Immer wieder verbringen Freunde aus Deutschland und der Schweiz ihren Urlaub in Pattaya. Die bringen ja kein Auto mit. Dafür haben sie mich. Das regeln wir dann so, die zahlen und ich fahre. In der Umgebung von Pattaya gibt es so viel zu sehen, Strände, Inseln, Nationalparks und sakrale Bauten vom Allerfeinsten. Viele, die nur am Steintisch hocken, wissen das nicht mal. Ich interessiere mich ganz besonders für Bauwerke und Architektur. Das kommt vielleicht daher, dass ich von Haus aus ein Baumensch bin. In der DDR war ich als Bauleiter tätig. In Bangkok, da wird man nicht fertig mit gucken. Aber auch hier, die ganzen herrlichen buddhistische Klöster, das ist ein Augenschmaus für mich! Ich glaube nicht, dass ich noch solange hier sein darf, damit ich alles gesehen hätte. Die ganze ausländische Kultur fasziniert mich. Da habe ich als ehemaliger DDRler noch immer Nachholbedarf.

Thailand kann ich auf jeden Fall empfehlen, aber nur Rentnern, die bereit sind, sich auf das Land einzulassen, die vernünftig sind und die Wärme vertragen. Wer die Hitze nicht verträgt, der soll besser an den Nordpol ziehen. Mit einer durchschnittlichen Rente, nicht mit einer kleinen, kann man hier gut leben. Wer es billiger braucht muss nach Kambodscha oder Vietnam. Wer zu sehr an Deutschland hängt, am deutschen Wald oder am deutschen Winter, der sollte zuhause bleiben.
Für mich ist es gut in Thailand. Ich habe hier alles, was ich brauche.

Kurzinfos

Empfehlungen

Thailand liegt ca. elf Flugstunden von Deutschland oder der Schweiz entfernt. Es gibt keinen Winter. Das Wetter ist je nach Jahreszeit warm bis heiß, oft herrscht hohe Luftfeuchtigkeit. Das verträgt nicht jeder. Wer jedoch unter Rheuma oder Arthrose leidet, weiß dieses Klima zu schätzen. Auch das Licht, das im europäischen Winter fehlt, trägt zum Wohlbefinden bei.

Die Lebenshaltungskosten sind relativ niedrig, auch wenn Thailand kein Billigland mehr ist.

Wer vorhat, Thailand als Altersruhesitz zu wählen, sollte sich gut informieren über

Visabestimmungen

Krankenversicherung

Medizinische Versorgung

Lebenshaltungskosten

Wahl des Wohnsitzes

Klima

Einrichtungen für Senioren

Dazu empfehle ich folgende Website:

http://www.siam-info.de.
Siam-Info stellt umfassend Informationen bereit, die für ein Leben in Thailand von besonderer Bedeutung sind.

Krankenversicherung

Wer in Thailand seinen Ruhestand genießen will, sollte unbedingt eine private Krankenversicherung haben, die auch in Thailand zahlt. Gesetzliche Krankenkassen zahlen nicht, auch nicht die Pflegeversicherung. Das ist für viele ältere Menschen ein Problem, denn die meisten internationalen oder Thailändischen Versicherungen haben eine Altershöchstgrenze beim Eintrittsalter. Deshalb sollte man eine Versicherung möglichst abschließen, bevor man 70 ist. Besonders wichtig ist eine Krankenversicherung für Krankenhausaufenthalte. Denn in guten internationalen Hospitälern können Operationen und langfristige Belegungen sehr teuer sein. Ambulante Behandlungen bei einem Thailändischen Arzt sind normalerweise recht günstig.

In Thailand besteht für Ausländer keine allgemeine Krankenversicherungspflicht. Doch seit Ende 2019 muss für die Beantragung eines Non-Immigrant-Visa O-A eine Krankenversicherung nachgewiesen werden. Ob diese Versicherung in Thailand abgeschlossen werden muss oder ob eine ausländische Versicherung akzeptiert wird, ist unklar.

Keine Krankenversicherung zu haben spart im Augenblick Kosten. Doch im Notfall und ohne genügend Geld in der Hinterhand fällt der Kranke seinen Verwandten zur Last oder seine Freunde müssen für ihn Geld sammeln.

Die Policen der Versicherungen ändern sich häufig. Es ist sehr wichtig, sie genau zu studieren und auch das Kleingedruckte zu lesen.

Einen guten Überblick über das Thema Krankenversicherung findet man auf der ausführlichen Seite von Siam-Info

www.siam-info.de/german/kranken-versicherung.html

Hier werden auch Vergleiche von thailändischen und internationalen Krankenversicherungen angestellt.

Selbständig in Thailand wohnen

Die meisten Senioren, die für ihren Altersruhesitz Thailand wählen, mieten oder kaufen sich eine Wohnung oder ein Haus. Oft verbringen sie in den ersten Jahren nur das Winterhalbjahr in Thailand. Wenn das Reisen zu mühsam wird oder der Unterhalt von zwei Wohnungen zu teuer, steht der Übersiedelung nach Thailand nichts im Wege. Wird eine persönliche Betreuung oder Pflege benötigt, kann diese in den Touristenorten mit Hilfe von Landsleuten oder Thailändischen Bekannten organisiert werden. In Phuket bietet das Pflegeheim **Baan Tschuai Duu Lää** den Service „**Rent my Nurse**". Ausgebildete Hilfskrankenschwestern betreuen Senioren zuhause.

https://www.rentmynurse.com/

Einrichtungen für Senioren

In Thailand entstehen immer mehr Seniorenresidenzen und Pflegeeinrichtungen. Allerdings verschwinden auch einige von der Bildfläche. Wer mit dem Gedanken spielt, sich als Rentner langfristig in einer Seniorenresidenz nieder zu lassen oder einen Angehörigen in einem Pflegeheim in Thailand unterzubringen, sollte sich vor Ort gründlich informieren und möglichst ein paar Monate probewohnen. In manchen Residenzen muss man die Wohnung kaufen oder leasen, andere funktionieren auf Mietbasis. Wer im fortgeschrittenen Seniorenalter in eine betreute Wohnanlage ziehen will, ist sicher mit einer Miete besser beraten. Im jüngeren Alter kann sich ein Lease-Angebot durchaus rechnen.

Auch muss darauf geachtet werden, welche Pflegeleistungen und Betreuungsangebote im Preis enthalten sind bzw. wie hoch die Zusatzkosten sind. Es gibt in diesem Bereich große Unterschiede.

Prosana, Hua Hin

Pflegeeinrichtung in Hua Hin unter Schweizer Leitung

In dieser kleinen, überschaubaren Einrichtung werden Pflegebedürftige liebevoll von thailändischen Fachkräften betreut, falls notwendig rund um die Uhr. Hier traf ich Menschen, die unter Demenz litten oder nach einem Schlaganfall behindert und auf den Rollstuhl angewiesen waren. Jeweils zwei Gäste mit ihren Betreuern wohnen in einem der sieben Häuser. Jeder Gast verfügt über ein persönliches Zimmer mit eigener Toilette. Die Häuser liegen in einem ehemaligen Resort mit kleinem Pool.

Der Schweizer Hans Hufschmid leitet die Anlage mit großem Engagement und Enthusiasmus.

Die Preise der verschiedenen Pauschalangebote sind in der Homepage aufgelistet.

https://www.prosana.asia/

Eine individuelle Offerte erstellt Hans Hufschmid gerne persönlich.

Telefon Thailand: +66 861 661 260
Schweizer Festnetz: +41 44 586 27 57

E-Mail: hans@prosana.asia / info@prosana.asia

Lotuswell Resort – Hua Hin

Eine Seniorenresidenz in Hua Hin unter Schweizer Leitung

Diese ruhig gelegene Residenz ist ca. 5 km vom Stadtzentrum entfernt. In einer großen Parkanlage liegen Wohnungen und Bungalows. Besonders schön ist die in die Natur integrierte Poollandschaft.

Die Residenz wird hauptsächlich von älteren Schweizer Ehepaaren frequentiert. Aber auch Deutsche und Alleinstehende sind willkommen.

Zum Lotuswell Resort gehören ein Health Center mit Fitness, Spa und Wellness Bereich, ein Activity Center mit Tischtennis, Billard, Darts oder Tischfußball sowie zwei ausgezeichnete Restaurants, davon eines klimatisiert. Außerdem werden verschiedenste Dienstleistungen angeboten, bis hin zur professionellen Pflege im Bedarfsfall. Auch auf betreute Ferien ist das Lotuswell Resort eingerichtet.

Die Unterkünfte können durch einen 30-jährigen Vertrag geleast werden.

Ausführliche Infos unter:
http://www.lotuswell.ch

Sunshine International, Hua Hin

Fünf Immobilienprojekte, die Exklusivität und Pflege im Alter versprechen

Alle Projekte sind eingebettet in einen tropischen Garten. Eine große Auswahl an Servicedienstleistungen wird angeboten, wie ein 24-Stunden-Notfallservice durch professionelle Krankenschwestern. Folgende Projekte gibt es bereits oder sind in Fertigung:

Sunshine International Retirement Residences bestehen aus 24 komplett möblierten Ein-Zimmer-Apartments und einem Gemeinschaftspool.

Sunshine Hills Hotel & Residence bietet Ein- und Zwei-Zimmer-Apartments, einen Swimmingpool mit Poolbar sowie ein Restaurant.

Sunshine Maleesa Place, ein City-Hotel in Innenstadtlage mit 33 voll ausgestatteten Apartments mit kleiner Küche und Gemeinschaftspool.

Sunshine Tara Hotel & Residence wurde 2022 erbaut und umfasst voll ausgestattete Ein- und Zwei-Zimmer-

Apartments sowie ein internationales Rooftop-Restaurant.

Sunshine Prestige Hotel & Residence, eine luxuriöse Kombination aus Seniorenresidenz und Hotel mit 56 private Pool-Villen, 64 Apartments, Penthouses, Suiten und 72 Hotelzimmer. Fertigstellung geplant Anfang 2024.

Miet- oder Kaufoptionen stehen zur Verfügung

www.sunshine-residences.com

Baan Tschuai Duu Lää

Ein Pflegeheim in Phuket unter Schweizer Leitung

Die Anlage befindet sich im Ort Rawai auf der Insel Phuket, ca. 400 m vom öffentlichen Strand entfernt und besteht aus acht sogenannten Villen, die nebeneinander in einer Sackgasse stehen. Drei oder vier Gäste schlafen mit ihrer Pflegerin oder ihrem Partner in jeweils einem Zimmer der Villa. Das Restaurant liegt am Anfang der Gasse.

Die Einrichtung bietet neben Langzeitaufenthalten auch Ferien- und Entlastungsaufenthalte an und betreut hauptsächlich Menschen mit Demenz oder Schlaganfall. Bei Bedarf wird eine 1:1 Betreuung der Gäste während 24 Stunden zugesagt.

Das Angebot wird hauptsächlich von europäischen Kunden genutzt. Die Kosten hängen vom Umfang der Dienstleistungen ab.

Informationen und Preise unter: www.carewell-service.com/

Baan Kamlangchay

Eine Großfamilie für Demenzkranke und ihre Angehörigen in Chiang Mai unter Schweizer Leitung

In diesem kleinen, überschaubaren Zentrum leben 12 bis 14 demenzkranke Gäste in sieben Häusern. Die Häuser stehen in einem Dorf zwischen anderen Häusern, die von Thais bewohnt sind.

Jeder Gast hat drei eigene Pflegerinnen, er wird also rund um die Uhr betreut. Nachts übernachtet eine Betreuerin im Zimmer des demenzkranken Gastes.

Beeindruckt hat mich der liebevolle Umgang der Betreuerinnen mit dem Gast. Auch wenn der Gast Deutsch oder eine Phantasiesprache spricht und die Betreuerin Thai, scheinen sie sich gut zu verstehen. Die Gäste sind auffallend friedfertig und aggressionslos. Das Essen wird in einem Gemeinschaftshaus serviert, das die meisten Gäste zu Fuß mit ihren Betreuerinnen erreichen können. Eine weitere Gemeinschaftseinrichtung ist der Pool in einem schönen Park.

Der Leiter des Alzheimer-Zentrums, der Schweizer Martin Woodtli will das Zentrum in der Größe einer Großfamilie halten, so dass er zu jedem Gast und deren Familien persönlichen Kontakt haben kann.

Die Betreuungsplätze sind sicher wesentlich preisgünstiger als in Europa, aber es ist zu bedenken, dass die deutsche Pflegeversicherung nicht in Thailand zahlt. Auch Ferienaufenthalte für Demenzkranke können u.U. arrangiert werden.

Weiter Infos unter: http://www.alzheimerthailand.com

Dok Kaew Gardens Chiang Mai

Internationales Alters- und Pflegeheim in Chiang Mai unter christlicher Leitung

Dieses Heim liegt recht idyllisch auf einer Insel des Ping-Flusses auf dem Gelände des McKean Rehabilitation Centers, dem ehemaligen Lepra Krankenhaus. Die Spazierwege im großen Park sind geteert und bestens geeignet zum Fahrrad fahren oder Rollstuhl schieben.

Das Heim besteht aus einem Haupthaus mit Küche und Speiseraum sowie zwei ebenerdigen Reihenhäusern. In einem Haus sind hotelähnliche Ein- und Zweibettzimmer für Gäste, die mit Vollpension vorwiegend selbstständig leben können, im anderen Haus sind Zimmer für Personen, die besonderer Pflege bedürfen. Jeder Raum ist mit einer 24-Stunden-Notruf-Klingel ausgestattet. Die Bewohner kommen aus verschiedensten Ländern, die Umgangssprache ist Englisch und Thai.

Dieses Heim ist für Expats geeignet, die mindestens Englisch sprechen können. Paare, deren Pflegegrad verschieden ist, sind hier gut aufgehoben. Die Kosten sind recht moderat und richten sich nach Pflegebedarf. Schnuppertage und Reha Aufenthalte sind möglich. Monatliche Preise auf Anfrage an.

Weitere Informationen unter:
https://www.mckean.or.th/

VivoCare

Eine Langzeitpflege-Residenz in Chiang Mai unter Schweizer Management

Die VivoCare Residenz befindet sich 7 Kilometer nördlich von Chiang Mai, in einer ruhigen Wohngegend. Die Gäste wohnen in einem großen 3-stöckigem Gebäude. Jedes Zimmer gewährt eine tolle Aussicht auf die umliegenden Berge. Die Residenz wurde 2020 eröffnet.

VivoCare bietet in einer westlich geprägten Umgebung sämtliche Betreuungsstufen an, von der einfachen Unterstützung bei der Bewältigung des Alltags, bis hin zur anspruchsvollen 24 Stunden-Intensivpflege. Die Einrichtung ist spezialisiert auf die Betreuung von Menschen aller Demenzformen. Es wird nach einem personzentrieten Betreuungskonzept gearbeitet, das der Gerento-Soziologe Dr. Tom Kitwood entwickelt hat. Über 60 qualifizierte Mitarbeitende kümmern sich um das Wohl der Gäste. Neben Langzeitpflege sind auch Ferienaufenthalte und Testaufenthalte möglich. Hier wird keinem Gast gekündigt, auch wenn er noch so schwierig ist.

Die Preise sind auf monatlicher Basis.

Informationen und Preise unter: https://vivocare.ch/

Happy Home Chiang Mai

Eine Senioren Wohnanlage in Chiang Mai unter deutsch-Thailändischer Leitung

Das Happy Home liegt ca. 7 km vom Stadtzentrum Chiang Mais entfernt. In einer großen Gartenanlage mit altem Baumbestand liegen fünf Doppelhäuser mit geräumigen Wohneinheiten. Die Bewohner leben hier selbständig und versorgen sich selbst. Im Mittelteil jedes Doppelbungalows ist ein kleines Appartement, das im Bedarfsfall von einer Pflegerin bewohnt werden kann.

Die Anlage steht unter deutscher Leitung und wird hauptsächlich von deutsch- und englischsprachigen Senioren bewohnt.

Es gibt einen beheizbaren Pool, aber kein Restaurant. Garküchen und Restaurants sind in der Nähe.

Eine Krankenversicherung, eine Haftpflichtversicherung und ein Visum müssen vorgelegt werden. Ein dreimonatiges Probewohnen ist erwünscht.

Die Wohneinheiten werden auf Monatsbasis vermietet. Die Anlage ist für Rentner mit mittelhoher Rente erschwinglich. Haustiere sind erlaubt.

Mehr Infos und Preise unter:

https://happyhome-chiangmai.webnode.page/

Vivo bene

Betreutes Wohnen und Pflege in einer luxuriösen Wohnanlage in Nordthailand unter Schweizer Management

Das sogenannte Village liegt 21 km von Chiang Mai entfernt in einer großen parkähnlichen Gartenanlage. Die Gäste sind in 6 Pavillons mit je 12 Zimmern und großem Gemeinschaftsraum untergebracht, oder sie können in einer der Villen mit 8 luxuriösen Zimmern wohnen. Das Village ist komplett rollstuhlgängig und verfügt über einen sicheren Pool.

Im Vivo bene Village können sich Menschen mit Pflegebedürfnissen und ihre Angehörigen erholen. Die Pflegeunterstützung wird auf jeden Gast persönlich abgestimmt. Die Einrichtung ist auf Demenzkranke spezialisiert, aber auch andere Pflegebedürftigen sind willkommen.

Die Gäste können ein paar Wochen Urlaub machen, überwintern oder für immer hier leben. Wer sich diese hochpreisige Anlage leisten kann, wird das professionelles Niveau und die luxuriöse Ausstattung schätzen. Die Preise sind auf monatlicher Mietbasis und auf der Homepage übersichtlich und korrekt gelistet.

Informationen und Preise unter:
https://www.vivobene.ch/

Lanee's Residenz

Eine Wohn- und Ferienanlage für Senioren in Nordostthailand unter Thai-Schweizer Management.

Die 13 Bungalows liegen an einem kleinen See in ländlicher Umgebung, weitab von jeder Stadt.

Hier sind rüstige Senioren und auch von Demenz betroffene Menschen und ihre Angehörigen willkommen. Die Preise sind moderat und basieren auf monatlicher Miete. Wer mit dem Gedanken spielt, sich hier niederzulassen, sollte unbedingt zuerst ein paar Schnuppermonate einplanen.

Information und Preise unter:
http://www.lanee.ch/

Home for Seniors, Pattaya

Vier Wohnanlagen für mobile Senioren ab 50

Die Anlagen befinden sich im Osten der Stadt in ruhiger Umgebung im Grünen und bieten Häuser in verschiedenen Größen und Ausstattungen.

Haushaltshilfen bzw. Pflegekräfte können vermittelt werden. Die Mieter kommen überwiegend aus deutsch- und englischsprachigen Ländern.

Die Häuser sind mit Klimaanlagen und Küchen ausgestattet und können sowohl unmöbliert als auch möbliert gemietet werden. Hunde sind in den Anlagen nicht erlaubt.

Mindestmietdauer ein Jahr.

Sukjai Village: 12 Häuschen für deutschsprachige Mieter mit begrenztem Budget, kein Pool.

Udomsuk Village: Die Häuser sind teilweise barrierefrei. Pool vorhanden

Rattana Village: Alle Häuser sind barrierefrei. Pool vorhanden.

Grey Panther Village: Alle 20 Häuser sind komplett barrierefrei. Pool vorhanden.

https://www.homes-for-seniors.com/

Homerly Senior Living Pattaya

Rehabilitationszentrum und betreutes Wohnen in der Nähe von Pattaya unter Thai Leitung

In einem ehemaligen Resort im Grünen werden Suiten und luxuriöse Villen mit privatem Swimmingpool und Garten angeboten. Alle Unterkünfte verfügen über altersgerechte sanitäre Anlagen, Notfallknöpfe sowie rutschfeste Böden. Man kann hier kurzfristig oder langfristig wohnen und auch Probeurlaub machen.
Miete auf Monatsbasis

https://homerly-seniorliving.com

Begegnungszentrum Pattaya

Ein offener Treffpunkt für deutschsprachige Residenten unter der Trägerschaft der evangelischen Kirche deutscher Sprache

Das Begegnungszentrum ist an 6 Tagen in der Woche geöffnet. Es bietet ein Restaurant mit moderaten Preisen, eine Bibliothek mit kostenloser Bücherausleihe und einen Garten mit Bouleplatz. Daneben gibt es täglich ein vielfältiges Veranstaltungsprogramm: Gottesdienste, Seelsorge, Beratung und Hilfe sowie Gruppenangebote wie Gesprächskreise zu gesellschaftlichen, lebenspraktischen und theologischen Fragen, Workshops, Vorträge, Sprachkurse, Chor und Theaterworkshop u.a.m. Es gibt auch ein Suizid-Notfalltelefon.

Alle Angebote dienen dazu, Kontakte zwischen den Besuchern zu stiften, zu gemeinsamen Aktivitäten und eigenem Engagement anzuregen und so Möglichkeiten zu einem sinnerfüllten Leben zu eröffnen.

Informationen unter:

https://bzpattaya.wordpress.com/

Über die Autorin

Ursula Spraul-Doring wurde in Deutschland geboren. Sie studierte Deutsch, Kunst und Sonderpädagogik in Karlsruhe und Heidelberg und arbeitete viele Jahre als Lehrerin und Reisebuchautorin. Sie ist Autorin des Buches *Glücklich in Thailand*.

Ursula Spraul-Doring malt und reist gerne. Häufig ist sie in Thailand oder in anderen Ländern Asiens anzutreffen. Dabei bereitet es ihr große Freude, verschiedenste Menschen kennen zu lernen und ihnen zuzuhören.

Ursula Spraul-Doring

Glücklich in

Thailand

HELLER VERLAG

Das Glück hat viele Gesichter. Alle träumen davon, manche suchen es, und manche finden es, ohne es zu suchen.

Ursula Spraul Doring ging in Thailand auf Spurensuche um herauszufinden, wie Menschen im Land des Lächelns ihr Glück finden — Menschen, die hier geboren oder im Laufe ihres Lebens hier angeschwemmt wurden. Nur positive, lebensbejahende Menschen kommen zu Wort, Menschen mit ganz unterschiedlicher Lebensauffassung, die das Glück auf ganz verschiedene Arten erleben:

Ein Mönch und ein Transvestit, eine Universitätsprofessorin und ihr deutscher Freund, eine Putzfrau und ein Arzt, eine Geschäftsfrau und ein muslimischer Lehrer, ein Globetrotter und ein Frührentner, eine besorgte Tante und ein Touristenpaar, eine kinderlose Gläubige und ein Heilung Suchender, ein Mann vom Bergstamm der Akkhas und die Tochter einer Prostituierten, ein passionierter Gärtner und eine Schweizer Künstlerin, eine Auswandererfamilie und eine Elefantenbesitzerin.

Ein erfrischendes Buch, mit viel Einfühlungsvermögen und großem Hintergrundwissen geschrieben!

Jede dieser Erzählungen regt dazu an, über das eigene Lebenskonzept nachzudenken und sich zu fragen: „Was macht mich glücklich?"

Verlag: Heller Verlag
www.mythaibooks.de
Taschenbuch: 270 Seiten
ISBN 978-3-92929403-38-1
Auch erhältlich als E-Book: ISBN 978-3929403-58-9

Printed in Poland
by Amazon Fulfillment
Poland Sp. z o.o., Wrocław

21026379R00143